누구에게 말할까? 문화로 읽는

덕수궁의
비밀 523년

김한일 지음

구포 출판사
九苞出版社

덕수궁의
비밀 523년

초 판 1쇄 인쇄 2023년 09월 11일
초 판 1쇄 발행 2023년 09월 18일
발 행 인 김승일
디 자 인 김학현
출 판 사 구포출판사
출판등록 제 2015-000026호

ISBN 979-11-90159-94-4 (03820)

판매 및 공급처 경지출판사

주소 : 서울시 도봉구 도봉로117길 5-14 **Tel** : 02-2268-9410 **Fax** : 0520-989-9415

블로그 : https://blog.naver.com/jojojo4

※ 이 도서의 국립중앙도서관 출판사 도서목록(CIP)은 서지정보유통지원시스템 홈페이지(http://seoji.nl.go.kr)와 국가자료공동목록시스템에서
   이용하실 수 있습니다.

누구에게 말할까? 문화로 읽는
덕수궁의 비밀 523년

사진 문화재청 궁능유적본부

덕수궁의 역사는 의외로 깊다. 일반적으로 많은 책이 임진왜란 당시 의주까지 피난 갔던 선조가 이곳으로 돌아오면서 덕수궁의 역사가 비롯된 것으로 기술하고 있지만, 실제는 조선의 창업자인 태조 이성계로부터 덕수궁의 역사가 시작되었다. 덕수궁의 행정 지번은 '정동 5-1번지'인데, 정동이란 지명의 단초를 태조가 제공했기 때문이다. 물론 이곳에는 태조 이전의 이야기도 있을 것이다. 하지만 이 글에서는 조선왕조의 마지막 궁궐인 덕수궁을 소재로 한 만큼 태조로부터 이야기를 전개하고자 한다.

우리가 땅에 발을 붙이고 살아가는 것이 당연한 것처럼 앞으로 전개될 우리의 미래 또한 우리의 과거와 현재를 바탕으로 발현될 것도 분명하다. 역사를 알아야만 하는 이유이고 역사가 미래의 나침반이라고 하는 까닭이다. 만약 현재가 불안하거나 미래의 전망이 어둡거나 불투명하다면 그것 또한 과거의 여러 사건 사고들이 축적된 업보일 것이다. 즉 역사학에도 보험업계의 진리인 '하인리히 법칙' [1] 이 적용된다고 하겠다.

덕수궁이란 궁호(宮號)는 보통명사이다. 보통명사가 궁궐 이름이 된 것은 그만큼 많은 사연과 이야기를 간직하고 있다는 의미이기도 하다. 이런 것들을 실학자 정약용의 관점에서 기술해보는 것도 의미가 있을 것이다. 정약용은 "비록 뛰어난 지혜를 소유한 자도 허물이 없을 수는 없다. 성인(聖人)이 되느냐 광인(狂人)이 되느냐는 뉘우침에 달려 있다."라고 했다. 그러기에 정약용의 경구를 음미하면서 '내가 보는 덕수궁'을 여기에 그려보았다.

현재 나는 덕수궁에서 역사문화를 해설하고 있다. 자원봉사 활동을 하면서 해설사로서 갖춰야 할 역사와 문화에 대하여 심취하였고, 해설에 관한 필수적인 지식과 호기심을 유발하는 사실, 궁금한 점 그리고 나름의 단상을 수년간 모아왔다. 그리고 이들에 관한 텍스트를 여기에 담았다. 텍스트인 만큼 역사적 사실에 기반을 두었고, 사실(史實)을 기반으로 했지만, 과거의 시각으로만 담지 않았다. 즉 역사적 사실에 현재의 시각을 입혔는데, 먼저 지형을 보고 숲을 보았고, 숲을 본 다음 나무를 보는 자세로 역사와 문화가 별개가 아닌 상호 인과의 관계로 바라보고자 했다.

또 문화로 읽는 덕수궁을 표방하면서 나름대로 접근 방법을 모색해 보았는데, 그것은 분기되어 진화하기 전 또는 변형하기 전의

---

1) 보험업계의 하인리히 법칙이란 큰 사고는 우연히 또는 갑작스럽게 발생하는 것이 아니라, 그 이전에 가벼운 사고와 징후들이 축적된 결과란 것이다. 통계적으로 300번의 징후와 29건의 가벼운 사고가 발생한 끝에 대형 사고가 1번 발생한다는 것이다. 사전 예방이 가능하다는 점을 시사하는데 대부분 이를 무시해서 대형 사고로 번진다.

본바탕을 찾아가는 방식이다. 즉 과거의 사실들이 축적되어서 현재에는 어떻게 투영되어 나타나고 있는지, 당시의 의미가 지금도 변질 없이 그대로 간직되어 있는지, 우리는 원형 그대로의 의미를 제대로 읽어내고 있는지 등 덕수궁이 담고 있는 이야기들을 원형을 찾아 이해하고자 하였다.

이렇게 접근할 수 있었던 것은 물론 전문학자들 덕분이었다. 다행스럽게도 우리나라는 10위 안팎의 세계 경제 대국으로 성장하면서 그에 걸맞게 우리의 학문도 빠르게 성장해 왔다. 즉 역사학은 물론 경제학·사회학·건축학·지리학·민속학·종교학·언어학·한문학·조경학·미술사학·천문학·임업학 등 전문학자들이 각자의 시각으로 우리의 역사를 들여다보고 그 연구 결과를 발표하는 일이 점점 증가하고 있다. 따라서 단편적 또는 파편적인 사실을 입체적으로 얽을 수 있는 여건이 형성되었고, 문화적 혹은 지적 호기심만 있다면 특정 사안에 관한 다양한 시각을 통합해서 기술하는 일이 가능해졌다. 나는 이를 '문화적 접근'이라고 표현하고 싶다. 이렇게 문화적으로 접근하니 덕수궁의 이야기가 풍성해지고, 덕수궁에만 한정되지 않고 여기저기로 뻗어나갈 수 있음을 확인할 수 있었다. 간혹 심하면 삼천포로 빠졌다고도 볼 수 있는데 역으로 생각하면 이것이 바로 특정 사실에 대한 원형이기도 할 것이다. 원형은 시간을 한참 거슬러 올라가야만 만날 수 있는데, 그렇게 찾아 올라간 원형은 동서고금이 다르지 않음을 종종 확인한 것도 큰 소득이었다.

이렇게 덕수궁의 원형 또는 정체성을 찾아가는 과정을 편의상 여섯 개의 장으로 분류하였는데, 문화해설서로서 자인하는 만큼 공간적 특성을 살려서 분류했다. 1장은 덕수궁 정문인 대한문 영역이다. 여기서는 덕수궁 523년의 의미와 주유야풍(晝儒夜風) 그리고 '상징물 전쟁'에 대해서 살펴보았다. 2장은 중화전과 그 뜰인 조정인데 임금의 영역인 만큼 임금의 천문학과 절대적인 좌와 우, 성과 속 그리고 고종의 염원이었던 중화의 의미, 잡상에 대한 소고(小考)를 다루었다. 3장은 석어당과 즉조당 영역으로서 석어당의 2개 현판이 주는 의미와 이층집이 전하는 이야기를 소개하고 즉조당의 주인인 인조의 비밀을 다루었다. 석어당의 또 다른 주인인 정명 공주 이야기도 함께 담았다. 4장은 대한제국 서양관인 석조전과 돈덕전이 전하는 숨겨진 이야기를 다루었고, 덕수궁미술관에서 이른바 '문명과 야만'을 살펴봤다. 5장은 동서양의 문화가 뒤섞여 있는 정관헌과 고종의 짝사랑 상대였던 영국은 과연 신사의 나라였는지를 살폈고, 아울러서 궁궐에 유입된 도교와 불교의 문화를 들여다보았다. 그리고 마지막 6장은 고종의 체취가 남아있는 덕홍전과 함녕전 영역으로서 고종의 와신상담과 제국들의 민낯으로부터 우리의 나아갈 길을 음미해봤다. 앞서 언급했듯이 역사적 사실을 기반으로 하였지만, 연대순으로 기술하여야 함을 고집하지는 않았다. 그렇지만 필요한 경우에는 연도를 표기하였다.

　　우리의 역사에 대한 이해는 언제부터인지 수능이든 공무원 임용시험이든 시험을 위한 암기용으로 전락한 지 오래됐다. 역사를 회피하고 흥미를 잃게 하는 가장 큰 이유일 것이다. 단편적인 사실을 외우는 것만으로는 역사의 맥락을 이해하는 데도 한계가 있을 뿐만 아니라 우리의 정체성을 알아가는 데도 거의 도움이 되지 않는다. 역사를 문화로부터 접근해야 하는 이유이다. 역사는 인간이 만들어낸 것이고 거기에 자연을 더하고 약육강식의 질서를 더하고 현재의 시각을 입히면 쉽게 문화가 된다. 즉 문화로 접근하면 역사가 쉬워지고 흥미롭게 다가갈 수 있다.

　　이 책은 좀 더 심층적이면서 흥미롭고 호기를 부리며 해설하고자 하는 나의 노력의 초벌구이이다. 고백하건대 나는 아마추어이다. 나는 국가 산업발전에도 조금은 이바지한 공학도이며 기술사로서 인생 전반기를 보냈다. 그렇지만 내가 좋아하고 즐기면서 잘 할 수 있을 것이라는 생각으로 인생 후반기의 삶을 봉사하며 해설하는 이 길을 택했다. 오히려 역사에 관한 전문 학도가 아니었기에 역사·건축·경제·지리·민속·천문학·임업·종교 등의 영역을 구애받음 없이 넘나들 수 있었다. 우리나라처럼 학문의 영역을 '칼로 호박 자르듯이' 명확하게 분리하는 곳에서 누리는 호사가 아닐 수 없다. 아울러서 기술자로 살아온 덕택에 왜? 라는 질문에 논리적으로 접근할 수 있었던 것은 장점으로 작용했다고도 볼 수 있다.

　　아무튼 전술한 분야에 전문성이 미비하다 보니 주제넘은 짓을 했다고 비판받음은 마땅하다. 이에 대해 양해를 구하면서도 스스로 변호하자면 이렇다. 먼저 텍스트 전반에 걸쳐서 전문학자들의 식견과 학술적 주장을 존중하였고, 둘째 나 또한 해설의 생산자인 동시에 소비자인 만큼 "이런 해설이라면 시간을 내어 들어줄 수 있다."라는 자세를 시종일관 견지하면서 유의미한 텍스트를 찾고자 노력했다. 셋째 입증하기는 어렵지만, 30년이 넘게 동서양의 역사와 문화에 관심을 가지고 꾸준하게 그리고 폭넓게 독서 해왔다.

　　이 책의 궁극적인 목적은 '나에 대한 점검'이다. 내가 하는 일에 대한 '완결성'이 어느 정도인지 확인하는 과정이었다. 말이 좋아 그렇지 세상천지 어디에 '완결'이 존재하겠는가? 그런데도 이렇게 서둘러 '나를 점검'하고자 한 것은 나의 해설을 기꺼이 들어주는 청자(廳者, 해설 소비자)에 대한 최소한의 예의라고 생각했기 때문이다. 사족으로 "내일의 해설은 오늘의 해설과 달라야 한다."라는 것이 해설에 임하는 나의 자세(motto)이다. 지속적인 역사의 발전과 더불어서 역사와 문화에 대한 소비도 점차 다양해지고 깊어지고 있는 만큼 그런 흐름에 작게나마 이바지할 수 있다면 기쁨이 아닐 수 없다.

지은이

2023년 3월 1일

차 / 례

1장

대한문(大漢門)에
들어서면 보이는 것들

1장 대한문(大漢門)에 들어서면 보이는 것들

01. 덕수궁(德壽宮) 523년, 이렇게 시작됐다

덕수궁의 시작, 정릉

정동 5-1번지에 자리한 덕수궁의 역사는 태조 이성계의 두 번째 부인 신덕왕후(神德王后)의 죽음으로부터 비롯된다. 태조 이성계에는 두 명의 부인을 두었는데, 절비(節妃) 한 씨와 현비(顯妃) 강 씨가 그들이다. 절비 한 씨는 이성계가 조선을 개국하기 전인 1391년 사망함에 따라 조선왕조 최초의 왕비는 현비의 몫이 된다. 즉위 직후 태조는 한 씨를 절비로 책봉하였지만, 왕비로서 역할을 한 적이 없었던 그녀였기에 시호를 내리지는 않았다. 그녀가 1398년에 신의왕후(神懿王后)로 추존되고 1404년 제릉(齊陵)에 신도비가 세워진 것은 남편인 태조가 아니라 그녀의 소생인 정종 방과와 태종 방원에 의해서다. 곧 태조 대에는 공식적인 왕후는 현비뿐이었고, 이 현비의 둘째 아들 방석이 세자로 책봉되면서 조선은 건국하자마자 피바람에 휩싸이기 시작했고, 정동의 역사도 이때 태동하였다.

조선왕조 최초의 왕비인 현비 강 씨는 자기 아들을 세자로 만드는 데는 성공했지만, 왕비가 된 지 5년 만인 1396년 눈을 감았다. 그녀의 죽음은 정국을 소용돌이 속에 몰아넣었고 자신의 분신인 세자의 목숨마저 위태롭게 하고 말았다. 그녀가 살아있는 동안에는 왕과 왕비의 아들인 방석을 세자로 책봉할 명분과 정당성은 충분했다. 그리고 태조는 건강했고 정도전을 비롯한 공신들은 정국의 주도권을 쥐고 있었다. 그러나 예기치 않은 그녀의 빠른 죽음은 이런 상황을 모두 급변하게 만들고 말았다. 이제 세자 방석도 정종 방과도 태종 방원도 어머니가 없기는 마찬가지다. 그러나 세자 방석의 타격이 훨씬 컸다. 그녀의 어머니는 정통성의 상징인 왕비였기 때문이다. 아버지는 방석 · 방과 · 방원 모두에게 왕이었지만, 어머니만큼은 차별이 있었는데 그 차별성이 사라지고 만 것이다. 신라 시대의 골품제도에 비유하면 방과와 방원은 진골이었고 방석은 성골이었는데, 그 차이가 사라져버린 것이다.

이는 방원을 비롯한 한 씨의 아들들에게는 기회였지만, 방석과 태조와 정도전에게는 위기였고 이 위기를 극복하기 위하여 태조가 모색한 방편이 덕수궁의 역사가 시작되는 계기가 된 것이다. 바로 태조는 지금의 정동에 신덕왕후의 능(정릉)을 써서 세자 방석의 취약점을 보완하려고 했다. 방석은 조선 최초 왕비의 아들임을 강조함으로써 세자로서의 정통성을 강조하고자 함이었다. 정릉은 경복궁으로부터 남쪽으로 가까운 거리에 위치하였고, 태조 이성계가 백관을 거느리고 정릉을 찾으면 한 씨 소생의 왕자들은 물론, 모든 관료와 도성에 거주하는 백성까지 이를 인식할 수 있도록 한 것이었다. 이뿐만 아니라 태조는 정릉에 이웃해서 흥천사(興天寺)를 세우고 도성 안 어디에서도 보이도록 사리전2)을 높게 세웠다. 이것으로도 충분하지 않았다고 보았는지 태조는 아버지 환조의 진전인 계성전(啟聖殿)마저 흥천사로 옮겼다.3) 즉 태조 이성계가 경복궁 바로 앞에 신덕왕후의 능을 조성한 것은 세자의 입지를 굳건히 하고 세자를 보호하기 위한 고도의 정치적 행위였다.

정릉(貞陵)과 명동성당

그렇지만 역사는 태조의 뜻대로 흘러가지 않았다. 백약이 무효였다. 설상가상으로 태조가 병석에 눕자 이 틈을 이용하여 태종 방원은 무력으로 정도전과 세자 방석을 제거하고, 형 방과를 즉위시킨 뒤 다시 2년 만에 본인이 왕위에 올랐다. 제1·2차 왕자의 난을 주도한 태종은 다시는 이와 같은 불상사가 일어나지 않도록 특별한 조치가 필요했다. 그는 자기가 왕이 된 정당성을 확보하여야 했고 이를 강화하여야만 했다. 먼저 정종 대에 어머니인 절비 한 씨를 신의왕후로 추존함으로써 자신을 왕비의 아들로 만들었다. 반대로 신덕왕후를 계비에서 서모로 격하시킴으로써 방석을 서자의 위계로 떨어뜨렸다.

이어서 도성 안에 있던 신덕왕후의 정릉을 도성 밖 사을한산(지금의 성북구 정릉동)으로 옮겼다.

---

2) 석가모니의 진신사리를 모신 전각이다. 본래 통도사에 모셨던 사리였는데 고려 말 왜구 침입으로 개경 송림사로 옮겨졌다가, 다시 조선 태조 대에 흥천사 사리전으로 안치되었다. 이강근, 「조선 후반기 제1기 불교 건축의 형식과 의미」, 강좌미술사 38권, 2012, p.182
3) 윤정, 「태조 대 정릉 건설의 정치적 의미」, 서울학연구 제37호, 2009, p.155~191

그림1 신덕왕후의 정릉, 문화재청 궁능유적본부

아버지 태조의 의도를 충분히 알고 있었던 태종은 이를 방치할 수는 없었을 것이다. 정릉의 천장이 정치적 보복으로 비춰질 수도 있지만, 왕권의 정당성 확보와 강화를 위해서는 장애가 될 만한 것들은 모두 거둬내야만 했다. 태종은 직무에 충실했다. 정릉을 천장 할 때의 명분은 '옛 제왕의 능묘는 모두 도성 밖에 있는데, 정릉만 성안에 있는 것은 적당하지 못하다.' 라는 것이었다. 무덤은 평지가 아닌 언덕이나 산지에 조성하게 되는데 죽은 자의 집(산소)이 왕궁을 굽어보는 것은 불경스러운 일일 뿐만 아니라 불충이라는 것이었다.

이런 논리는 조선 말기인 1892년 착공하여 대한제국 초기인 1898년에 완공된 명동성당(처음에는 종현성당이라고 했다.)의 부지를 선정할 당시의 논란에서도 볼 수 있다. 명동성당은 주변보다도 높았던 언덕 위에다가 47m의 종탑을 덧세우는 일이었다. 지금도 명동성당은 주변의 고층 빌딩이 없다고 보면 높은 언덕임을 쉽게 알 수 있다. 즉 언덕 위에 성당을 지어 도성을 굽어보는 경관적인 특성은 서구의 건축문화에서는 보편적이었지만, 당시 산이 많은 우리의 전통적인 건축

문화와는 괴리가 있었다. 따라서 영희전(永禧殿)과 왕궁을 내려다보는 높은 건물이 도성 안에 들어서게 놔둘 수는 없는 노릇이었다.[4]

이후 태종은 도성 내에서는 벌목과 채석, 매장 등의 산을 이용하는 행위를 전면 금지함으로써 왕의 권위를 훼손하지 못하도록 하였다. 태종 이방원의 뒤끝 작렬은 여기서 그치지 않았다. 태종은 아버지 태조가 승하하자 신덕왕후 옆에 눕고자 했던 태조의 바람을 무시하고 건원릉을 별도로 조성했고, 신덕왕후의 위패는 배제한 채 어머니 신의왕후의 위패만 종묘에 부묘함으로써 신의왕후만이 태조의 왕후임을 분명히 했다. 지금의 종로구청 자리에 있었던 정도전의 집은 사복시(司僕寺)의 마구간으로 만들었고, 정릉의 병풍석들은 파묻거나 광교의 교각으로 사용토록 했다. 조선 후기에 들어서 만만치 않은 폐단을 일으키는 서얼금고법을 제정하여 서자가 왕위를 넘보지 못하도록 원천 봉쇄를 한 것도 태종이 한 일이었다.

방원(芳遠)과 방번(芳蕃)

이런 정릉이 우리에게 몇 가지 호기심을 자아내게 한다. 먼저 신덕왕후에게는 장남인 방번과 차남인 방석(芳碩)이 있었는데, 세자는 막내인 방석이 차지했다. 왜 그랬을까? 그리고 신덕왕후의 정치적 동반자였던 정도전은 조선 역사에서 어떻게 기억되었을까? 정릉의 능침은 지금의 어디쯤 있었을까?

먼저 형인 방번이 동생인 방석에게 밀린 사유부터 살펴보자. 『태조실록』은 태종 9년에 편찬하기 시작하여 13년에 완성되었는데, 물론

---

4) 1888년 1월 갑자기 조선 정부가 토지소유권을 억류하여 성당 건립을 저지하였는데, 그 땅이 영희전의 주맥이고 영희전을 내려다보면 안 된다는 이유에서였다. 성당 측에서는 풍수지리설에 따른다고 하더라도 종현과 영희전의 주맥이 아니라며 항의하였으나 조선 정부는 이를 받아들이지 않았다. 같은 해 3월 조선 정부는 환지(換地)를 제의하기도 하였다. 1890년 1월이 되어서야 정부는 토지소유권을 돌려주었고 성당 측은 공사를 재개할 수 있었다. 김옥희, 「한국천주교 초기본당 사적지」, 신학전망 57호, 1982, p.61~62

태종을 정당화하는 시각에서 편찬되었다. 여기에 방번은 미친 듯이 망령되고 경솔하다는 등 부정적으로 기술하였지만, 본질적인 이유는 방번이 고려 왕실과 밀접한 관계를 맺고 있었기 때문이었다. 즉 공양왕의 동생 정양군(定陽君) 왕우(王瑀)는 방번의 장인이었고, 따라서 이성계와는 사돈 관계였다. 이는 왕우의 위상을 고려한 정략결혼이었지만, 새 왕조가 열린 이상 이제는 고려와의 연관성은 걸림돌로 작용하였다.[5] 이런 연유로 방번은 세자에서 배제되었다.

그러나 이로 인하여 신덕왕후와 정도전의 입장에서는 얻은 효과가 매우 컸으니 바로 방과와 방원 등 절비 소생의 왕자들을 세자 대상에서 자연스럽게 축출할 수 있었던 점이다. 방번보다 나이가 많은 방과와 방원은 고려와의 연관성이 더 클 수밖에 없었고, 특히 고려 문과에 급제까지 한 방원의 경우는 고려와의 인연이 방번에 비할 바가 아니었다. 이것은 현비 강 씨와 정도전 등의 처지에서는 더할 나위 없는 절묘한 방책이었다. 방번이든 방석이든 자기가 낳은 아들이 왕이 되기만 하면 되었던 현비로서는 성공 확률이 매우 높은 전략이었던 셈이었다. 그렇지만 우리가 이미 아는 바와 같이 역사는 신덕왕후의 뜻대로 흘러가지 않았다. 덕수궁의 역사를 열어준 신덕왕후였지만, 신덕왕후가 원통함을 풀고 종묘에 부묘된 것은 시간이 한참 지난 1669년 현종 때에 일이었다. 그리고 그조차도 신의왕후가 정비였고 신덕왕후는 계비로 만족해야만 했다.

그러면 정도전은 어떻게 되었을까? 신권 정치를 꿈꾸고 이를 표방한 정도전의 경우는 신덕왕후의 원통함에 비할 바가 아니었다. 이방원에 의해 목숨을 잃은 정도전은 완전히 비천한 출신으로 규정됨은 물론 반역자로 기록되었고 모든 공적과 서훈도 취소되었다. 조선왕조

5) 윤정, 「태조대 정릉 건설의 정치사적 의미」, 서울학연구 제37호, 2009, p.155~191

내내 정도전이란 이름은 금기어가 되었고, 서자로 기록된 방석과 함께 정도전은 태종의 악법인 「서얼금고법」이 제정되는데 원인을 제공하였다. 「서얼금고법」은 홍길동전에서 서자인 홍길동이 '아버지를 아버지라 부르지 못하고 형을 형이라 부르지 못하는 처지'를 한탄하는 대목이 나오게 한 바로 그 법이고, 서얼(庶孼)들이 고위 관직에 오르지 못하도록 한 법이었다. 태종은 왕자들조차 적자는 대군(大君)으로 서자는 군(君)으로 구분하게 하였으니, 더 이상의 말은 사족일 뿐이다.

정도전(鄭道傳)과 세계유산

정도전은 태종 이방원에 의해 일방적으로 매도되었지만, 이방원에게 트라우마를 안겨주기도 했다. 이방원은 개경에서 등극하여 1405년 아버지의 뜻을 따라 한성으로 다시 천도하였지만, 정도전의 그림자가 짙게 드리운 집에서 살고 싶은 생각은 추호도 없었을 것이다. 그는 정도전이 설계한 경복궁과 전혀 다른 창덕궁을 지어야만 했다. 그는 그렇게 했다. 종묘를 앞에 둔 모양새로 지었고, 뒤에는 왕실 전용 공간인 후원을 무척이나 넓게 지었다. 창덕궁의 지형도 영향을 미쳤겠지만, 정도전의 좌묘우사(左廟右社)를 비롯한 유교 원칙을 일부러 범하려는 듯이 그렇게 지었다. 지금에 와서 우리는 창덕궁을 친자연적인 궁궐이라며 세계유산이라고 자랑하고 있지만, 정도전이 세계유산의 계기를 제공하고 태종이 마무리한 덕분이라고 한다면 지나친 감상일까? 정도전의 덕분일까? 이방원의 덕분일까? 어쨌든 정도전의 명예가 회복된 것은 조선 말기인 1865년 고종 대에 가서야 이루어진다. 정도전의 부활은 신덕왕후에 비하면 거의 200년이나 더 오래 걸렸다.

이제 정릉의 묘터가 어디쯤 있었는지를 상정해보자. 일제강점기 일본인들은 정릉이 영국영사관과 여자보통학교(현 덕수초등학교), 경성제일고등학교(선원전 터) 그리고 러시아공사관 부근에 있었다고 했다. 그렇지만 1948년 미국대사관 관저의 한 자료의 기록에는 '한국 정부로부터 사들인 땅 중에는 태조의 왕비 묘터도 있다.'라고 했다. 이 기록에 따르면 가장 높은 곳이 왕비의 묏자리가 되는 만큼 지금의 미국대사관 관저 안이 될 것이다. 또 1884년 미국 푸트(L. H. Foote) 공사는 자기가 소유한 저택이 왕들의 후궁 1명 또는 그 이상이 살았던 곳이라고 했다. 김정동에 의하면 1997년 하비브 하우스를 조사차 방문했을 때 혼유석과 문인석, 기왓장에서 태극 문양과 복(福) 자를 볼 수가 있었으며 무덤이 위치했을 법한 구릉과 이장 이후 정원 조성을 한 듯한 평탄지가 보였다고 했다. 영문 안내판 '하비브 하우스'를 안내하는 영문 안내판에도 비슷한 기록이 있었다고도 했다.[6]

덕수궁의 왕들

태조와 태종 외에 다른 조선의 왕들은 덕수궁과 연관성이 없었을까? 그렇지는 않았다. 앞서 살펴본 것처럼 덕수궁의 시작은 조선 개국과 함께 시작되었기에 오랜 시간이 쌓인 만큼 덕수궁은 다른 왕들과의 인연도 찾아볼 수 있다. 성종, 선조, 광해군, 인조 그리고 숙종과 영조, 고종과 순종이 그들이다. 이곳에 맨 처음 행궁을 연 이는 선조로 임진왜란 당시 왕으로서 나라와 백성을 사지에 몰아넣었지만, 나라를 보존했다는 이유로 '조(祖)'의 묘호를 받았던 왕이고, 그가 그렇게 핍박했던 광해군이 경운궁의 서청에서 즉위했다. 그리고 광해군을 끌어내려서 선조의 소원(?)을 들어준 인조는 경운궁 즉조당에서 즉위했다. 그의 후손들인 숙종과 영조는 누란의 위기를 극복하고 나라를 보

6) 김정동, 『정동과 덕수궁』, 도서출판발언, 2004, p.127~134

존했음을 추념하기 위하여 여러 차례 경운궁을 찾기도 했다.

대한제국기에는 고종이 왕궁을 황궁으로 위상을 변화시켰고, 씁쓸하지만 강제로 퇴위한 아버지를 이어 순종이 황제로 즉위한 곳도 2023년에 재건된 경운궁 돈덕전이었다. 이들 외에 경운궁과 연관된 주요한 또 다른 왕은 성종이다. 정확하게 말하면 성종보다 왕이 될 자격이 충분했던 성종의 친형인 월산대군과 관련이 있다. 바로 월산대군과 그의 후손이 살던 이곳에 임진왜란 당시 의주까지 피난 갔던 선조가 1년 6개월 만에 한성으로 돌아와 임시로 거주하게 된다. 선조가 이곳에 움을 튼 것은 경복궁을 비롯한 궁궐 모두가 불에 탔기 때문이다.

예나 지금이나 국민은 세금을 무서워한다. 현재의 국가는 징병과 인두세·토지세 등을 국방과 납세의 의무라고 고상하게 포장하지만, 국민은 눈 뜨고 당한다는 점을 잘 알고 있다. 소득에 관한 장부, 세금을 부과하는 조세 대장, 인구 명부, 법률 등 대부분 서류는 국가가 필요한 것들이지, 백성에게는 이들 서류가 존재해서 유익할 것은 거의 없다. 따라서 동서고금을 막론하고 수많은 소농의 반란은 먼저 문서 보관소부터 태우는 것으로 시작한다. 국가가 기록 대장을 통해 백성을 들여다보는 만큼 국가의 눈을 가리기 위해서는 이들을 태워야만 했다. 고대 수메르 속담에도 "왕도 영주도 있지만, 무서운 것은 세금 징수원이다."라고[7] 한 데서 알 수 있듯이, 국가와 백성은 이와 잇몸의 관계이기도 하지만, 좀 더 빼앗고 빼앗기지 않으려는 관계이기도 했다. 어쨌든 임진왜란 때 한성은 백성에 의해서든 일본군에 의해서든 모두 불탔다. 선조는 이곳에 머물면서 정릉동 행궁이라 하였는데 계획보다 장기간 거주하게 됨에 따라 이궁(離宮)으로 확충해야만 했다.

---

7) 제임스 스콧, 전경훈 옮김, 『농경의 배신』, 책과함께, 2019, p.188

이곳이 월산대군의 집이 될 수 있었던 것은 동생인 성종의 덕택이기도 했다. 세조는 의경 세자에게 좌의정 한확의 딸을 세자빈으로 맞아들이게 했다. 그렇지만 의경 세자가 20살에 요절하자 세자빈은 장남 월산대군과 차남 자산대군(자을산대군)을 데리고 궁을 떠나야만 했다. 세조는 며느리와 손자들을 안타깝게 여겨 궁궐 밖에 집을 특별히 지어주었는데 바로 이곳 정릉동이었다. 그런데 그녀의 둘째 아들인 자산대군이 성종으로 즉위하니, 세자빈은 왕의 어머니가 되어 다시 궁궐로 돌아가게 되었고, 이 집은 자연스럽게 장남인 월산대군의 차지가 된 것이다. 의경 세자는 아들인 성종에 의해 덕종으로 추존됨에 따라 그의 부인도 왕비가 되니 바로 소혜왕후다. 우리는 그녀를 소혜왕후보다는 인수대비로 더 잘 알고 있는데, 연산군의 생모 윤 씨를 폐비하고 사사하여 훗날 손자 연산군의 원망을 받으며 세상을 떠난 그 여인이다.

그림2 경릉, 덕종(의경 세자)과 소혜왕후, 문화재청 궁능유적본부

02. 덕수궁에는 금천(禁川)이 2개나 있다

남면과 북극성
덕수궁의 정문은 동쪽의 대한문이다. 대한문을 들어서면 바로 돌다

리를 건너게 된다. 돌다리는 어느 궁궐이든 구비하고 있는데 이른바 금천교(禁川橋)이다. 그런데 덕수궁의 정문과 금천교는 너무 가까이 있어서 의도적으로 찾지 않으면 돌다리를 인식하지 못한 채 지나치기 일쑤다. 왜 그럴까? 애초 덕수궁의 정문도 여느 궁궐처럼 남쪽에 있었고, 인화문(仁化門)이라 하였다. 고종이 러시아공사관으로 피신(이른바 아관파천이다.)하였다가 1년여 만에 덕수궁으로 돌아올 때도 인화문으로 들어왔다. 그리고 고종이 1897년 10월 12일 환구단에서 하늘에 제사를 지내고 황제에 오르기 위하여 나선 곳도 인화문이었다. 전통적으로 임금은 항상 북쪽을 등지고 남쪽을 향해 있어야 했기에 이를 남면(南面)한다고 했다. 궁궐의 정문이 남쪽에 있어야 하는 이유이다. 그러면 임금은 왜 남면을 하여야만 했을까?

임금은 천도(天道), 즉 하늘의 도를 지상에 그대로 구현하는 선택받은 사람이다. 선택받은 특별한 사람이었기 때문에 중국에서는 황제를 천자라 했고, 같은 맥락에서 우리 단군은 천손이라고 했다. 천자든 천손이든 하늘의 사람이니 하늘을 잘 알아야만 했다. 고대 사람들은 현재의 우리보다 하늘에 대한 지식이 훨씬 높았던 것 같다. 현대의 우리는 밤하늘을 쳐다볼 일이 거의 없다. 쳐다보더라도 불빛 때문에 볼 수 있는 것은 매우 제한적이다. 그러나 산업혁명이 일어나기 전까지 하늘은 온통 별천지였다. 그리고 농경사회에서는 하늘이 무척이나 중요했다. 사람이 살고 죽고, 굶고 잘 먹고는 온전히 하늘에 달려 있었기 때문이다. 천둥 번개가 치고 비바람이 불고 가뭄과 홍수를 가져와 재해를 일으키는 것도 하늘이 그렇게 하는 짓임을 분명히 인식하고 있었다. 하늘을 두려워하는 마음을 넘어서 공경하여야 했던 까닭이다. 그래서 하늘을 올려다보고 또 올려다보았다.

그리고 그렇게 하다 보니 하늘의 일정한 법칙을 발견했다. 그중 하나는 하늘은 모난 데가 없이 둥글다는 것이었고, 다른 하나는 모든 별은 어떤 특정한 별을 중심으로 매일같이 돌고 있다는 점이었다. 그 별은 '하늘의 배꼽'이 분명했다. 후에 그 별을 북극성이라 칭하고는 지상의 왕들은 자신이 북극성임을 자처했다. 그래서 왕들은 남면을 택했다. 그렇게 해야 만이 하늘의 아들이고 하늘의 손자라고 인정받는 것이라고 여겼고, 그래서 선택받은 자로서의 정통성을 확립하는 것이라고 여겼다. 이러하니 궁궐의 정문이 남쪽에 있는 것은 당연했다.

동쪽 정문

그런데 덕수궁은 문제가 있었다. 임진왜란 당시의 '정릉동 행궁' 시절도 마찬가지였지만 고종의 경운궁도 계획된 궁궐이 아닌 비상시의 궁궐이었다. 일제강점기에는 경성부청사였지만 지금은 서울도서관으로 이용되고 있는 건물 정면에는 커다란 벽시계가 걸려 있다. 벽에 걸린 큰 시계든 개개인의 손목에 차는 작은 손목시계든 부속품의 크기는 다를지언정 온갖 부품을 빠짐없이 갖추어야만 작동한다. 고종의 비상 궁궐도 제대로 운영되려면 시계처럼 정전도 편전도 그리고 생활공간과 궐내 각사도 모두 갖추어야 했다. 그렇지만 덕수궁은 그럴 만큼 부지가 넓지 않았다. 고종은 정전인 중화전을 건립하고 조정을 조성했고, 인화문 건너편 독일영사관을 매입하여 궐내 각사를 설치하고 운교로 연결했다. 독일영사관이 있던 곳은 지금의 서울시청 서소문 별관 자리인데 지금도 살짝 언덕임을 알 수 있고, 따라서 남쪽으로 확장할 수 있는 것도 제한적일 수밖에 없었다.

이에 고종은 중화전에서만 남면하는 것으로 하고, 인화문을 헐어 궁의 담장을 남쪽으로 넓히는 한편 동쪽의 대한문을 정문으로 삼았다. 고종은 러시아공사관에 1년여 간 체류하면서 심기일전하며 근대화의 방향을 설정했다. 갑신정변의 주동자 가운데 한 명인 서재필을 사면하고 귀국시켜 신분을 보장해주는 한편 독립신문을 창간하게 했다. 국제정세를 제대로 읽어낼 수 있는 서재필을 통해 영어·한문·한글로 된 독립신문을 통해 세계와 교류하고자 했고, 이로써 대한제국이 근대국가를 지향하고 있음을 또한 대내외에 알리고자 했다. 독립신문을 통해 영은문이 있던 자리에 독립문을 세운 것도 고종이 러시아공사관에 체류했을 때의 일이었다.

고종이 추구한 근대국가의 상징은 또 있다. 서구는 산업혁명의 여파로 피폐하고 오염된 도시환경을 치유하기 위하여 공원을 필요로 했다면, 대한제국의 탑골공원은 서구에 들어선 공원과는 조성 배경이 달랐다. 탑골공원은 또 다른 근대화의 표상으로서 외교관으로서 미국을 경험하고 돌아온 박정양과 이채연을 등용한 결과였다. 종로와 남대문로의 가가(假家)를 보상해주고 철거하여 도로를 정비하고 대한문 앞 방사상 도로를 개설케 하는 것도 고종의 근대화를 이루겠다는 실천적 의지에서 비롯된 것이었다. 고종이 전통적으로 위상이 높은 남쪽의 정문을 쉽게 포기하고 동쪽의 문을 정문으로 삼은 이유이다. 고종의 유연한 사고임이 분명하다.

지금의 대한문은 세종대로에 접하고 있다. 일제강점기에는 태평로라 하였는데 청나라 사신들이 묵었던 태평관에서 비롯되었다. 물론 일제가 좋은 뜻으로 명명할 일은 만무했는데. 조선이 청나라에 사대를 한 상징이 태평관이니 이를 비아냥거리면서 두고두고 기억시키기 위함이 분명하다. 일제가 1914년에 태평로를 확장하면서 대한문은 한 차례 서쪽으로 물러났고, 1960년대 말에는 우리 손으로 대한문을 지금의 위치로 옮겼다. 대한문과 금천이 가까이하게 된 근본적인 까닭이다. '한(漢)'은 하늘이란 뜻이니 '대한(大漢)'은 '큰 하늘 또는 한양이 창대해진다' 라는 뜻이다.

승하(昇遐)와 고딕

고대인들은 절대자가 사는 하늘이 모난 데가 없는 둥근 원형임을 일찍이 알고 있었다. 따라서 하늘을 경외하는 인간들은 미미한 자신들이 사는 세상은 모가 나지 않으면 안 되었는데, 이른바 동아시아의 천원지방 사상이다. 그런데 하늘이 둥글다는 사실은 동아시아에서만 이해된 것이 아니었다. 세계 문명권 어디에서든 간에 범접하기 어려운 권위의 근원은 하늘이었기 때문이다. 천신과 하느님, 태양신, 천자와 천손, 텡그리 등 기타 다르게 불리는 명칭이라도 모두 하늘과 직접 연결되었음을 보여준다.[8] 서양의 전통 건축에서 돔(Dome)이나 볼트(Vault)와 같은 둥근 천장은 하늘을 이미지화한 것인데[9] 로마 판테온의 천장이 대표적이다. 인도와 중국의 돔형 석굴에 불상을 안치한 것도 우리나라 석굴암에서 볼 수 있는 돔형도 같은 의미이다.[10] 땅은 네모나다고 생각했기에 이집트의 피라미드나 중동의 지구라트의 바닥 모양은 정사각형이었고, 우리네 연못도 방형이었다.

또 목조건물에서는 원형을 대신해서 팔각형을 사용했는데 나무를 사용해서 원형으로 만드는 일은 쉽지 않았기 때문이다. 덕수궁 대한문에서 서울광장을 가로질러 건너편을 바라보면 빌딩 숲 사이로 황궁우(皇穹宇)가 보인다. 고종황제가 하늘에 제사를 지내고 대한제국의 황제에 오른 환구단(圜丘壇)인데 천단(天壇)은 1913년 일제에 의해 멸실되었지만, 황궁우는 현재까지 유일하게 남아있다. 하늘에 있는 상제의 집이란 의미의 황궁우는 지붕이 팔각형이고 지붕을 바치고 있

---

8) 이기봉, 『임금의 도시』, 사회평론, 2017, p.135
9) 임석재, 『우리 건축 서양 건축 함께 읽기』, 컬처그라퍼, 2011, p.187,190
10) 전봉희, 『나무 돌 그리고 한국건축 문명』, 21세기북스, 2021, p.111,127,297

는 기둥과 그 기둥의 받침돌도 팔각형이다. 이뿐만 아니라 황궁우 천장에는 팔각형의 천개(天蓋)가 있고 그 안에 발가락이 여덟 개인 팔조룡 한 쌍이 걸려 있다. 모두 팔각형으로 구성되어 있는데 원형을 대신한 팔각형이기도 하고 둥그런 하늘과 네모난 땅을 연결하는 장치[11]이기도 하기에 의도적으로 팔각형으로 조성한 것이다.

왕의 죽음을 높여서 승하(昇遐)라 하는데 글자 그대로의 뜻은 '멀리 올라간다' 라는 의미이다. 그런데 고대 그리스인들도 유사하게 생각했다. 그리스인들은 은하수의 밝은 빛 가운데 인간의 고향이 있다고 믿었고, 그래서 그들은 살다가 죽으면 은하수 세계로 돌아간다고 생각했다. 로마인들도 죽으면 영혼은 우주로 가고 다시는 돌아오지 못한다고 믿었다. 이런 로마인들의 세계관이 로마가 지배했던 기독교인들에게 그대로 투영되었다. 그들은 하늘 높이 올라갈수록 완벽한 세계가 펼쳐진다고 믿었기에 성당의 첨탑을 하늘 높이 가져가려 했고, 그렇게 했다. 하늘의 권위와 그에 대한 경외심을 동서양이 같이 인식했지만, 기독교 문화는 하늘에 닿기 위하여 지구라트나 고딕 성당 등을 발전시켰고, 동아시아는 하늘을 경외시하되 천자를 자처하면서 하늘에 오르려는 수고는 덜었다. 그래서 서양은 높이 올라가는 건축 기술이 일찍 발달했다.

이뿐만이 아니다. 서양인들은 동물이나 식물의 가치도 어떤 것이 하늘에 더 가까이 있느냐에 따라 귀천을 따졌다. 서양인들은 감자·순무·양파 등 땅속의 뿌리 식물은 가난하고 천한 무리가 먹는 것이라고 여겼고, 하늘 가까이에 있는 과일은 귀족들만의 먹거리였다. 중세 귀족들은 꿩이나 자고새 등을 최고의 음식으로 치부했고 가축은 천한 음식으로 여겼다.[12] 하늘에 가까울수록 신성하다고 여겼고 땅에

---

11) 전우용, 『서울은 깊다』, 돌베개, 2008, p.212

가까울수록 부정하다고 여겼다. 하늘에 대한 경외심과 사고는 동서를 막론하고 같았음을 알 수 있다.

금천과 명당수

이제 금천(禁川)을 살펴보자. 우리는 대한문을 들어서자마자 건너는 돌다리를 금천교라 하는데, 이는 그 밑으로 흐르는 물길이 금천이라 부르기 때문이다. 구 러시아공사관 부근에서 발원한 한 갈래의 정릉동천이 돌담길을 따라서 덕수궁 안으로 들어와 금천으로 기능을 하고 서울광장을 가로질러 흐른 뒤 청계천에서 합류한다.[13] 여기서 금천은 임금이 계신 신성한 궁궐의 영역과 외부와의 경계를 짓는 것으로 '지엄하신 임금이 계신 궁궐에 들어가기 전에 몸과 마음을 이 물길에 깨끗하게 하라.'는 의미를 담고 있다. 거의 모든 종교에서 물이 정화의 의미를 갖는 것처럼 궁궐의 금천도 이와 맥을 같이 한다. 여기서 궁궐을 호위하는 군대를 금군(禁軍) 또는 금위(禁衛)라 하고 궁궐을 금궐(禁闕)이라 하는 것도 이해할 수 있다. 금군이 일반 백성이나 아랫것들이 궁궐에 접근하는 것은 물리칠 수는 있었지만, 조정 대신까지 금군들이 단속할 수는 없는 노릇이었다. 그래서 금천이 그 역할을 대신하게 한 것이다.

그런데 이런 금천·금천교를 다른 곳에서도 볼 수 있다. 바로 종묘와 조선 왕릉이다. 궁궐과 종묘와 조선 왕릉, 이들의 공통점은 바로 '왕'이다. 생전의 왕은 궁궐에서 거처하다가 죽어서는 육신은 왕릉에 묻히고 혼은 후손들이 종묘로 모셔갔다. 옛날 사람들은 사람이 죽으면 정신과 육체가 분리된다고 생각했기 때문이다. 종종 현대 사극에서 왕이 죽으면 내시가 왕의 옷을 들고 지붕에 올라가서 '상위복, 상

---

12) 정기문, 『역사학자 정기문의 식사』, 책과함께, 2017, p.178~186
13) 한국청소년역사문화홍보단, 『서울 옛길 사용설명서』, 창해, 2020, p.110

위복' 하고 외치는 장면을 보게 된다. 상위복(上位復)은 '임금이시여, 돌아오소서!' 라는 의미이다. 앞서서 우리는 임금이란 천명을 받아 하늘의 질서를 지상에 그대로 구현하는 사람임을 알았다. 따라서 그의 고향은 하늘이고 임금의 혼이 고향으로 올라가면 영원히 되돌아오지 못한다. 임금의 혼이 높이 올라가기 전에 되돌아오게 해야 한다. 그래서 하늘과 조금이라도 가까운 지붕에 올라가서 외치는 것이고, 제대로 돌아올 곳을 찾지 못할까 봐 생전의 왕이 입던 옷을 흔들어 체취를 맡고 돌아오도록 한 것이다. 앞서 임금의 죽음을 승하라고 하였는데 멀리 올라가서 그런지 돌아온 왕은 하나도 없었다. 적확한 표현이 아닐 수 없다.

이런 왕이 사는 곳은 살아 있을 때는 물론 죽어서도 명당이어야 했다. 그래서 종묘와 조선 왕릉·궁궐은 모두 명당에 위치하는데, 그러면 명당이란 무엇이고 어떤 곳을 이름일까? 고대 중국에서 명당은 임금이 신하들의 절(배례)을 받고 조회를 받는 평평한 지형을 말한다.[14] 그런 곳에 해당하는 곳은 궁궐에서는 조정이다. 그런데 이 유교의 명당 개념을 풍수에서 이어받아서 어떤 곳이 명당인지를 구체화한다. 풍수에서 중요하게 여기는 3가지 요소가 있는데 산과 물과 좌향(坐向)이다. 생기(生氣)는 산줄기를 타고 땅속으로 흐르는데 그 생기가 집중적으로 모인 곳을 혈(穴)이라 하고, 혈 앞에서 후손들이 절을 하는 평평한 땅이 곧 명당이다. 그런데 생기는 땅속으로 계속해서 이동하므로 어렵사리 모인 생기를 흩어지지 않도록 해야만 한다. 이렇게 생기가 흩어지지 않도록 하는 것은 다름 아닌 물이다. 즉 생기는 물을 만나면 흐르지 못하고 멈추게 된다. 그래서 왕은 자신이 사는 명

---

14) 박정해, 「명당의 의미와 특징 분석」, 『국학연구』 제23집, 2013, p.655,672 / 장성준, 「풍수지리의 국면이 갖는 건축적 상상력에 관한 고찰」, 대한건축학회지 제22권 제6호, 1978, p.19

당인 궁궐의 생기를 독식하기 위해서는 생기가 바깥으로 누설되지 않도록 하여야 하는데 그 장치가 바로 금천이다. 금천은 명당인 궁궐의 생기를 흩어지지 않도록 하는 장치이기도 하기에 왕의 처지에서는 이를 명당수(明堂水)라고 불렀다. 또한 임금을 위한 명당수이니 임금의 도랑이라는 의미에서 어구(御溝)라고도 불렀다.[15]

그런데 금천과 관련하여 덕수궁은 또 다른 특징이 있으니 그것은 2개의 금천이다. 물론 동시에 존재하지는 않았다. 대한제국 시기에 지금의 즉조당(卽阼堂)을 태극전(太極殿)이라 하여 한때 정전으로 삼았다. 이곳에서 고종은 남면하였으니 당연히 금천과 금천교가 있었을 것인데, 학자들은 정4품 품계석 일대에 금천·금천교가 있었을 것으로 보고 있다. 덕수궁은 정문도 2개, 금천·금천교도 2개인 궁궐이었다. 지금의 금천교는 1986년 발굴하여 복원한 것이다.[16] 1988년 올림픽을 앞두고 서울시는 올림픽대로 등 도로를 정비하고 신규 아파트 단지를 대규모로 조성했으며, 이때 고궁 등의 복원사업도 본격화하였다. 방한하는 외국인들을 위해 볼거리를 제공하기 위함이었다.[17] 그 덕분에 덕수궁의 금천도 복원될 수 있었다.

03. 덕수궁에서 일어난 전쟁

궁금(宮禁)과 풍금(楓禁)

대한문에 들어서서 정면을 주시하면 도심 속의 공원처럼 녹지 공간이 반긴다. 제법 큰키나무들과 관목들이 어우러져 있어서 도시민들은 지친 심신을 위로받을 수 있다. 금천교 진입로 좌우에 있는 현재의 수

---

15) 장영훈, 『왕릉이야말로 조선의 역사다』, 담디, 2005, p.158
16) 문동석, 『서울이 품은 우리 역사』, 상상박물관, 2017
17) 전봉희, 『나무 돌 그리고 한국건축 문명』, 21세기북스, 2021, p.332

종들은 소나무, 벚나무, 은행나무, 단풍나무, 자귀나무, 산수유, 산철쭉, 수수꽃다리(라일락) 등이고, 진입로를 따라서 좀 더 안쪽으로 들어가면 곳곳에 심어진 잔디와 함께 느티나무, 고광나무, 주목, 향나무, 살구나무, 향나무와 측백나무, 말채나무, 오얏나무, 배롱나무, 눈주목 등을 볼 수 있다.[18] 그리고 석조전과 석어당 뒤편, 즉 영국대사관과 맞대고 있는 북쪽 담장을 따라서는 은행나무, 회화나무, 느티나무, 갈참나무, 고욤나무, 살구나무 등 큰키나무 등이 숲을 이룬다.

덕수궁을 비롯한 다른 궁궐에서도 눈여겨볼 나무 가운데에는 단풍나무가 있는데 덕수궁에도 가을이 되면 빨갛게 물든 단풍나무를 곳곳에서 만날 수 있게 된다. 앞서 궁궐은 궁금 또는 금궐(禁闕)이라 불린다고도 했다. 그런데 이외에도 궁궐을 일컫는 말에는 풍금·풍신(楓宸) 등이 있다. 여기서 풍(楓)은 단풍나무를 말한다. 이렇게 궁궐을 나타내는 말에 단풍나무가 들어간 이유는 중국 한나라 때부터 궁궐 안에 단풍나무를 많이 심었기 때문이라고 한다. 우리나라 궁궐에서도 단풍나무를 쉽게 만날 수 있는데 창덕궁 후원에는 참나무와 때죽나무에 이어 세 번째로 단풍나무가 많다.[19]

또 고대 신화를 담고 있는 『산해경』에도 단풍나무 이야기가 등장한다. 『산해경』은 동이계의 고서로 규정되기도 하는데, 치우(蚩尤)는 황제(黃帝)에게 패해 죽임을 당한다. 오늘날 중국인들은 황제를 시조로 받들고 자랑스러워하지만, 반대로 주변부 출신의 치우에게는 결코 호의적으로 묘사하지 않는다. 이로 봐서 치우는 동이계가 분명하다. 황제는 치우의 손발에 수갑과 족쇄를 채운 뒤 잔인하게 살해했는데, 그 수갑과 족쇄를 버린 자리에서 단풍나무 숲이 생겨났다.[20] 단풍나무

---

18) 박상진, 『궁궐의 우리 나무』, 눌와, 2001, p.390

19) 국립고궁박물관, 『창덕궁 깊이 읽기』, 글항아리, 2012, p.426

20) 정재서, 『이야기 동양 신화』, 김영사, 2010(2017), p.228

한 그루도 아니고 숲이 생겨났으니 치우의 힘이 엄청났나 보다. 단풍나무의 붉은 잎은 치우의 환생이라고 한다.

덕수궁 벚꽃

덕수궁도 봄이 되면 벚꽃으로 화사하게 빛난다. 벚꽃 하면 일본이 연상되는 것이 현실이지만, 합천 해인사의 팔만대장경의 주 재질은 산벚나무와 돌배나무라는 것은 잘 알려진 사실이다. 그리고 제주도의 왕벚나무는 일본과 관계없이 제주도가 원산지임을 식물학자 박만규가 밝혀내기도 했다. 이뿐만이 아니다. 조선 시대에도 벚나무를 가꾸었다. 벚나무의 꽃을 구경하기 위한 것이 아니라 활의 재료인 벚나무 껍질을 얻기 위해서다. 우이동 골짜기에도 벚나무들이 있고 지리산 쌍계사 십 리 벚꽃 길이 있다. 효종이 병자호란의 국치를 설욕하고자 북벌 준비를 위해 심은 것이라는 말이 전해지지만, 벚꽃 감상에 대한 기록은 거의 찾아볼 수 없다.[21]

그런데 덕수궁의 벚나무는 일제강점기에 심어졌다. 1913년에 일제는 벚나무를 잔뜩 심었다. 일본에서 벚꽃이 민족주의와 결합하여 나타나기 시작한 것은 에도시대까지 올라갈 수 있지만, 벚꽃이 곧 일본을 상징하는 나라의 꽃으로 인식하기 시작한 시기는 청일전쟁 이후였다. 청일전쟁의 승리로 일본인들의 민족의식은 한껏 고양되었고 이어서 벌어진 러일전쟁을 거치면서 일본에서 벚꽃 나무를 많이 심기 시작했다.[22]

21) 정연식, 『일상으로 본 조선 시대 이야기 1』, 청년사, 2021, p.242
22) 교본매리, 「한국 근대공원의 형성」, 성균관대 국어국문학과 박사논문

잔디와 바람길

일본제국주의자들은 한일 강제 병합 직후부터 덕수궁을 훼손하기 시작했다. 남서 방향인 중화전과 정남향인 석조전의 축선이 충돌하자, 석조전의 축선을 중심으로 정원을 조성하면서 1911년부터 중화전의 서쪽 행각을 헐어내고 너도밤나무 · 칠엽수 · 산벚나무 등을 심었다. 조정의 서쪽 박석을 걷어내고는 잔디와 주목 · 옥향을 심기도 했다. 또 일제는 전각을 헐어낸 자리에 잔디를 심어 표시해 놓았는데 이는 덕수궁뿐만 아니라 경복궁 · 창덕궁 등에도 그렇게 했다. 잔디는 한자로 사초(莎草)라 한다. 사초가 죽을 사(死)자는 아니지만, 발음이 같기에 우리는 전통적으로 죽은 자의 집인 무덤에만 잔디를 썼다. 따라서 우리는 전통적으로 집의 울안에는 잔디를 심지 않았다. 한가로이 보이는 시골의 고택이나 절에 가도 잔디밭은 볼 수 없다.

잔디가 한국에서는 이렇게 인식되고 있는지를 정확하게 파악한 일제는 망한 나라의 궁궐에 죽음을 표상하는 잔디를 깔아놓았다. 일제는 한국을 강점하기 전부터 학자들을 동원하여 한국인들의 관습과 관행을 조사했다. 토지 경작, 상거래, 상속과 입양, 관혼상제 등을 포함하여 풍수와 전통 한옥 · 민속 굿 등에 대한 전면적인 관습과 문화를 조사하여 한국을 효율적으로 지배하는 데에 이용하고자 했다.[23) 대표적인 것으로 무라야마 지준(村山 智順)의 『조선의 풍수』와 『조선의 귀신』, 다카하시 도루(高橋亨)의 『조선의 불교』, 곤 와치로(今和次郎)의 조선 민가에 관한 연구 등은 현재에 와서도 연구에 활용되는 실정이다. 1919년 조선총독부는 전국의 신목(神木)조차 조사하여 〈조선 거수 노거수 명목지〉를 발행하기도 하였다.[24)

---

23) 전우용, 『우리 역사는 깊다』, 푸른역사, 2015, p.023,026
24) 한국학중앙연구원, 한국민족문화대백과사전, 신목

일제는 1931년 덕수궁 공원화 계획을 발표하고 본격적으로 훼손하기 시작했다. 일제는 전각들을 해체하고 일본 동북 산 벚나무를 가져다 심었다. 1933년에는 석조전을 미술관으로 개조하여 일본 미술품을 전시하는가 하면 석조전 전면을 잔디밭으로 조성하고 중화전과의 경계에는 다양한 종류의 나무를 심었다. 대한문을 진입해서 우측으로 태평로에 접한 담장 안쪽에는 연못을 조성하였고 함녕전과 덕홍전 전면에도 커다란 잔디밭을 조성하고 모란과 작약을 심었다. 2023년에 재건된 돈덕전 자리에는 1935년에 아동을 위한다는 구실로 소형 동물원까지 만들었고 정관헌 권역에도 모란을 심었다. 그렇게 한 후 1933년 10월부터 덕수궁을 일반인에게 개방하였다.[25] 이런 일련의 과정을 통해서 일제는 덕수궁을 제2의 창경원으로 만들었는데 궁극적으로는 고종과 그의 대한제국 흔적을 최종적으로 지우려고 했음이다.

광화문을 통해 경복궁에 들어서고 돈화문을 통해 창덕궁에 들어서면 덕수궁과 달리 나무가 보이지 않는다. 이들 궁궐뿐만이 아니라 우리 전통 한옥에서도 앞마당은 비워 두었을 뿐 잔디도 나무도 심지 않았다. 물론 이 앞마당은 가을 추수 시에는 곡식을 말리고 타작하는 등의 농사를 위한 공간과 잔치를 하는 공간으로 쓰이기도 했지만, 또 다른 중요하고 자연적인 용도가 있었다. 즉 여름철에 바람길을 막지 않기 위함이었다. 우리나라의 여름은 북태평양 고기압의 영향으로 고온다습하므로 무덥다. 그런데 다행스럽게도 동남풍이 불어온다. 그래서 선조들은 무더운 여름을 슬기롭게 나기 위하여 앞마당을 빈 채로 놔두어 바람길을 막지 않았고, 잔디를 심지 않고 맨땅으로 놔두어 공기의 대류와 복사를 방해하지 않았다. 잔디는 열과 습기를 머금어서 공기의 흐름을 방해한다. 따라서 '큰 나무 밑에 집을 지으면 망한다.'든

25) 김해경 · 오경석, 「덕수궁 석조전 정원의 조성과 변천」, 『한국전통조경학회지』 33권 3호, 2015, p.19~31

가 '문 앞에 큰 나무가 있으면 화를 초래한다.' 라는 등의 속담은 바람
길을 막지 않도록 경고한 것이었다. 그러나 북쪽에 산이 있고 나무가
있는 것은 권장했다.[26] 한겨울의 매서운 북서풍을 막을 수 있었기 때
문이다.

상징물 전쟁

그런데 일제는 한국의 전통을 무시하고 덕수궁 입구에 나무를 가득
심어서 공원화했다. 왜 그랬을까? 그것은 일제가 벌인 일종의 '상징
물 전쟁' 이다. '상징물 전쟁' 이라 하여 낯설긴 하지만 어려운 말은 아
니다. 우리 주변에서 흔히 벌어지는 일들을 학자들이 전문용어로 삼
아서 정의하였을 뿐이다. 현재의 말로 바꾸어 표현하면 쉽게 이해할
수 있다. 즉 '현 정권이 전 정권의 업적과 기념물 등을 지우거나 모욕
을 주는 행위' 를 말한다. 먼 나라의 예를 들어보자. 미국 공화당의 도
널드 트럼프(Donald J. Trump) 전 대통령은 전임자인 민주당 버락 오
바마(Barack Hussein Obama)의 건강 의료 보험 개혁안인 일명 오바
마케어를 폐지하고 오바마 주도의 파리기후변화협약을 탈퇴했다. 하
지만 트럼프의 후임인 민주당의 조 바이든(Joseph R. Biden)은 파리
기후변화협약에 재가입했다. 정권을 쟁취하는 일이 목적인 정당들이
기에 정책의 변화라고 할 수도 있지만, 전형적인 상징물 전쟁이다.

상징물 전쟁은 동서고금을 막론하고 수없이 일어났고 세계 모든 나
라에서 여전히 벌어지고 있는 일들이다. 물론 우리나라도 예외일 수
는 없다. 당쟁의 오랜 역사를 그대로 물려받은 우리이기에 더하면 더
했지, 덜할 리는 없다. 일제가 덕수궁에 나무를 많이 심어 공원화한
것도 마찬가지이다. 공원화라는 미명 아래에 일반인들, 옛말로 하면

---

26) 임석재, 『지혜롭고 행복한 집 한옥』, 인물과 사상사, 2013, p.79,93

'아래 것들'로 하여금 고종황제의 고종황제에 의한 궁궐을 짓밟게 한 것이다. 그렇게 함으로써 일제는 고종도 대한제국도 존재하지 않으니 헛된 독립운동 같은 짓은 무의미하다는 것을 조선인들에게 인식시키고자 한 방책의 일환이었다.

그런데 상징물 전쟁은 왜 일어나는 걸까? 이에 대한 대답도 아주 쉽다. 새로운 세력은 구세력보다 무엇을 더 잘할 수 있고 무엇이 우수한지를 보여주어야 하는데, 이는 생각보다 상당히 어렵다. 시간도 오래 걸린다. 그러나 지난 세력이 얼마나 무능하고 비도덕적이며 많은 잘못을 범했는지를 의도적으로 보여주기만 하면 되는 상징물 전쟁은 저비용으로 큰 효과를 거둘 수 있다. 누구나 선호할 수밖에 없는 전쟁이다. 나중에 되치기를 당할지라도 그때는 그때고 지금이 중요하지 않은가? 물론 이는 대중을 어리석게 본다는 위험성이 있지만, 그 위험성보다 얻는 것이 크다는 확신만 있으면 언제든지 도발할 수 있는 강력한 전쟁이다. 그것도 얻고자 하는 효과를 빠르게 얻을 수 있다.

이런 상징물 전쟁도 전쟁이니만큼 전술 전략에 따라 다음과 같이 분류할 수 있다. 먼저 구 세력의 경관을 없애고 그 자리에 새로운 세력의 기념비적 경관을 만드는 방식이 하나이고, 다른 하나는 구세력의 문화경관을 훼손함은 물론 모욕을 주기 위하여 신세력의 압도적인 경관을 세워 극명하게 대조시키는 방식이다. 그리고 또 다른 하나는 구세력에 대해 압도적인 우위를 점한 신세력은 구세력에 대한 연민의 정을 표하는 형식으로 구세력의 기념비 등을 세워주는 방식이다.[27]

이 중에서 일제는 덕수궁의 전각들을 헐어낸 빈자리에 잔디와 나무를 잔뜩 심어 공원화한 것이다. 그런데 일제가 상징물 전쟁 방식 중에 즐겨 사용한 것은 두 번째 방식인 '모욕주기'이다. 예를 들면 조선왕

---

27) 한소영 · 조경진, 「덕수궁(경운궁)의 혼재된 장소성에 관한 연구」, 한국전통조경학회지 제28권 2호, 2010, p.49

조의 법궁인 경복궁 정면에 일제는 르네상스 양식의 5층 조선총독부 청사를 지은 것이다. 조선총독부 청사는 당시에 일본 본토는 물론 일본 식민지들 가운데에서도 가장 큰 건물이었다. 거대하고 위압적이며 이질적인 건축양식의 조선총독부 청사를 조선왕조의 법전인 근정전 앞에 세움으로써 지배층과 피지배층을 극명하게 대비시킨 것이다. 연건평이 약 1만 평에 이르는 총독부 청사에 위축된 근정전의 모습을 상상하기란 그다지 어렵지 않다.

그런데 근정전보다 10여 년 앞서 전쟁을 겪은 것이 또 있다. 바로 대한제국의 표상이며 정신적 지주인 환구단이다. 일제는 1913년에 제일 먼저 환구단을 훼손했다. '조선철도호텔'을 짓는다는 구실 아래 하늘에 제사를 지낸 둥근 제단을 철거하고 그 자리에 일제는 당시에는 첨단 설비인 엘리베이터가 설치된 호텔을 지었다. 일제는 1910년 8월 29일 대한제국을 접수한 당일에 바로 국호를 조선으로 환원시켰는데, 조선은 중국에 사대했던 바와 같이 일본을 종주국으로 삼으라는 뜻이었다. 또 호텔명에 들어간 철도는 제국주의와 식민주의의 첨병인 이기였고, 철도를 부설할 부지는 무상 또는 헐값으로 점유하고 침목은 식민지 삼림에서 남벌하여 조달하면 되었다. 철도부설에 필요한 노동력은 부역을 통해서 혹은 값싸게 착취하면서 철도를 저렴하게 부설할 수 있었다. 그리고 철도가 완공되면 식민지로부터 수탈한 재화를 손쉽게 본국으로 운반할 수 있었으니 철도는 '꿩 먹고 알 먹고' 그 자체였다. 환구단 시설 가운데 유일하게 현존하는 건물은 황궁우인데, 황궁우는 황천상제(皇天上帝)와 황지기(皇地祇) 그리고 태조고황제(이성계)의 위패를 모신 공간이다. 조선 창업자인 이성계의 위패를 모신 공간을 일제는 호텔 정원의 한낱 구성요소로 전락시켜 버렸다. 여기에 더하여 온갖 잡인이 출입하는 호텔이 환구단에 들어섰으니, 일제가 환구단을 얼마나 지독하게 모욕했는지를 알 수가 있다.

그림3 조선철도호텔 후원 속의 황궁우, 서울역사박물관

　현재는 조선철도호텔을 철거하고 그 자리에 1967년 재건축한 웨스틴조선호텔이 들어서 있다. 재건축 당시의 주체는 국제관광공사란 국영기업이었는데 여전히 호텔명에 조선을 사용했다. 광복한 지 불과 20여 년이 지난 것에 불과했는데, 역사에 대한 인식의 결핍은 예나 지금이나 다르지 않았다. 일제강점기에 일본인 민속학자 곤 와치로가 이 호텔에 머물면서 감상을 남겼다. "조선철도호텔 정원에 있는 황궁우를 바라보니 조선인들을 지나치게 유린하고 있다는 느낌을 받았다." 일제는 상징물 전쟁에서도 승리하였고, 전리품으로 황궁우를 지금까지 홀로 남아있게 하는데도 승리했다.

　프랑스 건축가 르 코르뷔지에(Le Corbusier)는 말하기를 "건축은 기억을 담는 용기"라고 했다. 건축물은 오랜 시간이 지나서 수명이 다하기보다는 전쟁과 같은 폭력, 정치적·종교적 보복 또는 과욕에 의한 반사회적 행위로 사라지는 것들이 훨씬 많다. 이는 동서고금을 막론하고 언제 어디서나 확인할 수 있다. 우리 역사에서도 이를 강력하게 실천한 바가 있었는데 바로 문민정부에서다. 문민정부는 이른바 '역사 바로 세우기'를 통해서 '중앙청'이란 이름으로 정부청사로도 박물관으로도 사용되었던 조선총독부 청사를 1995년 일거에 철거했다. 36년간 일제의 식민지배를 받았고 6·25란 참혹한 전쟁을 겪었지만 우리나라는 10위 안팎의 경제 대국으로 성장했다. 이제는 피해의식보다는 자신감을 가져도 충분하다고 평가하는 전문가들도 국민도 많아졌다.

그래서 그런지 이른바 부정적인 문화유산도 보존하여 반면교사로 삼고자 하는 작금의 문화정책은 높이 평가할 만하다. 그렇지만 조선총독부 청사는 너무나도 노골적으로 민족정기를 짓밟는 건물이었으니 백번이라도 허물어야 했고, 잘 허물었다. 또 문화 당국은 2000년대 들어와서는 멸실된 궁궐의 전각들과 다양한 문화재들을 복원하고 있다. 이것 또한 일제에 의해서 남겨진 상처를 치유하는 과정이겠지만, 또 다른 방식의 상징물 전쟁이라 할 수 있다. 지금까지 오랜 시간이 걸린 것과 같이 앞으로도 오래 걸리겠지만 말이다.

우리 손으로 덕수궁을 훼손했던 적도 있다. 1961년 연못에 스케이트장을 개설했고, 세종대로에 접한 동쪽 돌담을 해체하고 철책 담을 두르기도 했다. 1968년에 다시 돌담으로 복원했지만, 지금의 위치로 16m를 후퇴시켰고 대한문도 지금의 자리로 이동시켰다. 한때 덕수궁과는 무관한 세종대왕 동상이 광명문 근처에 오랫동안 자리하기도 했었다.[28]

---

28) 한소영·조경진, 「덕수궁(경운궁)의 혼재된 장소성에 관한 연구」, 한국전통조경학회지 제28권 2호, 2010, p.53

그림4 덕수궁 철책 담, 서울기록원

2장

조정이
왜 명당이야?

2장 조정에 서면 보이는 것들

04. 조정이 왜 명당이야?

조정은 명당

덕수궁의 중화전과 경복궁의 근정전, 창덕궁의 인정전은 각 궁궐의 정전이다. 각 정전의 앞마당을 조정이라 하는데, 조선왕조의 주요한 국가 의례는 조정에서 이루어졌다. 조정이 위치하는 곳이 바로 명당이다. 조정이 명당이라고 하니 고개를 갸우뚱할 수도 있다. 일반적으로 명당이란 용어는 묘터를 찾는 데서 종종 들어왔기 때문이다. 그러나 엄밀히 말하면 명당이란 풍수가 아니라 유교에서 비롯된 용어다. 산 사람들의 집을 짓는데 발생한 풍수란 개념이 죽은 자의 집(무덤)까지 확대된 것이지, 죽은 자의 집을 찾는 데서 풍수가 비롯된 것이 아니다. 조선 시대에 왕이 죽으면 왕릉에 명기(明器)를 함께 부장했다.

명기란 무덤에 묻기 위하여 작게 만든 그릇인데, 이를 함께 부장한 것은 살아 있었을 때처럼 죽어서도 삶이 유지되기를 바랐기 때문이다. 이로 보아서도 산 자의 풍수가 죽은 자의 풍수로 확장한 것임을 알 수 있다.

고대 이집트에서는 왕이 죽으면 미라로 만들었는데, 사람이 죽은 뒤에도 살았을 때와 똑같은 형태로 살아간다고 믿었기 때문이다. 미라가 그만큼 중요했다. 투탕카멘의 무덤에서는 수십 개의 식량과 과일 바구니, 포도주 수십 병이 발굴되기도 했다.[29]

고대 중국 다수의 고전에 의하면 명당은 왕이 정치적 명령 또는 법령을 펴는 평평한 땅으로서 제후들을 모아 놓고 조회를 하는 곳이고, 제후의 높고 낮음을 밝히는 자리이며 제사를 지내는 곳으로 정의하였는데, 풍수에서도 이런 개념을 빌려와서 무덤(혈) 앞의 평탄한 지형과 좌우의 산세를 아울러서 길지(吉地), 곧 명당이라 하였다. 조정은 의례와 제사의 공간이었기에 주변에 회랑을 배치하여 좌청룡과 우백호를 맡겼는데, 바로 중화전 앞마당을 두고 한 말이다.[30] 따라서 조선은 유교의 나라이지만 풍수의 나라이기도 했다. 조선왕조의 역사는 두 바퀴로 달리는 수레처럼 유교와 풍수로 읽어야만 오류를 줄일 수 있다. 태조 이성계가 한양에 도읍을 정할 때의 풍수의 역할이 지대했음을 상기해 보자.

가장 과학적인 업적을 창출했을 뿐만 아니라 훈민정음 창제는 물론 천문기기와 금속활자와 음악에 이르기까지 다양한 분야에서 천재성을 보인 세종대왕도 풍수 논쟁에 열의를 보였다. 세종 15년부터 23년까지 무려 9년 동안 계속된 풍수 논쟁에는 세종을 위시하여 영의정 황

---

29) 플러 토리, 유나영 옮김, 『뇌의 진화 신의 출현』, 갈마바람, 2019, p.290~292
30) 박정해, 「명당의 의미와 특징 분석」, 『국학연구』 제23집, 2013, p.652~678

희 등 조정 대신 전원이 참여했다. 세종은 경복궁 터가 제대로 된 명당인지, 백악산의 지맥이 어디로 들어왔는지, 또는 인왕산이 주산인지 등에 관심을 표했고, 경복궁 터에 관한 엇갈린 견해를 판정하기 위해 직접 백악산에 오르기까지 했다.[31] 한마디로 조선은 주유야풍(晝儒夜風)의 나라였다. 관료들이 낮에는 성리학으로 서로의 정치적 주장을 주고받았지만, 밤에는 풍수를 공부하여 정적을 공박하는 데 이용했다. 대표적인 것이 왕릉의 천장이다. 왕릉을 옮기는 것은 단순한 풍수적 길지로의 이장이라기보다는 정치적인 주도권(Hegemony)의 쟁탈전이기도 했고, 정치세력간 정국 전환의 방편이었으며, 왕의 처지에서는 왕권을 강화하는 방식이기도 했다.[32] 왕의 궁궐과 왕릉, 서원, 종가댁, 민속 마을들 속에도 풍수는 깊숙이 배여 있다. 풍수로써 터를 잡았더라도 유교 문패를 걸어 놓는 것은 잊지 않았다.[33] 풍수로 잡아 놓고서 유교로 설명하였을 뿐이다.

그리고 풍수는 요즘 말로 달리 표현하면 친자연적인 사상이라고 말할 수 있다. 왜냐하면 우리 선조들은 자연과 인간을 동일시했기 때문이다. 좀 더 과장하면 자연의 품속에 선조들이 안겼다고 하겠다. 그래서 그런지 풍수에 나타난 자연환경에 관한 선조들의 태도는 환경에 순응하는 식이지, 자연을 정복한다든가 통째로 개조한다든가 하는 생각은 찾아볼 수 없다. 아울러서 산이 많은 우리의 자연 지형이기에 나름의 풍수 논리가 전개되기에 충분한 여건을 갖춘 것도 사실이다. 또 전후좌우로 산에 가로막혔지만, 하늘이 열려 있기에 닫힌 공간이라 느끼지는 않았다고 선조들은 강변했다. 오늘날과 같이 분지라고 하여

---

31) 윤홍기, 『땅의 마음』, 사이언스북스, 2011, p.92
32) 최원석, 「조선 왕릉의 역사 지리적 경관 특징과 풍수 담론」, 『한국지역지리학회지』 제22권 제1호, 2016, p.140.
33) 장영훈, 『궁궐을 제대로 보려면 왕이 되어라』, 담디, 2005, p.158

산업화에 따른 오염된 공기가 정체되거나 자동차의 요란한 소음이 메아리치는 곳도 아니었다. 그저 북서풍의 찬 바람을 막아주고 시냇물 소리가 졸졸 들리는 풍경이 연상되는 그런 모습이었다. 선조들이 삶의 편리성을 추구하거나 이로움을 얻기 위해서 자연에 손을 대더라도 다리를 놓거나 연못을 파고 정자를 세우는 정도가 다였다.

우리나라의 자연환경에서 생각해봐도 쉽게 이해되기도 한다. 서북쪽에 산이 있으면 겨울에 추운 바람을 막아주고, 집 앞에 개천이나 연못이 있으면 이런저런 설명 없이도 그냥 좋지 않은가? 풍수라고 하여 실눈을 뜨고 삐딱하게 볼 이유도 없다. 그래서 풍수에 빗대면 중화전이 생기가 모여 있는 혈(穴)에 해당하기에 임금이 남쪽을 향하는 곳이 된다. 그리고 조정을 명당이라 하였으니 조정은 혈의 주인을 향해 신료들이 예를 드리는 곳이다. 앞서 풍수에서는 산과 물과 좌향이 중요하다고 했는데, 좌향은 남면이고 남면은 임금의 시선이다. 반대로 남쪽에서 북쪽을 향하면 신하의 시선이다. 궁궐의 주인은 가고 없지만, 그래도 궁궐에 오면 임금의 시각으로도 눈길을 던져보아도 좋을 것이다.

이제 국가의 주요한 의례가 조정에서 이루어져야 함을 이해했다. 주요한 의례인 만큼 한 치의 불길한 요인이 개입하여서는 안 되었기에 의례 장소는 명당이어야 마땅했다. 임금을 모시고 행하는 조참(朝參)이 대표적이다. 관원들은 조정에서 임금에게 네 번 절을 하고 업무를 보고하고 왕명을 받는 의식을 매월 4차례(5일, 11일, 21일, 25일) 행했다. 중국 황제를 향한 망궐례(望闕禮), 황제의 칙서를 보내고 받는 의식, 각종 제향에 향과 축을 전하는 의식, 왕이 백관과 조회하는 의식, 왕세자를 비롯한 각종 책봉 의식, 과거시험 및 합격자 발표 의식 등을 행하는 곳이다.[34] 이곳 덕수궁 중화전에서도 책봉례가 있었다.

1907년 1월 24일 중화전이 복구되고 나서 고종이 중화전에 나아가 황태자비 책비례(册妃禮)를 행하였고, 2월 1일에는 내전에서 황태자비의 관례(冠禮)를 행한 바가 있다.[35]

마당

조정의 의미를 확장해 보자. 조정은 궁궐에서 가장 넓은 마당의 다른 이름이다. 마당은 우리의 전통 건축문화의 하나이지만, 언제부터인지 우리는 마당의 유용성을 거의 잊고 살아가고 있다. 프랑스의 베르사유 궁전과 창덕궁은 각각 세계유산이지만, 조영된 특징은 상당히 차이가 있다. 마당을 이해하기 위해 피상적이지만 이 둘을 살펴보자. 베르사유 궁전은 평평한 대지 위에 돌로 지은 대규모의 단일 석조건물이다. 짓는 데 오래 걸릴 수밖에 없는 석조건물은 건축적으로는 내구성이 우수하며 벽체가 하중을 지지한다. 이에 따라 창문은 작을 수밖에 없고, 창문이 작으니 실내로 들어오는 햇빛도 제한적일 수밖에 없다. 이렇게 큰 건축물을 지을 수 있었던 것은 자연조건도 한몫했는데 파리는 연중 강수량이 600㎜ 정도에 불과하여 지반이 단단하고, 과거에는 유럽 대륙이 바다였기에 가공성이 우수한 대리석이 풍부한 것도 한 요인이었다.

이에 반하여 산이 많은 한국의 창덕궁은 수십 채의 목조건물로 이루어졌다. 석조건물의 장점인 내구성을 제외하면 목조건물은 석조건물보다 장점이 많은 건축물이다. 우선 가공성이 좋기에 '빨리빨리' 지을 수 있다. 기둥이 하중을 지지하기 때문에 창문의 크기를 자유롭게 조정할 수 있고 따라서 햇빛을 많이 끌어들여 실내를 밝게 할 수

---

34) 윤진영 외 9인, 『군영 밖으로 달아난 한양 수비군』, 한국학중앙연구원출판부, 2019, p.061
35) 홍순민, 「광무 연간 전후 경운궁의 조영 경위와 공간구조」, 『서울학연구』 제40호, 2010, p.41

있다. 증축과 수리도 쉽게 할 수 있고 용도 변경도 자유롭게 할 수 있다. 그런데 한양은 연 강수량이 1,400㎜가 넘는다. 그만큼 큰 건물을 짓기에는 지반이 물렀고 화강암은 많았어도 경도가 커서 가공하기가 어려웠다. 프랑스 사람이 밀과 빵을 주식으로 하고 우리네는 쌀과 밥을 주식으로 하는 사실만큼 건축문화에서도 큰 차이가 날 수밖에 없었다.

그런 가운데에서도 눈여겨볼 것은 마당의 유무이다. 베르사유 궁전도 커다란 정원을 가지고 있지만, 정원이지 마당은 아니다. 그네들은 중요한 행사는 실내에서 모두 할 수가 있다. 그러나 우리네 실정은 다르다. 많은 사람이 실내로 들어와서 의례를 행할 공간이 없다. 목조건물의 한계가 비로소 드러난다. 크고 높은 건물을 짓기 위해서는 큰 나무가 필요하고, 그런 큰 나무를 얻는 데는 수십 년, 수백 년이 걸리는 일이다. 큰 나무를 구했다손 치더라도 수량 또한 제한적일 수밖에 없고, 먼 거리에서 구한다면 더욱 한정적일 수밖에 없다. 더군다나 무거운 지붕을 짊어져야 하는 목조건물에서는 그 크기를 무한정 키울 수만도 없었다. 그래서 자연 속에 작은 건물 여러 채로 나누어서 지었고,[36] 그래서 우리에게는 마당이 절대적으로 필요했고, 그렇게 마당을 두었다. 마당은 건물이 2층만 되어도 기능을 상실한다. 우리의 자연환경조차 우리가 하늘로 올라가는 것을 경계했다. 이래저래 우리의 문화는 수평적일 수밖에 없었다.

여기서도 풍수 원리가 슬금슬금 기어 나온다. 수평적 문화임을 뒷받침하는 내용이 『고려사』에도 나온다. "산이 드물면 높은 누각을 짓고 산이 많으면 낮은 집을 지으라." 하였는데 산이 많은 것은 양(陽)이 되고 희소하면 음(陰)이 되며, 높은 누각은 양이 되고 낮은 집은 음이

---

36) 전봉희, 『나무 돌 그리고 한국건축 문명』, 21세기북스, 2021, p.154

되니, 우리나라는 산이 많으니 만일 집을 높게 지으면 반드시 땅의 기운이 손상된다는 것이다. 그 때문에 태조 이래 대궐 안에 집을 높게 짓지 않았고 민가에 이르기까지 완전히 이것을 금지했다.[37] 우리의 전통 가옥에서 이층집이나 고층 집을 발견하기가 어려운 이유이다.

염일방일(拈一放一)이란 말이 있는데 '하나를 얻으려면 하나를 놓아야 한다.' 라는 뜻이다. 지금의 경제학 용어로 표현하면 '제로섬 법칙' 이고 물리학 용어로 표현하면 '에너지보존법칙' 이라고 할 수 있겠다. 신라 선덕여왕 때 세워진 황룡사구층목탑은 무려 80m에 달했는데 조선 시대에 와서는 높은 건물은 아예 사라졌다. 이는 풍수 탓이라고 해도 좋을 것이다.

지금은 멸실 되어 없지만, 중화전도 근정전·인정전·불국사처럼 동서쪽에 행랑이 있었다. 일제는 대한제국을 식민지로 강제 편입한 직후인 1911년에 이미 중화전의 서쪽 행랑을 훼철하기 시작했는데, 석조전 정원을 조성하면서 석조전 축선과 중화전의 축선이 충돌하자 석조전 축선에 맞춘다는 구실에 의해서다. 그런데 정전을 사방으로 둘러싼 행랑으로부터 종교학자 미르체아 엘리아데(Mircea Eliade)와 왕즉불(王即佛) 사상을 만나게 된다.

엘리아데에 의하면 세속과 다른 세계인 사찰은 히에로파니(hierophany, 성현(聖顯))를 갖춘 초월적 공간이고, 궁궐은 크라토파니(kratophany, 역현(力顯))의 절대 권력을 갖춘 초월적 공간이라는 것인데, 즉 종교건축에서는 히에로파니가, 궁궐 건축에서는 크라토파니가 드러나야 한다는 것이다. 이를 위해서 엘리아데는 역사 속의 모든 종교 건축과 궁궐 건축은 높이·거리·중심·정형성 등을 이용하여 각각의 권위를 드러냈노라고 말한다. 첨탑과 같은 높이는 모든 문

---

37) 송기호, 『이 땅에 태어나서』, 서울대학교출판문화원, 2015, p.32

화권에서 우월적 존재를 나타내고, 돔(Dome)이나 볼트(Vault) 등도 높이를 통해서 신성을 표현한다. 거리는 산지 사찰의 긴 진입로와 세 개의 문(일주문·천왕문·해탈문)으로 세속의 때를 걸러내는 장치로 활용했다.[38] 중심은 가장 높고, 가장 먼 거리에 위치하므로 항상 성스러움을 나타내는데 바로 북극성을 자처하면서 남면하는 임금의 집, 정전이 대표적이다. 사찰에서는 대웅전이다. 정형성은 앞서 3가지 방법론을 조합한 결과로 나타난다. 현실 세계의 절대권력자인 왕의 집과 정신세계의 유일한 숭배 대상자인 부처의 집이 같은 양식을 갖춘 배경을 엘리아데가 쉽게 설명해준다.

조정을 중심으로 동서쪽 행랑이 좌청룡·우백호로 포진하고 정전이 북현무, 중화문이 남주작으로 명당임을 주장한다. 이런 전각의 배치는 서원과 향교에서도 관찰된다. 즉 혈의 자리에 대성전이 있고 그 앞마당을 중심으로 동무(東廡)와 서무(西廡)가 자리한다. 명륜당에는 동재(東齋)와 서재(西齋)가 각각 배치된다. 엘리아데가 루마니아인인 만큼 이런 사상은 서양 건축에서도 당연히 볼 수 있다. 더군다나 그들의 건축물은 거의 완전 대칭으로 적극적으로 상징화한 다음, 동서남북의 건물 중심 위를 둥근 천장으로 덮고 있다.[39] 조정은 유교의 명당과 풍수의 명당이 절묘하게 섞여 있다. 앞에서 미리 살펴봤지만, 풍수를 발복과 도참으로만 보고 현대에 발달한 과학의 눈으로만 재단한다면 우리의 흥미로운 전통문화를 볼 수가 없게 된다. 아쉬움이 될 수도 있고 콩과 보리를 구별하지 못하는 우를 범할 수도 있다.

---

38) 국사편찬위원회, 『삶의 공간과 흔적』, 우리의 건축문화, 경인문화사, 2011, p.141~144
39) 임석재, 『우리 건축 서양 건축 함께 읽기』, 컬처그라퍼, 2011, p.182

월대

명당과 혈 사이에 월대(月臺)가 있다. 왜 여기에 월대를 만들고 답도라는 계단을 만들었을까? 엘리아데가 말하는 크라토파니를 구현한 또 다른 장치이다. 정전(중화전)은 궁궐에서 가장 중요하고 왕의 권위를 상징하는 중심 건물이며 혈이다. 명당에서 신하들은 혈에 자리한 성인에게 예배를 드려야 한다. 혈과 명당이 짝을 이루지만, 둘의 위계는 하늘과 땅 차이이다. 즉 혈은 무엇과 비교할 수 없는 가장 높은 위계이기에 중심이어야 하고 성스러워야만 한다. 따라서 성스러운 것의 주변 모든 것은 성스러움을 위하여 세속적이고 종속적이어야 한다.

이렇게 성스러운 곳과 세속적인 곳을 구별하기 위한 장치가 월대이다. 그래서 조선의 성스러움 그 자체인 왕은 걸어서 세속적인 곳으로 이동할 수는 없었다. 왕이 국가이고 성스러움 그 자체인데, 세속적인 관료 또는 백성과 같이 걸어서 이동할 수는 없는 노릇이었다. 그래서 근거리일지라도 왕은 연(輦)을 이용했고, 장거리는 말이 끌거나 사람이 메는 여(輿)를 이용해야 했다.[40] 성과 속을 연결하는 월대의 답도조차 왕은 연을 타고 이동해야 했던 이유이다. 그래서 왕은 절대적으로 운동이 부족했다. 조선 전기의 왕들은 태조 이성계의 피를 받아 군사훈련이란 핑계를 대고 사냥에 나서기도 했지만, 중기에 들어서면 이조차도 신하들의 견제로 인하여 사냥을 자유롭게 할 수도 없게 된다. 그래서 조선의 왕들은 성인병을 달고 살았다.

---

40) 장성희, 『세종의 하늘』, 사우, 2020, p.142

그림5 중화전의 월대, 세속의 경계, 국가문화유산포털

05. 동서 위계의 마당, 조정

북 · 동 · 서 · 남

오늘날 우리는 서양의 직선적 사고의 영향으로 보통 동서남북으로 순서를 외지만, 불교에서는 동 · 남 · 서 · 북으로 왼다. 이 순서는 사계절이 순환하는 순서와도 일치하는데, 동쪽이 봄에 해당하고 여름 · 가을 · 겨울로 순환하듯이 각각 남 · 서 · 북이 된다. 그렇다면 유교에서는 동서남북의 위계를 어떻게 가져갔을까? 유교 사상은 한마디로 예악의 사상이라 할 수 있는데, 여기서 예는 질서를 포함한다. 하늘의 도를 지상에 구현하는 자가 북극성을 자처한다는 것을 알았으므로 이제는 이런 질문에 쉽게 답할 수 있다. 유교에서는 북쪽이 가장 높다. 임금이 북쪽에 앉아서 남쪽을 바라본다고 했다. 그러면 그다음은 어디일까? 동쪽이고 그다음이 서쪽이고, 끄트머리가 남쪽이다. 조정에는 품계석이 있다. 질서가 전부인 조선왕조에서 질서가 어지럽다고 하여 정조가 품계석을 세웠다니 우습기도 하다. 어쨌든 품계석이 동

서로 각각 줄지어 서 있는데, 동쪽은 문반이 서고 서쪽에는 무반이 섰
다. 이 둘을 합쳐 양반이라고 했다. 『경국대전』에는 무반의 품계는 정
3품 당상까지만 있다. 정1품에서 종2품까지 품계가 없으니 그만큼 문
반보다 낮은 것이다. 이로 미루어 보면 동쪽이 서쪽보다 한참 높았다.

구석기시대의 수렵·채취 시대를 지나 신석기시대에 들어오면서
인류는 농사를 짓고 이를 위해 집단생활을 시작했다. 이른바 신석기
혁명이다. 이동을 멈추고 한곳에 눌러앉아 농사를 지으니 식량 생산
에 의한 인구가 증가하고, 인구 증가에 따른 노동력 또한 증가하니 식
량 생산도 증가하는 선순환 구조가 생겨났다. 때로는 노동력이 부족
하면 이웃 부족과 전쟁을 벌여 포로를 잡아와서 노예로 삼아 노동력
을 보충하였고, 노예가 넘쳐나거나 흉년으로 먹을 것이 부족하면 노
예를 제사를 지내는데 필요한 희생(犧牲)으로 사용하기도 했다. 이렇
게 정착해서 농경민으로 사는 삶은 우리나라에서도 고조선과 삼국시
대를 거쳐 고려와 조선왕조 철종 때까지 죽 이어졌다.

이른바 고종 때 개항으로 근대화 또는 지금과 같은 산업사회로 진
입하기 직전까지는 수천 년 동안 이어진 사회는 농경사회였다. 따라
서 수천 년이 흐르는 동안 왕조가 여럿 바뀌었어도 사람들의 근본적
인 삶의 양태는 바뀌지 않았고, 논밭을 가꾸고 가축을 키우는 농사일
에서 국가의 모든 부가 생산되었다. 농경사회였던 조선 시대에는 노
인은 '살아있는 도서관'이었다. 세종이 『농사직설』을 편찬하면서 각
지방의 나이 많은 농부(老農)들에게 의견을 구하게 한 이유이기도 하
다.

한반도의 군주들은 국가를 보존하기 위해서는 백성으로부터 거두
는 세금이 필요했고, 군사도 그들로부터 조달했다. 그러한 이유로 세
금과 군대의 원천인 백성을 보호하고 이들의 불만을 사지 않도록 잘

다스려야만 했다. 백성을 잘 다스린다고 함은 백성의 등이 따뜻하고 배가 불러야 함을 의미하는 것인데, 이는 농사를 잘 지어야만 가능했다.

그런데 문제는 하늘의 요사스러운 변덕이었다. 옛날이나 지금이나 몬순[41]지역인 한반도는 봄 가뭄으로 인하여 농사를 짓는 데 어려움을 겪어왔다.[42] 연중 용수를 공급할 수 있는 대규모의 다목적댐[43]을 다수 보유하고 있는 대한민국이지만 현재도 강원도와 충청남도 일부 지역에서는 매년 봄 가뭄을 겪고 있다. 이른바 물은 대체하여 이용할 수 있는 물질이 아니기 때문이다. 따라서 물을 가둘 수 있는 고도의 건축기술이 없었던 근대 이전의 사회에서는 봄 가뭄은 어떻게 해볼 수 없이 감수해야만 했다.

어쨌든 가뭄이 들든 홍수가 나든 백성이 굶게 되면 이는 모두 왕의 책임이었다. 옛사람들은 봄철에 비가 오면 '비가 내린다.'가 아니라 '비가 오신다.'라고 했다. 말 그대로 가뭄 속의 비는 단비였기 때문이다. 가뭄이 들면 이는 농가만의 문제가 아니라 나라 전체의 문제가 되었다. 집에 도둑이 들고 길을 가다가 날강도에게 봇짐을 털려도 이틀 사흘 굶으면 되었지만, 가뭄이 들면 왕이든 백성이든 모두가 일 년을 굶어야 했다. 전 백성이 굶어야 했으니 그 해만으로 끝나면 그나마 다행이었다. 2년 혹은 3년 연속으로 가뭄이 들면 길거리에 굶어 죽은 사람이 즐비했노라는 기사는 실록에서 쉽게 찾아볼 수 있다. 이는 왕권이 위협받을 만큼 사회의 불안 요인이기도 했다.

---

41) 몬순(monsoon)이란 계절에 따라 바람 방향이 바뀌는 계절풍을 말한다. 즉 겨울에는 육지에서 바다로, 여름에는 바다에서 육지로 바람이 분단. 여름에 장마가 지는 이유도 습기를 먹은 바닷바람이 우리나라 쪽으로 불어오면서 생기는 현상이다. 봄 가뭄도 몬순의 한 현상이다.

42) 이하상, 『기후에 대한 조선의 도전 측우기』, 소와당, 2012, p.30~31

43) 다목적댐이란 말 그대로 목적이 여럿인 댐을 말한다. 즉 생활용수와 농업·공업용수 등을 공급하면서도 홍수를 조절하고 발전도 한다. 지역에 따라서는 내륙 주운과 관광 등에도 활용되는 댐이다. 우리나라의 경우 한국수자원공사가 다목적댐을 건설하고 운영관리한다.

임금의 천문학

그래서 군주들은 하늘을 살펴야 했고, 하늘에 이상 징후가 있으면 하늘에 제사를 지내고 근신해야 했다. 가뭄이 들면 기우제를 천 번 만 번 지내야 했음은 기본이었고, 임금은 식사할 때 반찬 수를 줄였고 고기반찬을 먹지 않았으며 술도 삼가면서 하늘의 눈치를 살펴야 했다. 그래도 가뭄이 지속되면 죄수를 석방하고 왕의 여인인 궁녀들까지 출 궁시켜 가면서 하늘의 감응이 있기를 간절히 빌어야만 했다. 임금이 하늘의 중심인 북극성을 자처한 업보였다. 업보이지만 임금도 살길을 모색해야만 했다. 우선 가뭄과 홍수 등 천재지변을 해결하기 위해서 는 고향인 하늘을 살피면서도, 한편으로는 하늘을 잘 지켜내야만 했 다. 하늘로부터 새로운 천명을 받은 자가 나타나서 쿠데타를 일으키 고 반역을 꾀하는 길도 하늘은 열어 놓았기 때문이다. 새로운 왕조를 여는 데 성공한 반역의 주역들 또한 '천명(天命)'을 받은 것이기 때문 이다.

이런 가운데 천문학과 점성술이 발달하게 된다. 고대인들은 하늘이 심술을 부려 기후가 변한다고 생각했다. 하늘을 살피고 살피니 모든 별이 북극성을 중심으로 일주하는 것을 알았고, 하늘의 도를 그대로 지상에 구현하는 임금은 북극성을 자처했다. 북극성이야말로 하늘의 주인으로서 천둥과 번개, 가뭄과 홍수 등 천재지변을 관장하니, 지상 의 임금은 북극성의 뜻을 살펴서 미리 대처해야만 했다. 고구려·백 제도 하늘을 살폈고 이를 담당했던 신라의 첨성대는 현존하고 있다. 고려 때는 서운관(書雲觀)을 두어 천문을 살폈고, 조선은 서운관에서 관상감(觀象監)으로 이름을 바꾸었다. 태조가 한양으로 천도하면서 서운관도 옮겨왔다. 흥선대원군의 저택 운현궁 앞길은 나지막한 고개 였고, 그 고개 이름이 운현(구름재)이었다. 운현궁은 이곳에 서운관이 있었던 데에서 비롯된 이름이다. 영조·정조·순조 3대에 걸쳐서 관상감에서 근무했던 성주덕이 저술한 『서운관지』에 의하면 관상감 직제에 모두 194명이 편제되어 있었다. 많은 인원이 근무하면서 하늘을 살핀 것은 그만큼 중요한 직무였다는 것을 반증한다. 조선에서 우량을 잘못 기록하면 곤장 100대로 다스릴 정도였으니, 하늘을 기록하는 일은 대단히 엄중한 일이었다.[44]

선치조회(先置朝會)

하늘을 운운하면서 대단한 임금, 세종 이야기가 빠질 수 없다. 세종도 본인이 북극성임을 굳이 숨기려 들지 않았다. 세종의 천재성은 천문학에서도 유감없이 발휘되었는데, 천재성 못지않게 재치도 만점이었다. 전체 관원이 참여하는 조회가 되면 서열이 최우선이었던 조선왕조에서는 서열 순서대로 입장하고 앉아야 했다. 그런데 국왕은 북극성이라 움직일 수가 없으니 세종은 먼저 입장해서 관원들이 입장하는 것을 지켜봐야 했다. 그러나 이것은 큰 인내심이 필요했고, 그렇게 한들 권위가 있어 보이는 모습도 아니었다.

그래서 세종은 독특한 의례를 창안해 냈다. 3품 이하 관료는 미리 입장해서 움직이지 못하도록 했다. 이를 선치(先置)라고 하였는데 요즘 말로 하면 3품 이하 관료들을 투명 인간처럼 취급한 것이다. 그리고 세종이 입장해 어좌(御座)에 앉으면 북극성이 된 것이었고, 뭇별이 북극성을 중심으로 돌 듯이 2품 이상의 관원들이 차례로 입장토록 한 것이다. 이렇게 해서 의례가 시작되었고 끝나게 되면 입장의 역순으로 퇴장하였다. 2품 이상이 퇴장하고 나면 세종이 퇴장하고, 투명 인간들인 3품 이하가 퇴장하였다.

---

44) 이하상, 『기후에 대한 조선의 도전 측우기』, 소와당, 2012, p.160,183

그런데 시간이 조금 더 흘러 이조차 번잡스러웠는지 성종은 국왕이 먼저 퇴장하고 문무관원이 나중에 퇴장하는 것으로 바꾸었다.[45] 지금은 어떠한가? 세종과 성종 때의 선치조회가 약간 변형된 듯하다. 즉 직원들이 먼저 식장에 입장하여 앉아 있으면, 사장이 임원진을 대동하고 들어선다. 그리고 사장이 먼저 앉으면 임원진이 뒤따라서 앉는다. 퇴장할 때도 마찬가지다. 사장이 일어서면 임원진이 일어서고 사장이 퇴장하기 위해 발걸음을 떼면 임원들도 발걸음을 옮기고 일반 직원들은 다른 문들을 통해서 식장을 벗어난다. 우리가 무의식적으로 행하는 의례이지만 전통문화의 관성이 크다는 것을 알 수가 있다.

세계 최고 천문학

이제 임금이 북극성임을 알았고, 변형된 선치조회를 통해서 우리가 사는 세상에도 북극성을 흉내 내는 사람들도 많음을 알았다. 어쨌든 지상의 북극성이 하늘을 대신하고 있음을 알았으니 조선왕조의 천문학 수준을 살펴보자. 관상감에 194명이나 근무했으니 조선의 천문학 수준은 상당했을 듯한데, 실제도 그랬다. 조선왕조의 왕들 가운데서 어느 왕의 왕권이 가장 강력했을까? 관점에 따라서 의견이 분분할 수 있겠지만, 단연코 하늘을 가장 잘 알은 세종이라 할 수 있다.

세종대의 천문학 수준은 세계 최고 수준이었고 그만큼 왕권이 강력하다는 증거가 아닐 수 없다. 중국 고대 천문학의 권위자인 영국의 조지프 니덤(Joseph Needham)은 "15세기 조선은 당시 세계에서 가장 첨단의 관측 의기를 장비한 천문기상대를 소유했으며, 조선은 15세기 초와 17세기 초에 천문학이 큰 도약을 이루었다."라고 평가했다.[46]

---

45) 국립고궁박물관 김동욱 등 7인, 『왕권을 상징하는 공간 궁궐』, 예맥, 2017, p.105~108
46) 정성희, 『세종의 하늘』, 사우, 2020, p.117

또 일본에서 1983년 간행된 『과학사 기술사 사전』에 따르면 세종 재위 기간인 15세기 전반 동안 세계 과학의 주요 업적 가운데 조선이 29건, 중국 5건, 일본 1건, 동아시아를 제외한 나머지 지역이 30건이었고, 세종은 조선을 세계 최고 수준의 과학 국가로 이끌었으며, 발명된 천문기기만 20여 종에 달했다고 기술하고 있다.[47]

전 세계 많은 민족 가운데에서 조선의 천문학 수준이 중국과 인도와 이슬람 세계를 제치고 세계 최고였다고 하니, 우리 역사에서 어깨를 우쭐하게 해주는 몇 안 되는 일에 속한다고 하겠다. 그리고 공교롭게도 그렇게 평가한 나라는 19세기 패권국인 영국과 영국을 닮고자 탈아입구(脫亞入歐)를 외쳤던 일본, 두 섬나라다.

세종 당시만 해도 달이 해를 가리는 일식은 두려움 그 자체였다. 일식이 예보되면 왕과 신하는 소복으로 갈아입고 어떤 잘못인지는 모르지만, 하여튼 잘못에 대한 용서를 구하면서 다시 해가 나오기를 기다렸다. 해가 달에 먹히는 것은 제왕이 빛을 잃는 불길한 징조였는데, 달인 신하가 해인 군왕의 권능을 침해하고 있을 때 일어난다고 믿었기 때문이다. 일식이 시작되면 병사들에게 지시를 내려 소리를 지르고 북을 두드리며 달을 향해 활을 쏘게 했다.[48] 달을 공격하는 일종의 행위인데, 이는 고대 시베리아에서는 개나 이리 또는 괴수가, 인도에서는 아라한의 하나인 라후(Rahu)가 달 또는 해를 먹기 때문이라고 생각한 것이 한반도까지 전해진 것이다.[49]

---

47) 김상혁 외 2, 『장영실의 흠경각루, 그리고 과학 산책』, 민속원, 2017, p.11
48) 세종대의 일식에 대한 행위가 육영공원 교사였던 길모어가 본 월식 이야기에도 나온다. "내가 조선에 도착한 지 얼마 되지 않아 근심에 가득 찬 얼굴로 하늘의 개가 달을 잡아먹고 있으니 나와서 보라고 헐레벌떡 달려온 남자 때문에 놀란 적이 있다. 그 당시 월식(月蝕)이었다. 이를 보기 위해 내가 집 밖에 나오자 커다란 징 소리와 도시 전체에서 총을 쏘아대면서 북을 두들기고 쇠붙이를 두드리는 소리가 들려왔다. 곧이어 궁궐에서부터 소총 부대의 사격 소리가 들려왔다. 그러한 모든 것이 무엇을 의미하는가를 물어보고서야 나는 그것이 하늘의 개를 쫓아내기 위한 소음이었다는 것을 알았다. 이런 방법은 늘 성공적이었으며 비록 그 짐승이 달을 거의 다 먹어버린 상태에서도 그 짐승은 항상 쫓겨갔다는 것이다." 조현범, 『문명과 야만』, 책세상, 2020, p.165

일식을 정확하게 예측하려면 한양의 위도를 알아야만 한다. 우리 역사에서 한양의 위도를 직접 관측하기 시작한 것은 세종 때다. 현재 서울 광화문의 북위는 37도 34분 8초다. 세종은 간의를 만들어 위도를 측정하게 했는데 이때 관측값은 38도 $\frac{1}{4}$분이었다. 이 값은 지구를 한 바퀴 도는 각도를 365도 $\frac{1}{4}$로 했을 때의 값으로 360도로 환산하면 37도 41분이 된다. 현재 남아있는 조선 후기(숙종)의 앙부일구에는 37도 39분 15초로 새겨져 있고,[50] 덕수궁 석조전 앞의 앙부일구도 같은 위도 값이 새겨져 있다. 세종대에 간행된 『칠정산내편』에는 1년의 길이를 365.2425일로, 1달의 길이를 29.530593일로 산출해냈는데 지금의 1태양년 365.24219일, 1삭망월[51] 29.5306일과 거의 동일하다.[52]

세종대 제작된 천문기기들은 천체의 위치를 측정하는 혼천의(渾天儀)와 간의(簡儀), 별자리가 뜨고 지는 모습을 볼 수 있는 혼상(渾象), 절기와 1년의 길이를 측정하는 규표(圭表), 간의를 편리하고 작게 만든 소간의(小簡儀), 세종이 직접 고안한 것으로 알려지기도 한 해시계와 별시계의 일체인 일성정시의(日星定時儀), 해시계의 일종으로 휴대가 편리한 현주일구(懸珠日晷), 말 위에서도 사용 가능했던 천평일구(天平日晷), 자석 없이도 남북을 정확하게 알 수 있었던 또 다른 해시계 정남일구(定南日晷), 자동 물시계인 자격루(自擊漏) 등이 발명되었다.

다양한 분야에서 천재성을 보인 세종은 여기서 그치지 않고 정량적인 기상학 분야도 개척했다. 청계천과 한강에 수표를 설치하여 수위

49) 우노 하르바, 박재양 옮김, 『샤머니즘의 세계』, 보고사, 2014, p.194~196
50) 정성희, 『세종의 하늘』, 사우, 2020, p.210
51) 태양년과 삭망월은 통상적으로 일 년, 한 달하는 말과 같은 기간을 뜻한다. 예를 들면 1태양년은 춘분에서 다음 춘분까지의 시간이고, 1삭망월은 보름에서 다음 보름까지의 시간이다. 천문학의 항성년과 항성월 등과 식별하기 위한 용어이다.
52) 전상운, 『한국 과학사』, 사이언스북스, 2000, p.40

를 측정하였고, 측우기를 사용하여 세계 최초로 강우량을 정량적으로 측정한 것은 세계 과학사의 획기적인 사건이었다. 이를 인정하여 한때 영국 런던 과학박물관에는 조선의 측우기와 측우대 모형이 당당하게 전시되기도 하였다.[53] 그러나 유감스럽게도 일성정시의와 현주일구를 제외하면 조선 초기의 천문기기들은 임진왜란을 겪으면서 모두 잃어버렸다. 세종대왕의 높은 수준의 업적을 정릉동 행궁의 초대 주인인 선조가 한순간에 날려버린 것이다.

지금 덕수궁에는 두 개의 해시계가 있다. 석조전 앞의 앙부일구(仰釜日晷)와 서관(국립현대미술관 덕수궁관) 앞의 평면 해시계인 지평일구가 그것들이다. 그러나 해시계인 앙부일구는 1990년에 보물로 지정된 창덕궁의 앙부일구를 본떠 제작한 모조품을 설치한 것이고, 또 다른 해시계인 지평일구는 설치시기조차 알 수가 없다.[54] 모조품이라 할지라도 중화전이나 함녕전 등 전통 전각 주변에 설치할 것이지 근대적 정전이라는 석조전 앞에 설치한 이유를 모르겠다. 환구단에도 앙부일구가 있지만, 그림자를 생성하는 영침(影針)은 멸실되어 본래의 기능을 상실한 채 하늘을 향해 열려만 있다.

동서 이야기

동서남북 중 북쪽 이야기를 길게 했다. 조선에서는 북·동·서·남의 위계였으니 충분히 이해할 수 있으리라 본다. 다음 위계인 동쪽과 그다음 위계인 서쪽을 함께 살펴보자. 문반이 동쪽 품계석에 위치하고 무반이 서쪽에 위치하는 것은 해가 뜨는 동쪽이 해가 지는 서쪽보다 더 우위에 놓았기 때문이다. 이런 이치는 동서양의 문화에서도 유

53) 전상운, 『한국 과학사』, 사이언스북스, 2000, p.135~141
54) 박상규, 문화재청〉국민참여〉국민신문고〉민원열람〉 처리번호 2AA-2204_0505163, 2022

사하게 나타난다. 동아시아에서는 태양이 뜨는 동쪽은 생명의 싹이 트는 곳이기에 봄으로 비정했고, 반대로 사람은 죽으면 서쪽에 묻었고 계절은 가을로 간주했다. 조선의 형벌을 다루는 형조와 의금부는 육조거리의 서쪽에 자리했고, 서소문 밖 사형장과 새남터 처형장도 모두 경복궁의 서쪽에 있었다.

이집트에서도 사람이 죽으면 서쪽으로 간다고 생각하였기에 나일강 서쪽에 투탕카멘 등 왕들의 무덤이 있고, 귀족의 무덤도 피라미드도 모두 나일강 서쪽에 있다. 반면에 부활의 공간인 이집트의 신전들은 동쪽에 있다.[55]

또 교회에서 출입구가 항상 서쪽인 것은 콘스탄티누스 황제 때 생긴 전통으로 콘스탄티노플에 건축했던 모든 교회의 출입구를 성지 예루살렘을 바라보는 방향으로 내게 했기 때문이다. 흥미로운 것은 서양에서는 예루살렘이 동남쪽이지만 콘스탄티누스가 세운 전통을 존중하여 지금까지도 서쪽으로의 출입구를 고수하고 있다는 점이다.[56] 기독교 문명이 동서축을 근간으로 하는 것처럼 불교와 힌두교 사원도 동서축을 기본으로 한다. 인도는 1년 내내 태양이 머리 위에 높이 걸려 있어서 남북축보다는 동서축이 더 중요했기 때문이다. 덕수궁 북쪽 담장과 이웃하고 있는 성공회 주교좌성당도 출입구가 서쪽에 있고 제단(apse)이 동쪽에 있는 것은 동서축을 근간으로 하는 좋은 예다.

물론 예외도 있다. 1892년에 준공된 중림동의 약현성당(藥峴聖堂)은 동서축으로 출입구와 제단이 있지만, 출입구가 동쪽에 있고 제단이 서쪽에 있는데 그 이유는 알 수 없다. 반면 위도가 높은 유교 문명권에서는 가능하면 햇볕을 많이 받아야 했으므로 남북축이 절대적이

55) 송기호, 『이 땅에 태어나서』, 서울대학교출판문화원, 2015, p.240
56) 김희욱, 「우리나라의 사찰과 유럽의 성당 비교」, 『민족미학』 제9집, 2010, p.305

었고 불교 사찰도 중국과 우리나라에 들어오면서 남북축으로 바뀌었다.[57] 약현성당이 그러했듯이 불교사찰 가운데에서도 토함산의 석굴암이 동서축이고, 마곡사의 대광보전(大光寶殿)은 남북축이지만, 대웅보전(大雄寶殿)은 동서축을 하고 있다. 한꺼번에 모든 것이 바뀌는 절대성은 여전히 존재하지 않는다.

이런 전통은 공자 이후 한나라를 거쳐 고려를 거쳐 조선에서도 유지되었는데, 그런 흔적은 역사에 많이 남아있다. 태조 이성계는 강녕전의 동온돌에서 생활하였고 신덕왕후 강 씨는 서쪽 온돌에서 생활하였다. 또 임금과 신하가 모여서 공부하는 경연에서 정1품 영사는 동쪽에서 서쪽을 향해 앉았고, 2품인 지사와 동지사는 서쪽에서 동쪽을 향하여 앉았다. 3품 이하는 남쪽에서 임금을 보고 북향하여 앉았다. 중국 황제의 칙서를 가지고 칙사가 오면 칙사가 정문으로 들어가고 왕은 동문으로 세자는 서문으로 출입했다. 왕은 서쪽에서 동쪽의 칙사로부터 칙서를 받았다. 연회가 열릴 때도 칙사가 주인으로서 동쪽에 앉았다. 왕이 숨이 거두려고 하면 머리를 생명의 근원인 동쪽으로 향하게 했다.[58]

어린 순조가 대왕대비의 수렴청정을 받을 때 대왕대비는 동쪽에서 남면했고, 어린 순조는 서쪽에서 남면해야 했다.[59] 덕수궁과 관련된 사료도 보인다. 먼저 정릉동 행궁의 주인인 선조 이야기다. 선조는 명군 최고 지휘관인 송응창이나 제독 이여송과는 물론 연대장급과도 맞절해야 했고, 일부 거만한 사신 가운데는 자신이 황제인 양 선조를 남쪽에 앉히기도 했다.[60] 군사를 일으켜 쿠데타(반정)에 성공한 능양군

---

57) 전봉희, 『나무 돌 그리고 한국건축 문명』, 21세기북스, 2021, p.95
58) 신명호, 『조선 왕실의 의례와 생활』, 궁중문화, 돌베개, 2002, p.35~37,197
59) 박현모, 『정조 사후 63년』, ㈜창비, 2011, p.126
60) 한명기, 『광해군 탁월한 외교정책을 펼친 군주』, 역사비평사, 2000, p.145

은 인정전에서 인목대비의 명을 기다리면서 서쪽에서 동향하고 기다렸었다.[61]

민간에서도 동서의 위계는 지켜졌는데 전통 혼례식에서 신랑은 동쪽에 신부는 서쪽에 섰다. 또한 전통 가옥의 사당은 동북쪽에 두었는데, 조상의 혼을 모신 곳이니 생명과 부활의 방향인 동쪽에 두는 것은 당연했다.

그다지 실질적이지 않은 전통은 사라져도 좋으련만 동서 시비의 대표적인 것으로 '병호시비(屛虎是非)'란 것이 있다. 무려 400년이나 지난 오늘날에 와서야 종결되었는데, 병호시비를 간단히 살펴보면 이렇다. 1575년 백련사 옛터에 창건된 여강서원(1676년 호계서원으로 개칭)은 1868년 대원군에 의해 철폐되었지만, 강당은 남아있었다. 안동댐이 건설되면서 남아있던 강당이 수몰될 위기에 몰리자 경상북도는 이를 임하댐 하류로 옮겼고, 여기에 더하여 2013년 호계서원을 복원하는 사업을 추진하여 2017년에 준공했다. 이 복원사업이 병호시비를 되살리는 발단이 되었다.

1570년 퇴계 이황이 세상을 뜨자 제자인 서애 류성룡과 학봉 김성일의 후손들은 여강서원에 퇴계를 모시기로 했지만, 류성룡과 김성일의 위패 중 누구의 것을 동쪽에 놓느냐를 가지고 후손들 간에 다툼이 빚어졌다. 영의정을 지낸 류성룡이 관찰사를 지낸 김성일보다 관직은 높았지만, 나이는 김성일이 연상이었기 때문이었다. 이 논란을 병호시비라 하였는데, '병'은 류성룡을 배향한 병산서원을, '호'는 김성일 학맥이 장악한 호계서원을 이름이었다. 대원군 때조차 결론이 지어지지 않자 흥선대원군은 호계서원을 아예 철폐함으로써 논란을 잠재웠는데, 21세기에 경상북도가 이를 되살린 것이었다. 어쨌든 2013

61) 김인숙, 「인조 경운궁 즉위의 정치적 의미」, 『한국인물사연구』 제15호, 2011, p.187

년 류성룡의 위패를 동쪽에 놓되 서쪽에는 김성일과 그의 후학인 이상정을 함께 배향하는 것으로 하여 병호 간에 화해가 이루어졌다.[62] 그렇지만 퇴계의 후손들은 이를 시대의 흐름에 역행한다고 보았는지 큰 결심을 했다. 2021년 퇴계의 후손들은 퇴계의 위패를 '불태워 보낸다' 라는 '소송(燒送)' 을 통해 완전하게 시비의 끝을 냈다.

그림6 호계서원(강당), 국가문화유산포털

이런 동서의 위계 흔적은 덕수궁에서도 찾아볼 수 있다. 덕수궁 석조전의 2층에 있는 황제침실은 동쪽에 황후의 침실은 서쪽으로 계획하였고, 머리를 두는 방향도 황제는 동쪽 황후는 서쪽에 향하도록 했다. 연회가 열리는 1층의 대식당의 자리 배치도 동서로 길게 놓음으로써 제일 높은 사람이 동쪽에 앉도록 하였다. 고종은 한일 강제 병합후 덕혜옹주를 환갑이 넘어서 얻었다. 덕혜옹주를 함녕전 서쪽 온돌이 아닌 동온돌로 데리고 왔다는 기록도 남아있다.

우리말 가운데 한자어가 어느덧 70% 이상을 차지한다. 세종의 훈민

---

62) 국민일보, '400년 영남 유림 갈등(병호시비)', "종지부 찍는다", 2020.11.19

정음이 창제된 이후 빠르게 보편화되었더라면 한자어의 비중을 크게 낮추어서 순수한 우리말이 많이 남아있었을 텐데, 아쉬움이 크게 남는 또 다른 우리 역사다. 사라지기 직전의 우리말 가운데 바람에 관한 용어도 있다. 동풍은 우리말로 샛바람이고 서풍은 헌 바람 또는 하늬바람이다. 해가 매일 새벽에 동쪽에서 새롭게 뜨니 샛바람이라 했고, 해가 떠서 온종일 땅을 비추느냐고 일을 했으니 헌것이 되어 헌 바람이라 했다. 이왕 바람 이야기가 나왔으니 좀 더 이야기해보자.

선조들은 남풍을 무엇이라고 했을까? '마파람에 게 눈 감추는 듯하다.' 라는 속담이 있는데, 여기서 마파람은 남풍이다. 마파람은 맞바람의 변형인데, 여기에도 기준은 임금의 남면임을 알 수 있다. 북쪽을 마주하고 있는 상태에서 북풍이 불어오면 이 또한 맞바람이고, 서쪽을 마주하고 있을 때 앞에서 불어오는 바람 역시 맞바람이 된다. 그러나 남쪽을 바라보고 있을 때만의 앞바람을 맞바람, 마파람이라고 하였으니 기준점은 역시 왕이었음을 알 수 있다. 아니면 모두가 왕이 되고 싶어했기에 남풍만 마파람이라고 하였는지도 모른다. 북풍은 겨울에 되게 불어오니 된바람 또는 뒷바람이라고 하였으니 우리의 바람 이름은 꽤 재치도 운치도 있어 보인다.

좌의정과 우의정

동서의 위계질서는 좌우의 위계로도 연결된다. 임금이 남면하면 왼쪽이 동쪽이 되기에 왼쪽인 좌(左)가 오른쪽의 우(右)보다 높게 된다. 따라서 좌의정이 우의정보다 높은 것인데, 문신에 대한 인사권이 있는 이조와 무신에 대한 인사권이 있는 병조 모두 좌의정이 관장한 것만 봐도 알 수 있다. 삼정승 아래에 종1품인 좌찬성과 우찬성, 정2품인 좌참찬과 우참찬이 승진하려면 우에서 시작하여 좌로 올라섰다.

임진왜란 발발 당시 이순신 장군의 직책은 전라좌도 수군절도사였다. 지금은 행정구역을 전라남북도, 경상남북도로 구분하지만, 조선시대에는 전라 좌·우도, 경상 좌·우도로 나누었다. 이때 임금이 있는 도성에서 남쪽을 바라볼 때 지리산이 있는 동쪽의 산악지대를 전라좌도라 하였고, 목포·바다가 있는 평야 지대를 전라우도라 하였기 때문이다. 경상도는 낙동강을 기준으로 좌·우도로 나누었는데, 원균은 낙동강의 오른쪽인 경상우도 수군절도사였다.

이는 나라를 팔아먹은 이완용에게서도 찾아볼 수 있다. 1882년 미국과 통상 조약을 맺은 조선은 미국이 정동에 공사관을 개설하자, 이에 대한 답례로 보빙사를 파견했다. 고종은 보빙사의 건의를 수용하여 최초의 근대식 교육기관인 관립 육영공원을 1886년 설립하였다. 이때 대한제국의 독립을 위해 헌신한 헐버트(H.B. Hulbert)와 길모어(G.W. Gilmore)·벙커(D.A. Bunker) 등 3명의 교사가 초빙되었고, 이때 학생들은 2개 반으로 편성되었다. 과거 급제자 10명 이하의 젊은 관료로 구성된 반을 좌원(左院)이라 하였고, 고위 관료들의 자식들로 구성된 반은 우원(右院)이라 하였다. 이때 매국노의 거두 이완용은 이때부터 진작에 나라를 팔아먹으려고 작정했었는지는 알 수 없지만, 영어를 배우고자 늦깎이인 29살에 자원해서 입학했다. 그리고 그는 역사에 기록된 그대로 행했다.

조정에 있는 동쪽과 서쪽의 품계석에서도 우리 문화의 한 단면을 충분히 읽을 수 있다.

06. 고종의 고뇌가 보이는 이름, 중화전(中和殿)

고종은 지금의 즉조당을 정전으로 삼아 태극전(1897.10.7.)이라 부르다가 불과 4개월 뒤에 중화전(1898.2.13.)으로 고쳐 부르게 했다. 중화(中和)의 사전적 의미는 '덕성이 중용을 잃지 않은 상태'로 정의하지만, 『중용』에서는 '한쪽으로 치우치지 아니하면 만물이 제자리에 있고 만물이 잘 자란다.'라고 기술하고 있다. 고종이 대한제국의 법전을 중화전이라고 한 이유일 것이다. 경복궁의 근정전이나 창덕궁의 인정전, 창경궁의 명정전처럼 임금이 지향하는 정치의 방향을 제시하는 전통을 벗어나서, 고종은 중화전이라고 명명했다. 여기에 당시의 시대적 혼란과 역경에 처한 대한제국과 고종의 고민이 담겨있다. 당시의 정국을 개괄해 보자.

왜 중화전인가?

1882년 임오군란과 1884년 갑신정변 이후 위안스카이(袁世凱)를 통한 청나라의 간섭이 심해지자, 고종은 묄렌도르프(P.G. Mollendorff)의 권유대로 러시아에 접근했다. 당시는 군함과 대포를 앞세운 제국주의와 식민주의가 기세등등했던 만큼, 묄렌도르프는 어느 나라이든 간에 약소국은 큰 나라의 힘을 빌리지 않고서는 생존을 도모할 수 없다고 봤다.[63] 조선의 종주국인 중국은 종이호랑이였으며, 침략적인 일본은 신뢰할 수 없었고, 미국은 이들 나라보다 덜 제국주의적이었다고 보았으나 멀리 있었고, 그래서 택한 것이 러시아였다. 그는 한발

---

63) 1866년 병인박해로 처형된 프랑스 다블뤼 주교가 묄렌도르프보다 앞서서 같은 생각을 했다. "모든 나라로부터 고립된 조선은 이웃의 두 강대국 사이에 끼어 어렵게 저항하고 있으며, 언제나 자신을 최대한 낮은 위치에 두는 선택을 한다. 중국에 복속되었던 이 굴레를 애써 벗어나려 하지 않고 받아들였다. 이런 선택을 통해서 평온을 유지했다. 또한 일본에 완전히 복속된 적은 없었지만 아주 번거로운 위치에 종종 처했다. 그때에도 여전히 아무 말도 하지 않았으며 언제나 같은 식으로 일을 처리하였다. 이것은 조선인들의 능란한 방책이었다. 이러한 방책은 그들에게 완전한 자유를 누리게 해주었다. 그래서 중국의 천자들은 조선의 내부 문제에는 거의 간섭하지 않았다. 조선은 자신들이 작다고 말하고 작게 행동하고, 언제나 약하다고 말하면서 미리 나라와 백성을 허약하게 하는 것이다. 어떤 것도 절대로 크거나 화려하게 만들지 않으며, 매장량이 막대할 것이라 예상되는 금과 은의 대량 개발도 막고 있다." 조현범, 『문명과 야만』, 책세상, 2020, p.73

더 나아가 중국과 일본과 러시아가 조선의 중립성을 보장해주면 유럽의 중립국인 벨기에처럼 될 것이라고 봤다.

갑신정변이 일어났을 때 러시아는 청일전쟁의 발발을 우려하여 일본이 어떤 항구도 점령하여서는 안 된다고 일본 정부에 경고했고, 고종은 이를 고마워했다. 러시아의 행위가 고종에게는 고마운 일이었고 그 경고가 조선으로서는 호의적인 결과로 나타난 것뿐이었지, 조선을 위하여 러시아가 선의를 가지고 한 것은 아니었다. 각국의 입장은 예나 지금이나 자국의 이익이 우선일 뿐이다. 크리미아반도와 아프가니스탄에서 러시아를 상대로 그레이트 게임을 행한 바 있던 영국은 1885년 4월 11일 재빠르게 거문도를 불법 점령하여 러시아의 남하에 대비했다. 민영익에 의해 조선과 러시아와의 밀약이 드러나자 러시아를 경계한 리홍장(李鴻章)은 묄렌도르프를 소환하였고, 영국의 거문도 점령이 러시아의 한반도 침투를 견제할 수 있다고 보고 리홍장은 이를 용인하였다.

고종이 청으로부터 독립하려는 의지를 계속 보인다고 여긴 리홍장은 약관 위안스카이를 보내 고종을 거칠게 다루도록 하였고, 1885년 8월에는 임오군란 때 납치해 갔던 대원군을 석방해 고종의 친러정책을 견제했다. 그리고 이듬해에는 아예 고종을 폐위하고 이준용을 왕위에 앉히려고 음모까지 꾸몄다.[64] 이에 한술 더 뜬 것은 위안스카이로 그는 조선을 아예 청나라로 병합시켜 일개 지방으로 만들려고 했다. 그러나 이에 일본이 전쟁을 불사하겠다며 강력하게 반발하고 나섰고 영국도 러시아도 반대하자 위안스카이는 병합을 포기하여야 했다. 하지만 위안스카이는 고삐를 늦추지 않고 1889년에는 고종을 암살하려고까지 하였다.

---

64) 최종고, 「묄렌도르프와 한말 정치 외교」, 한국정치외교사학회, p.44~47

고종에게는 안팎으로 힘든 나날들이었다. 1885년부터 1893년까지만 해도 전국에 걸쳐서 32차례의 크고 작은 민란이 발생했고, 민중의 분노는 극에 달했다. 드디어 1894년 동학혁명이 발발했다. 고종으로서는 열강의 침략적 야욕 속에 내란까지 더해졌으니 설상가상으로 어려움이 가중되었지만, 일본으로서는 울고 싶은데 뺨 맞은 격이 됐다.

일본은 호시탐탐 한반도를 노렸다. 메이지유신을 단행하였지만 제반 개혁에는 막대한 재원이 필요했고, 재원을 충당하기 위해서는 고율의 세금 징수 외에도 조선과 대만 등을 침략하여 침략의 영향력에 의한 약탈무역이 필요했기 때문이다. 일본은 축적된 자본이 없었기 때문에 약탈 또는 외국 자본에 의존하지 않고서는 산업건설 등을 수행해나갈 수가 없었다.[65] 치밀하게 준비해서 조선을 침략해야만 했고 드디어 때가 무르익었다.

1892년 11월 전라도 삼례집회와 1893년 3월 보은의 대규모 집회 등으로 선을 보인 동학농민군은 1893년 가을 흉년과 고부의 조병갑이 횡포가 도를 지나치자 전봉준이 봉기했다. 대원군과 동학군이 연계되었다고 의심한 고종은 청나라 군대의 개입을 섣부르게 요청[66]했고, 관군과 동학군이 '전주화약'을 맺었지만, 텐진조약을 근거로 일본군도 출병해 용산 등 한성에 진을 쳤다. 동학군은 전라도에서 봉기했는데, 일본군은 한성으로 진격한 것이다. 여기서 일본의 숨은 의도를 읽을 수 있다. 즉 출병할 때부터 청나라와의 전쟁을 불사하지 않겠다는 의지를 간파할 수 있다. 먼저 일본은 경복궁 점령을 실행했다. 조선을 손아귀에 넣기 위해서는 청나라 군대를 한반도에서 몰아내야 했고, 이를 위해서 청나라와 전쟁할 명분이 필요했다. 말 잘 듣는 괴뢰정부

---

65) 이양자, 『감국대신 위안스카이』, 한울아카데미, p.104
66) 동학군 진압을 위한 청군 출병은 기존에는 조선 정부가 자발적으로 한 것으로 알려졌으나, 최근 위안스카이의 강요에 의한 것으로 밝혀졌다. 이태진, 『고종 시대의 재조명』, 태학사, 2000, p.30

를 만들어서 청나라 군대를 쫓아내달라는 공문서를 받으면 되었고, 일본은 이를 위해 대원군을 괴뢰정부의 적임자로 여겼다. 일본은 7월 23일 경복궁을 점령하고 고종을 포로로 잡았다. 다음날 대원군을 중심으로 새로운 내각이 편성되었고 25일에는 서해안 풍도의 정박 중인 청나라 해군을 기습하면서 청일전쟁은 시작되었고 일본의 무력이 통했다.

아베 신조(安倍晋三)

역사는 과거의 단편적이고 일시적인 사건이 아니라는 것을 일본의 경복궁 점령에서도 확인할 수 있다. 일본군 혼성여단을 이끌고 경복궁을 점령하고 고종을 포로로 잡은 자가 육군 소장 오시마 요시마사(大島義昌)다. 이 오시마 요시마사가 2022년 8월 피살된 일본의 전 총리 아베 신조의 외고조부이다. 우리 속담에 '콩 심은 데 콩 난다.' 라고 하였는데 아베 신조의 피에 오시마 요시마사의 피가 흐르고 있었다. 아베가 수상으로 있으면서 우리나라 반도체 산업을 마비시키기 위하여 핵심 부품인 감광액(포토레지스트)과 고순도 불화수소, 플루오린 폴리이미드 3개 품목을 한국에 수출할 때마다 정부 허가를 받도록 했다. 쉽게 말해서 한국의 반도체 산업을 마비시켜서 한국경제를 궁지에 몰아넣기 위하여 경제 침략을 한 것이다. 아베의 피에도 한국 침략의 피가 흐르고 있었다. 이에 우리는 반발하여 일본제품을 사지도 말고 일본으로 여행을 가지도 말자며 범국민 'No Japan' 운동을 벌였지만, 물론 2023년 우리는 이를 빠르게 잊고 있다.

삼국간섭과 을미사변

청일전쟁에서 패한 청나라는 시모노세키조약을 체결(1895.4.17.)하면서 혹독한 대가를 치러야 했다. 청은 대만과 랴오둥반도와 펑후 열도를 일본에 할양해주어야 했고, 당시 일본 세출 예산은 8,000만 엔[67] 정도인데, 이의 3배가 넘는 3억 엔이란 막대한 전쟁 배상금을 일본에 지급해야 했다. 이 배상금은 10년 후에 벌어지는 러일전쟁을 수행하는데 필요한 군비를 확충하는 종잣돈으로 쓰이게 된다. 그런데 일본으로서는 받아들이기 어려운 변수가 생겼다. 이른바 '삼국간섭'이다. 청일전쟁의 승리로 일본이 한반도와 남만주에서 영향력을 확대하자, 러시아는 프랑스와 독일[68]과 협력하여 1895년 5월 랴오둥반도를 일본이 반환하게 하는 데 성공했다. 일본의 랴오둥반도 점령은 러시아의 남하정책을 방해하였기 때문이다. 물론 프랑스와 독일도 러시아가 정의로워서가 아니다. 프랑스는 러시아와 동맹을 맺고 있었고, 독일은 러시아의 관심을 유럽에서 극동으로 돌리기 위함이었다. 모두 자국의 이익을 위한 판단이었고 단지 삼국의 이해가 맞아떨어졌을 뿐이다.

삼국간섭을 통해 러시아의 힘을 확인한 고종과 명성황후는 일본을 견제하기 위하여 다시 러시아를 끌어들였고, 고종은 주둔하고 있던 6,000여 명의 일본군 철수를 요구했다. 이에 이노우에 가오루(井上馨) 일본 공사는 전신선 사용 대가로 300만 엔을 기부하겠다고 제안했으나 조선 정부는 이 또한 거절했다. 일본은 주한일본공사 이노우에를 미우라 고로(三浦梧樓)로 교체하고, 대본영의 참모차장 가와카미 소로쿠(川上操六)는 미우라에게 왕비 살해의 사명을 주었다. 그것은 일

---

67) 김문자 지음, 김승일 옮김, 『명성황후 시해와 일본인』, 태학사, 2011
68) 독일은 극동에서 러시아와의 공조는 유럽에서 독일에 적대적인 프랑스-러시아 동맹을 약화할 것이라고 분석했다. 독일은 당시 영국과 대치 상태에 있었던 러시아의 제의에 호의적인 반응을 보였고, 후에 프랑스가 동참하는 극동지역 삼국연합(Dreibund)을 결성하는 기반이 된다. 영국도 일본이 랴오둥반도까지 차지해서 일본의 힘이 지나치게 커지는 것은 원하지 않았지만, 삼국간섭에 참여하여 굳이 욕을 먹을 이유가 없다고 생각했다.

본군의 주둔을 강력하게 거부하는 고종을 위협하여 굴복시키기 위한 음모였고,[69] 삼군간섭의 치욕을 안겨준 러시아 쪽으로 조선이 친러시아정책으로 전환하자 일본은 명성황후를 살해하는 만행을 저지르는데 주저하지 않았다. 초강경파 육군 중장 출신의 미우라를 공사로 파견하여 명성황후를 살해함으로써 일본은 자국의 이익을 수호하고자 했고, 삼군간섭으로 인한 모멸감과 분노를 한꺼번에 표출했다. 그리고 다시 고종을 포로로 잡았다.

세계사에서도 이웃 나라의 궁궐을 짓밟고 왕비를 살해한 경우는 없었다. 아무리 약육강식의 제국주의 시대라고 하지만 일본에 대해서 영국과 미국도 냉랭한 태도로 돌아섰다. 아련하지만 당연히 전국 각지에서 의병이 일어났고, 백범 김구가 일본 군인을 살해한 것도 이때였다. 정동에 짙은 흔적을 남긴 선교사 언더우드, 아펜젤러와 헐버트 등이 고종의 신변을 보호하고자 나선 것도 이때였다. 이 참극을 맞은 고종은 왕권 회복을 위하여 대결단을 내려야만 했다.

아관파천

1895년 2월 고종은 영은문을 공개적으로 철거했다. 1895년 11월 28일 춘생문 사건이 발생했다. 고종을 미국공사관으로 피신시키려던 계획이었는데, 누설로 인하여 실패하고 주모자들은 처형되었다. 김홍집 내각은 명성왕후의 사망을 55일 만에 공식 발표하며 국상 준비에 들어갔다. 여기에 더하여 개혁의 일환이었던 단발령에 반발하는 의병이 전국으로 확산하자, 김홍집 내각은 궁궐 경비를 담당하던 훈련대 병력 일부를 빼서 지방으로 파견하기에 이르렀다. 이 와중에 1895년 12월 서재필이 귀국했다. 1896년 2월 11일 고종은 엄 상궁[70]의 가마를

---

69) 이태진, 『고종 시대의 재조명』, 태학사, p.194~196

타고 러시아공사관으로 피신했다.

이른바 아관파천이다. 고종은 즉시 김홍집 등 친일파와 대원군 파를 해임했다. 을미사변과 아관파천은 일본과 러시아가 전면전에 돌입하기 전에 벌어진 탐색전이었다. 을미사변의 만행을 앞두고 일본 전·현직 공사가 일정 기간 함께 체류했고, 아관파천을 앞두고서는 러시아의 전·현직 공사가 함께 체류했다. 삼국간섭으로 랴오둥반도를 토해낸 일본은 아관파천으로 인하여 한반도에서조차 영향력이 약화하자, 대동강과 원산을 경계로 하는 한반도 분할·점령을 제의까지 하였다. 물론 러시아는 이를 거절했다. 아관파천으로 일본의 압박을 벗어난 고종은 대한제국으로 국체를 바꾸고 자주 국가로서 기틀을 다지는 전환점을 마련하고자 노력했다.

고종은 러시아공사관에서 제국의 수립을 위해 백성을 위무하기 위하여 백성을 사랑하고 아낀다는 윤음(綸音)을 공표하고, 조세를 탕감하고 죄인들을 특별 방면했다. 조폐 기관인 전환국과 우체사를 설치하고, 철도 규칙, 전보사 관제, 친위대 증설, 지방제도와 관제 개정 등을 반포하면서 국가 조직 개혁도 추진했다. 경운궁을 보수토록 하고 경복궁에 있던 진전과 명성왕후의 빈전도 경운궁으로 옮겨 경운궁이 법궁 역할을 할 수 있도록 사전 정지작업을 진행하였다. 그리고 주변의 도시계획에도 착수하여 대한제국이 황국으로서 역할을 할 수 있도록 기반을 갖추어 나갔다.[71]

그러나 고종의 시련은 계속되었다. 청나라와 일본은 물론 서구의 열강들도 자국의 이익을 위해 열심히 고종을 기만했다. 물론 러시아도 예외는 아니었다. 러시아공사관에 체류하는 동안에 고종은 특명전

---

70) 영친왕의 생모로 후에 순헌황귀비까지 승차한다.
71) 김성도, 『경운궁 이야기』, 도서출판 고려, 2018, p.63~65

권대사 민영환을 러시아 황제의 대관식에 파견했다. 민영환은 니콜라이 2세에게 국왕의 신변 보호, 전신선 설치, 300만 엔의 차관 등을 요청했지만, 러시아는 군사교관만 파견하겠다고 선을 그었다. 건설 중이던 시베리아철도가 완성되기 전에 러시아는 일본과의 충돌을 피하고자 했고, 고종이 러시아공사관에 머물고 있던 도중인데도 러시아는 로마노프-야마가타 협정을 맺어 조선에 이중적인 태도를 보였다.[72] 서로 속고 속이는 국제관계를 고종은 이해하기 어려웠을지도 모른다. 민영환은 빈손으로 돌아와야만 했고, 고종은 러시아에 대한 실망을 곱씹으며 1897년 2월 20일 빈손으로 경운궁으로 환궁해야 했다.

광무개혁과 중립화 노력

고종은 1897년 10월 12일 대한제국이 자주독립국임을 대내외에 선포하고 광무개혁에 착수했다. 청일전쟁 이후 일본의 압력과 불평등조약 체결로 점철된 시국을 정비하는 동시에 국내시장 보호를 위한 제도적 장치도 마련해야만 했다. 봉건적 또는 쇄국에 의한 관성을 한꺼번에 뛰어넘을 수는 없었지만 새로운 체제와의 절충을 시도하면서 나아가야만 했다. 이른바 구본신참(舊本新參)이다. 가가(假家)를 철거하는 등 도로를 확장·개수하고 토지조사인 양전 사업을 시행하며, 동시에 직물·양잠·인쇄 등의 상공업 진흥책을 도모하면서 전기·전차와 철도부설, 은행 설립 등도 정부가 주도해 나갔다. 1898년 한해는 만민공동회가 예닐곱 차례 열리면서 시민들의 의식도 함양되기도 하였다.

이런 가운데 1900년 종이호랑이로 전락한 중국에서 반제국주의운동인 의화단 사건이 발생했다. 서구 열강들의 외교관들이 다수 목숨

---

72) 이윤상, 「황제의 궁궐 경운궁」, 『서울학연구』 제40호, 2010, p.1~24

을 잃게 되자 영국·프랑스·러시아·일본 등이 연합군을 형성하여 북경을 점령하고 의화단을 진압했다. 이를 빌미로 하여 러시아는 만주를 장악했고, 일본군의 대활약을 지켜본 영국은 일본과 1902년 1월 30일 첫 번째 군수 동맹을 맺었다. 군수 동맹은 전쟁이라는 값비싼 대가를 전제로 맺는 관계다. 고종이 이때도 손 놓고 있었던 것은 아니었다.

고종은 자주독립을 위하여 그리고 열강으로부터의 벗어나기 위하여 꾸준히 영세중립국을 도모하는 노력을 계속해 나아갔다. 먼저 대한제국은 1899년 만국우편연합, 1901년 국제적십자사, 1903년 제네바협약에 각각 가입했다. 1902년 2월에는 대한제국 명의의 만국평화회의 가입을 신청했고, 훗날 있을지도 모를 일본의 국권 침탈에 대비했다. 1901년 고종은 중립국인 벨기에와 수교까지 하였다.

그리고 1902년 준공을 목표로 돈덕전을 착공했다. 돈덕전 건축의 목적이 고종의 즉위 40주년을 기념하는 의례 공간 정도로 이해한다면 뭔가가 미흡한 느낌이 든다. 고종은 100평이나 되는 넓은 중앙홀에서 주한 외국 사절들을 초빙한 가운데 영세중립국을 선언하려고 했던 것으로 보인다. 그런데 이 또한 시간은 고종의 편이 아니었다. 1902년 콜레라와 가뭄이 휩쓸고 지나갔다. 미국 공사 알렌(H.N. Allen)의 제안으로 최초로 하와이 이민[73]을 떠난 것도 1902년 12월의 일이다. 고종이 원하는 의례를 할 수 있는 상황이 전혀 아니었다.

---

73) 오늘날까지도 아프리카가 흘리는 눈물의 씨앗은 유럽인에 의한 노예무역에서 비롯되었다. 흑인 노예들은 설탕을 만들기 위한 사탕수수농장으로 수없이 끌려갔다. 19세기에는 이 사탕수수농장이 하와이까지 전파되었다. 사탕수수 경작자들은 중국으로 눈을 돌렸다. 미국은 한창 내전 중이었고 아프리카 노예들은 선택 대상이 아니었다. 1850년대 중국인 노동자들은 변변한 돈을 받지는 못했지만, 그래도 중국인의 수는 점점 많아졌다. 이에 중국인 노동자들이 임금과 향상된 노동조건을 요구하기 시작하자 1880년대 농장주인들은 일본으로 눈을 돌렸다. 또 1898년에는 필리핀 노동자들을 데려와 중국인과 일본인과 경쟁시켰고, 1902년에는 여기에 한국인을 포함했다. 마크 애론슨, 마리나 부드호스, 설배환 옮김, 『설탕, 세계를 바꾸다』, 우리교육 검둥소, 2013, p.113~114

러일전쟁의 분위기가 무르익어 가는데, 고종은 러일전쟁 직전인 1904년 1월 21일 대한제국의 전시 중립을 전 세계에 타전했다. 프랑스어로 번역된 중립 선언문을 중국 즈푸(芝罘) 주재 프랑스 부영사의 도움을 받아서 타전했다.[74] 이전에도 고종은 중립화를 시도했었다. 1901년 의화단 사건이 종료된 후 고종은 궁내부 고문 샌즈(W.F. Sands)에게 중립화를 위한 각국과의 접촉을 지시했다. 대한제국을 중립국으로 인정해달라는 것이었는데, 일본도 러시아도 영국도 모두 반대했다.[75]

러일전쟁과 수옥헌(漱玉軒)

1904년 2월 4일 일본은 어전회의에서 러시아와의 전쟁을 최종적으로 결정했다. 일본은 2월 8일 여순항의 러시아함대를 기습 공격하는 것으로 러일전쟁을 도발했다. 2월 12일 러시아공사관은 한성에서 철수했고 일제는 강압적으로 2월 23일 한국과 일본과의 군수 동맹인 한일의정서를 체결했다. 군사상 필요한 지역은 일본이 원하는 대로 수용한다는 것이었고, 오늘날의 외국군 용산기지[76]가 탄생하게 된 것도 이때부터다. 4월 1일에는 대한제국의 전신망이 고스란히 일본으로 넘어갔고, 8월 22일에는 제1차 한일협약이 체결된다. 이의 결과로 일본인 재정 고문과 일본이 추천하는 외국인 외교 고문을 두고 이른바 '고문정치'가 시작된다.

한일의정서가 체결된 지 2개월이 못 되어 경운궁에 큰 화재가 발생

74) 서울정동협의체, 『정동 시대』, 한길사, 2021, p.57
75) 김윤희, 『이완용 평전』, 한겨레출판, 2011, p.167
76) 용산에 대규모 군대가 주둔한 것은 1894년 청일전쟁부터이다. 경복궁을 점령했던 오시마 요시마사가 지휘하는 여단 병력이 만리창과 공덕동 부근에 주둔한 것이었다. 이를 기념하여 일제강점기에는 이 지역을 오시마마치라 하였고, 일본인들은 1929년에는 이를 기념하는 기념비를 효창원에 세우기도 했다. 이 오시마 요시마사가 앞서 언급한 아베 신조의 외고조부다. 아베 신조와의 우리의 악연은 깊고도 깊다. 이순우, 『용산 빼앗기 이방인들의 땅』, 민족문제연구소, 2022, p.206

하여 궁궐 전체를 불태운다. 많은 이가 일본의 고의적인 방화로 의심했고 이런 정황은 충분했다. 먼저 화재로 인해 가장 득을 보는 것은 일본이었고, 가장 큰 피해를 보는 이는 고종이었기 때문이다. 고종이 일본에 대하여 비협조적이고 끝까지 대항하자 일본은 방화라는 악의적인 수단을 동원한 것이다. 10년 전 일본은 한 나라의 왕비를 살해까지 했는데 군사를 동원하지 않고서도 할 수 있는 궁궐을 태우는 것은 아주 쉬운 일이었다.

일본이 방화한 제일 목적은 고종이 경복궁으로 거처를 옮기도록 해서 유사시 다른 나라의 공사관으로 피신하지 못하도록 하기 위함이었다.[77] 이런 내용은 고종이 러시아 황제 니콜라이 2세에게 보낸 비밀 서한에 등장하고, 대한매일신보 사장인 어니스트 베델(E.T. Bethell)은 일본의 방화로 의심된다고 기사화까지 했다. 당시 러시아 공사 파블로프(A.I. Pavlow)가 자국 외무부에 보낸 보고서는 "고종황제가 소장하고 있는 연락용 암호 통신문이 궁정 화재로 소실됐다. 혹시 일본이 훔쳐서 보관하고 있을 수도 있으니 미리 방비하라."라고 하며 일본의 방화를 암시했다. 이뿐만 아니라 직접적인 증거로는 극심한 피해 당사자인 고종이 경운궁을 즉시 중건하라고 지시한 점이다. 적(일본)의 의도를 파악했다면 이를 따르지 않는 것은 당연한 일이었다.

고종은 다른 궁으로 옮기지 않고 수옥헌 영역으로 옮겼다. 지금의 중명전(重明殿)이다. 그리고 즉시 재정이 궁핍하더라도 궁궐을 중건

---

77) 이를 입증하는 내용이 프랑스공사관의 본국 보고문서에도 나온다. 고종이 프랑스공사관으로 파천하여 친일 내각을 해산하고 대한제국의 독립을 다시 세우려고 한다는 정보를 입수한 일본이 1904년 4월 14일 경운궁에 화재를 발생시켰다. 고종의 피해 금액은 3백만 엔에 달했다. 그리고 일본은 화재로부터 프랑스공사관을 보호한다는 구실로 공사관 앞에 일본군을 배치하여 고종의 프랑스공사관 파천을 저지하였다. 그 럿트 빠스깔, 「고종과 프랑스(1866~1906)」, 한국문화연구 12, 2007, p.262~263 또 고종은 러일전쟁이 벌어지기 직전 독일 변리공사 잘데른(Conrad von Saldern)에게 독일 관저로의 피신을 타진하였으나, 잘데른은 중립성만 강조하였다. 한스 알렌산더 크나이더, 최경인 옮김, 『독일인의 발자취를 따라』, 일조각, 2013, p.250

하라고 지시했고 그다음 날부터 중건 공사가 시작되었다. 이때 중건된 전각들이 지금의 중화전, 즉조당, 석어당, 함녕전, 중명당, 중화문, 양이재 등이다. 중화전은 본래 중층에서 단층으로 재건되었고, 대안문을 수리하고 이름을 대한문으로 바꾸었다. 경운궁이 어느 정도 복구되자 1906년 9월 고종은 중명전에서 각국 영사들을 접견하였다.[78]

일제는 한반도 내에서는 대한제국과 고종을 상대로 온갖 공작을 벌이는 한편 러시아를 상대로 뤼순을 함락하고 봉천 전투(봉천은 지금의 선양이다.)에서 일본군 70,000여 명의 사상자를 냈지만, 끝내 승기를 잡아갔다. 러시아는 1905년 1월 9일 이른바 '피의 일요일'[79]사건에 발목이 잡혔다. 일본은 쓰시마 해전에서도 러시아에 승리했지만, 일본도 더 이상의 여력이 없었기에 6월 1일 미국에 강화를 알선해달라고 부탁한다. 1905년 7월 29일 미국과 일본은 태프트-가쓰라 밀약을 체결하고, 미국은 일본의 한국 보호권을 인정해준다. 태프트-가쓰라 밀약은 1924년이 되어서야 세상에 알려진다. 미국은 영국에게 태프트-가쓰라 밀약을 알려주었고, 1905년 8월 12일 영국은 일본과 제2차 영일 군수 동맹을 맺는다. 1905년 9월 5일 포츠머스 강화조약이 체결되고 일본이 조선을 전리품으로 획득했음을 국제사회가 인정한다. 그리고 이런 일련의 정황이 결실을 거두며 일본은 1905년 11월 17일 을사늑약을 체결하고 대한제국의 식민지화를 마무리한다.

대한제국의 궁극적인 자주독립을 위해 영세중립국을 표방하고 이의 염원을 담았던 고종의 '중화전'은 이렇게 종말을 고했다.

---

78) 우리역사넷, 경운궁, 광무 연간 대한제국의 유일한 궁궐
79) 제정 러시아의 수도 상트페테르부르크에서 발생한 유혈 사태를 말한다. 비참한 생활을 하고 있던 20만 명이 넘는 사람들이 러일전쟁 중지와 각종 권리보장 등을 청원하기 위해 궁전으로 향했는데, 이를 군대를 동원하여 무자비하게 탄압하였다. 수백 명이 죽고 수천 명이 다쳤다. 1917년 공산화가 되는 러시아혁명의 시발점으로 본다.

07. 뭐에 쓰는 물건인고, 드므

궁궐 화재

건축물은 시간이 지나면서 낡거나 쓸모를 잃게 되면 철거하고 그 자리에 새로 짓기도 하지만, 역사에서 알 수 있듯이 상당수의 건축물은 수명이 남았음에도 불구하고 전쟁과 같은 변란 등에 의해 멸실 되는 경우가 대부분이다. 조선의 궁궐도 예외는 아니어서 임진왜란 때는 경복궁과 창덕궁 · 창경궁이 모두 불에 탔다. 광해군 때 중건된 창덕궁은 인조반정(1623)으로 인하여 다시 불에 탔고 창경궁은 인조에게 불만을 품은 이괄의 난(1624)으로 불에 탔다. 멀리 거슬러 올라갈 것도 없이 고종 때만 살펴보자. 경복궁 중건 중인 고종 3년 훈련도감의 임시 건물에 불이 나서 건물 800여 칸과 쌓아놓은 목재가 불에 탔고, 고종 4년 2월 9일에는 영건도감 감역소에서도 불이 났다. 고종 12년 12월 자경전에서 발생한 불로 고종은 창덕궁으로 거처를 옮겨야 했고, 그 이듬해에도 불이나 교태전 등 830여 칸을 태웠다.

덕수궁도 예외는 아니었다. 고종이 경운궁으로 옮겨오고 나서도 화재는 이어졌는데 1900년 10월 14일 경운궁 선원전이 불에 탔고, 그 이듬해인 1901년 11월 16일에는 수옥헌에서도 불이 났다. 경운궁의 1904년 4월 14일 대화재는 일제에 의한 방화였음을 앞에서 살펴본 그대로다. 이런 부류의 사고와 변란이 아니더라도 조선의 궁궐은 목조 건물이었기에 언제나 화재에 취약했다. 궁궐은 왕의 근무처이면서 생활하는 처소였기에 왕과 그의 가족을 보필하는 많은 궁녀와 군사 등이 상주하여야 했다. 그래서 궁궐은 처마 밑에 처마가 들어가 있듯이 전각들이 빼곡 들어찼고, 이런 결과는 화재에 매우 취약했다. 경운궁만 하더라도 1910년까지는 80여 채의 전각이 들어차 있었다. 아울러서 취사와 난방을 모두 숯과 나무에 의존하였으니 화재에 취약한 것은 불을 보듯 뻔했다.

그렇지만 화재를 예방하는 것은 예나 지금이나 각자가 주의하는 것 외에는 뾰족한 수가 없다. 지금이 과거에 비해 나은 것이 있다면 불연재를 사용하고, 화재의 확산을 방지하기 위한 방화문과 방화셔터 등을 설치하고 스프링클러를 이용하여 조기에 진화하는 정도일 것이다. 물론 119도 있다. 이런 고민을 세종도 했다. 또다시 등장한 세종은 화재에도 관심이 있었는데 궁궐의 주요 전각 지붕에는 쇠사슬을 설치하여 화재 진압 시 이용토록 하였다. 덕수궁은 현존하는 전각이 10여 채인데도 불구하고 대한문·중화문·중화전·함녕전·덕홍전 등의 지붕에 쇠사슬이 설치되어 있다. 그리고 중화전 전면 좌우에는 드므[80]를 설치하여 화재에 대한 주의를 환기하도록 했다. 드므는 주술적인 화재 예방 장치인데 "드므에 담긴 물에 화마가 물에 비친 자신의 모습을 보고 놀라 도망가기를 바라는 마음이 담겨져 있다."라고 중화전 드므의 덮개에는 친절하게 설명하고 있다. 근대 이전에는 드므는 꼭 필요한 장치임이 틀림없다.

소나무

이런 정도면 역대 조선의 왕들은 화재에 대한 트라우마를 갖고 있었다고 봐야 할 것이다. 그리고 궁궐의 건축 자재가 거의 소나무라는 사실을 알고 있었더라면 이런 노파심은 당연했다. 현존하는 조선 궁궐은 모두 흙과 나무로 지어졌다. 벽돌 또는 전돌과 기와는 흙을 불에 구워 만든 것이고 기둥과 보와 서까래 등은 모두 나무였다. 그것도 거의 모두가 소나무였다. 박원규의 연구에 의하면 삼국시대의 건축자재

---

80) 드므 : 높이가 낮고 넓적하게 생긴 독

는 참나무, 굴피나무, 밤나무 등 활엽수의 비중이 컸고, 고려 시대에 오면 활엽수를 제치고 소나무가 72%를 차지한다. 이것이 조선 시대 후기에 들어오면 건축재의 약 90%를 소나무가 차지하게 된다. 삼국 시대와는 달리 참나무와 느티나무 등의 활엽수가 건축자재로 쓰인 것은 5%에 불과했다.[81]

소나무는 우리나라 전역에서 손쉽게 구할 수 있는 나무이고, 추운 겨울에도 푸르른 잎을 잃지 않기에 선비의 곧은 절개를 상징한다며 조선의 선비들이 애호하는 나무이기도 했다. 또 소나무는 대나무와 함께 십장생의 하나이므로 일반 백성은 장생불사를 위함이든 구황 식품으로 여기든 간에 솔잎과 씨앗을 먹기도 하였고, 송기떡을 만들어 먹었고 송홧가루로 다식을 만들기도 하였다. 아기가 태어나면 금줄에 소나무 가지를 꽂았고, 조상의 묘 주위에는 소나무를 심었다. 참으로 소나무를 사랑한 민족이다. 더군다나 소나무는 속성수라서 60년 이상 자라면 건축 자재로 사용할 수 있고 송진까지 함유하고 있어서 잘 썩지도 않았다.

그렇지만 참나무나 느티나무가 소나무보다 재질이 단단하여 건축 자재로 더 적합하다는 사실을 우리는 경험적으로 알고 있다. 그런데도 소나무가 궁궐 자재로 사용된 이유는 불가피했기 때문이다. 수천 년 동안 한반도에서 역사가 전개되면서 재질이 단단한 나무들은 이미 베어져서 재목으로 사용되었다. 남은 것은 소나무뿐인데 소나무의 생태가 재미있다.

거친 땅에서조차 소나무는 잘 자랄 수 있단다. 비옥한 땅에서는 활엽수와의 경쟁에 밀려 소나무는 생존하기가 어렵다. 삼국시대 이전서부터 오랫동안 우리는 숲을 괴롭혀 왔다. 숲 바닥을 훑어서 땔감을 채

---

81) 전영우, 『궁궐 건축재 소나무』, 상상미디어, 2014, p.35

취했고 그렇게 해서 추운 겨울을 지낼 수 있었다. 또 숲 바닥의 풀과 나뭇잎을 긁어모아서 사람의 배설물과 타고 남은 재와 함께 썩혀서 퇴비로 이용하였다. 이렇게 수백 년 동안 숲을 괴롭혔으니 지력은 나빠졌고 활엽수는 설 자리를 잃었다. 활엽수가 있던 그 자리는 자연스럽게 소나무가 차지했다.

조선의 산림정책도 한몫했다. 조선 왕실은 국가가 사용할 소나무를 원활하게 조달하기 위하여 일반 백성은 소나무를 베지 못하도록 했다. 그 대신 소나무 외의 나무는 잡목으로 취급하여 자유롭게 벨 수 있게 했고, 숲 바닥의 낙엽을 긁어 땔감으로 사용할 수 있게 했다. 소나무가 잘 자랄 수 있는 여건이 만들어진 것이다.[82] 이와 같은 영향으로 지금은 소나무가 차지하는 비중이 전체 산림의 23% 정도이지만, 1940년대에는 무려 75%를 소나무가 차지했다.[83] 소나무가 사람들을 살리고 있었던 셈이다.

이런 소나무가 땔감으로는 최고였다. 송진으로 인하여 다른 나무들에 비하여 20% 정도나 발열량이 더 컸다. 발열량이 많으면 숯이나 재가 남지도 않는다. 그래서 도자기를 굽는 땔감으로도 소나무가 최고였다. 바닷물을 끓여서 소금을 만드는 데도 소나무가 크게 쓰였다. 조선의 소나무는 매우 유용한 나무였지만, 한 번의 화재는 온갖 것을 앗아가기도 했다. 소나무로 지은 집이 전부였던 조선왕조로서는 드므가 꼭 필요했다.

만세

그런 드므에 희성수만세(喜聖壽萬歲)란 글자가 도드라지게 새겨져

---

82) 전영우, 『우리 소나무』, 현암사, 2004, p.285~288
83) 김용만, 『숲에서 만난 한국사』, 홀리데이북스, 2021, p.230

있다. '임금의 수명이 오래도록 지속됨을 기뻐한다.'라는 뜻인데 천세(千歲)가 아닌 만세(萬歲)다. 고종이 대한제국을 개국하고 황제에 등극했기 때문에 가능한 일이었다. 그래서 3·1 만세운동이라고 칭할 수도 있었다. 병 주고 약 주는 것처럼 보이기도 하지만 어쨌든 고마운 일이다.

그림7 중화전 드무, 희성수만세 가운데 만세(萬歲)를 읽을 수 있다. 국가문화유산포털

08. 구름 대신 추녀마루를 탄 손오공, 잡상

궁궐 주요 전각들의 추녀마루에는 몇 개씩의 잡상들이 놓여 있다. 조선의 궁궐 건물들은 화재[84]에 취약한 목재 건물군이기에 잡상은 화재를 예방하고 액운을 막는 주술적 의미가 있으나 잡상 개수에 관한 자세한 연구를 정리한 자료는 아직 없다는 것이 일반적인 견해다.[85]

---

[84] 궁궐은 살아있는 왕이 거주하는 곳이기에 안전하여야 한다. 안전을 해치는 요소는 두 가지로 하나는 지하의 귀신이 방해하는 것과 천상에서 강림하는 화마이다. 고대에는 땅의 귀신을 달래기 위하여 건물터에 개를 묻거나 중요 건축물에는 아이를 묻었다. 그리고 화마를 피하기 위해서는 건축하고 나서 하

특히 잡상의 개수에 대하여 부분적이긴 하지만 조사·연구된 자료를 보면 다양하게 기술하고 있다. 예를 들면 음양오행에 의해서 대개 홀수로 배치하지만, 여성이 주인인 집은 짝수가 많은데, 그 이유는 남성이 양이라면 여성은 음이기에 짝수로 설치한다는 것이다.[86] 그리고 건물의 위계(등급)에 따라 잡상을 설치하는데 건물의 위계가 높을수록 잡상의 수를 많이 배치하나 우리나라의 경우에는 잡상의 수에 별로 신경을 쓰지 않았다는 견해도 있다.[87]

그렇지만 숫자는 문자보다 한층 더 독립적인 체계이며, 가장 단순한 차원의 상징이다. 그리고 건축물에 대한 이해는 그 건축물에 반영된 의미로부터 시작되어야 할 것이다. 요즈음도 다양하고 독특한 디자인을 통해 그 건물의 정체성을 드러내려고 애쓰는데, 근대 이전이라고 해서 궁궐 건축물이나 종교 건축물 등이 이를 간과할 수는 없었을 것이다. 왕은 자신이 거처하는 궁궐을 통해서 백성과 신료들에게 권위와 위엄을 보여주어야 했고, 기독교의 성당이나 사찰 등은 다양한 종교미술과 장식을 통해서 대중에게 종교적 감응을 일으켜야만 했다. 따라서 자신의 종교를 믿게 하려면 그 종교가 내세우는 사상을 함축해서 나타내어야 하는 일은 당연했다.

도교 문화

이런 측면에서 본다면 중화전 추녀마루의 손오공과 그의 친구들이 맥없이 걸터앉아있다고는 볼 수 없다. 중화전을 손님(관람객) 입장인 남쪽에서 북쪽을 보면 추녀마루의 잡상은 10개이고, 주인(왕) 입장인 북쪽에서 남쪽을 보면 그 추녀마루에는 잡상 9개가 설치되어 있다.

---

85) 한국학중앙연구원, 한국민족문화대백과사전, 잡상
86) 안국준, 『한양 풍수와 경복궁의 모든 것』, 태웅출판사, 2012, p.143
87) 윤열수, 『신화 속 상상 동물 열전』, 한국문화재보호재단, 2010, p.102

중화전처럼 잡상의 수가 9개, 10개 설치되어 있는 곳이 또 있는데 바로 경복궁의 근정전이다. 지금은 근정전 1층과 2층의 추녀마루에는 잡상이 7개씩 장식되어 있지만, 일제강점기에 조선총독부가 간행한 『조선고적도보』에는 분명하게 1층은 9개, 2층은 10개가 부착되어 있다. 과연 잡상의 수는 아무런 의미 없이 공간에 짜 맞추기 위한 개수의 나열에 불과한 것일까?

문동석은 그의 책 『서울이 품은 우리 역사』에서 잡상에 대한 최초의 글은 이능화[88)]의 『조선도교사』[89)]로 밝히고, 잡상은 도교 문화가 궁궐에 유입된 흔적이라 했다.

상상력

여기서 중화전의 잡상은 잡상이 왜 9개 혹은 10개인지를 나름대로 추적해 본다. 과연 잡상은 왕의 권위와 위엄을 나타내기 위한 상상력의 결과물일까? 이 질문에 대한 답을 살펴보도록 하자. 먼저 국립중앙박물관에서는 지난 2021년 5월 18일부터 9월 26일까지 〈호모 사피엔스, 진화∝관계&미래?〉란 주제로 기획전시회를 열었다. 당시 전시장 입구 측 서문(序文)에는 다음과 같이 기술하고 있었다.

---

88) 이능화는 근대 학문을 공부한 전주 이씨 종친의 후예로 천주교 박해를 받아 몰락한 남인 가문 출신이다. 이능화는 영어, 漢語(덧말:한어), 법어를 공부했고, 뛰어난 프랑스어 실력으로 곧바로 법어학교 교관이 되어 프랑스어를 가르쳤다. 1907년에는 학부 산하 국문연구소에서 지석영, 어윤적, 주시경과 함께 한글 연구에 참여했다. 이능화는 중추원 조사과 촉탁 등으로 근무하며 조선의 구관 제도를 조사했고, 조선사편찬위원회와 조선사편수회 위원으로 임명되었다. 이능화는 1932년 5월 사료 모집위원으로 임명되어 주로 신문 발췌를 담당했는데, 부친인 이원긍이 독립협회 활동으로 투옥까지 당했지만, 이능화 본인은 조선사편수 위원의 이력으로 『친일 인명사전』에 등재되어 있다. 서영희, 『조선총독부의 조선사 자료수집과 역사편찬』, 사회평론아카데미, 2022, p.228

89) 이능화는 1930년대에 저술한 『조선도교사』에서 한국 도교의 자생설을 심도 있게 고찰하여 큰 영향을 끼쳤다. 이능화는 한국 도교의 큰 흐름을 중국에서 전래된 '진정도교'와 한국에서 유래한 '선파(仙派)'로 구분했다. 진정도교 즉 과의적 도교라고도 했는데 과의는 도교 의식을 거행하는 도교를 지칭한다. 이에 비해 선파는 한국의 원시 종교에서 유래했다고 하였다. 그리고 한국에서 자생했다는 주장을 펴기 위해 이능화는 단군신화를 주목하였다. 장인성, 『한국 고대 도교』, 서경문화사, 2017, p.15

우리는 우리 자신을 호모 사피엔스(Homo Sapiens) 혹은 현생인류라고 부른다. 호모 사피엔스가 남긴 문화적 특징으로 예술, 장례, 도구, 기호와 언어, 탐험 등 5가지를 들 수 있다. 그리고 상상력이 그 바탕을 이루고 있음을 알 수 있다. 호모 사피엔스의 중요한 능력 중 한 가지는 '허구를 믿는 힘'이라고 한다. 호모 사피엔스는 상상력을 기반으로 실제로 존재하지 않는 세계나 체계를 만들어 많은 위기를 극복할 수 있었다. 이러한 특징들은 한꺼번에 등장한 것이 아니다. 점진적으로 누적되었으며 후기 구석기시대인 4만 년 전 무렵에는 널리 확인된다. 오늘날 우리 문명의 기원은 후기 구석기시대의 호모 사피엔스가 대부분 시작한 것이다.[90]

상기에서 말하는 '허구를 믿는 힘'은 곧 인간의 상상력을 말한다. 중국의 도교 학자 잔스촹(詹石窗)은 상징에 대한 의의를 헤겔의 말을 인용했다. 즉 헤겔은 『미학』에서 "상징은 그 개념에서든 역사상 출현한 순서든, 언제나 예술의 시작이다."라고 말을 했는데, 이를 바꾸어 말하면 예술은 처음부터 상징적인 것이 된다. 상징은 '구체적인 사물로서 어떤 특수한 의미를 표현한다.'라고 하였고, 또 헤겔은 "상징은 감성적으로 대상의 본질을 들여다봄으로써 외재적 사물을 드러내는 것이다. 이런 외재적 사물은 그 자체로 이해되지 않고, 그것이 암시하는 비교적 광범위하고 보편적인 의미에서 파악해야 한다. 즉 상징 속에서 구별해내야 할 것은 하나는 의미이고, 다른 하나는 그 의미의 표현이다. 표현은 일종의 감각적 존재 또는 형상이다."라고 말했다. 잔스촹은 이러한 상징의 시각으로부터 도교 예술을 살펴보면 다양한 사실을 발견할 수 있고, 새로운 인식도 얻을 수 있으며, 도교 예술의 상징은 아주 복잡하고 다양하다는 것, 그리고 자연적인 부호와 인공부

---

90) 국립중앙박물관, 호모 사피엔스 진화∝관계&미래? 기획전시장 서문, 2021.6.29

호로 나눌 수 있다고도 하였다.[91]

이로부터 알 수 있는 것은 다른 종교에 대비하여 비교적 신비성이 크게 도드라지는 도교에서 잡상이란 문화가 파생되었다면, 상징물의 개수를 의미 없이 산정하지는 않았을 것이다. 이를 뒷받침하는 김양동의 학술적 주장을 들어보자.

　　한국민족문화대백과사전에서 '문양'을 다음과 같이 정의하고 있음을 소개하고 있다. '문양은 그 시대 사람들 의식의 반영이며 정신활동의 소산임과 동시에 창조적 미화 활동의 결과이다. 또한 문양은 이상적인 삶에 대한 현실적 기원을 의탁하는 일종의 주술적 대상으로서의 성격을 지니고 있다.' 그리하여 문양을 '생각의 지문' 또는 '문화의 거울'이라고도 한다. 실례를 들어보자. 빗살무늬 토기란 핀란드 고고학자 아일리오가 독일어로 캄케라믹(Kammkeramik= comb 빗 + ceramic 도기)이라고 일컬은 것을 일본 고고학자 후지다 료사쿠가 즐문토기로 번역하였고, 그것을 한국 고고학계는 빗살무늬 토기로 직역하여 현재까지 쓰고 있다. 문양을 이해하고 해석하려면 원시 사유를 이해한 바탕 위에서 이루어져야 하는데 이런 고찰은 보이지 않고 즉물적으로 빗살무늬 토기라 하는 것은 유의미하다고 할 수 없다. 빗살무늬 토기는 곧 빛살무늬 토기라고 하여야 한다. 빛살무늬 토기의 상징은 태양숭배 사상이 문양으로 변환된 것이다. 태양의 햇살을 표현한 집선(集線) 삼각문(三角紋)은 후대에 와서 예각이 부드럽게 처리되어 기물의 상단과 하단에 빙 둘러 가며 시문(施紋)되었기에 마치 연꽃처럼 보인다. 그 때문에 흔히 연화문으로 부른다. 이 문양은 불교적 연화문에 그 연원이 있는 것이 아니라, 광명을 상징하는 태양문의 빛살무늬가 꽃무늬로 변용된 사례로 봐야 한다. 고대문화의 정보를 해독하지 못한 채 유물을 무조건 불교적 시각으로만 해석

91) 잔스촹 저, 안동준 · 런샤오리 공역, 『도교 문화 15강』, 알마, 2011, p.617~618

하려는 것은 수정이 필요하다. 이 문양에 대한 해석은 태양숭배의 원시 종교적 사유가 기호화한 고대 정보의 창고라는 인식에서 재해석을 할 때, 시원 문화의 원류에 대한 해석은 비로소 시작된다고 생각한다. 태양을 숭배하고 천손족(天孫族)으로 자처한 우리 민족의 고유 사상은 광명사상이다. 곧 빛살 사상이다.[92]

잡상은 언제부터 장식하기 시작했을까? 잡상은 『서유기』의 등장인물과 토신(土神)의 상(像)을 배열한 것으로 미루어 『서유기』가 나온 것이 명나라 때이니 지금부터 500년 정도 되었다. 『전률통보』에는 지붕의 잡상은 손행자의 귀물(鬼物)로 만든다고 하였다.[93] 『서유기』는 불교 선전용의 『서유기전』을 도교식으로 개작한 것이다. 그래서 이와 유사한 부류의 책들은 도교적 색채가 짙을 수밖에 없다.[94] 우리나라에는 잡상이 일반화한 것은 고려 후기인 13세기부터다. 조선 시대에 들어와서는 『경국대전』에 의하면 와서(瓦署)에 잡상장을 4명 두었다.[95]

9와 10의 의미

이제 잡상의 수 9와 10은 즉물적이 아닌 어떤 숨은 의미가 있는지를 살펴보자. 『조선도교사』에는 추녀마루 위의 신상을 잡상이라 하였는데, 이는 살(煞)을 막기 위한 장치로 각 건물의 높이와 규모, 담장의 두께와 높이, 익공의 수, 계단의 층수, 지붕 모양 등에 따라 잡상의 수에 차이가 있다고 문동석은 기술했다. 그리고 정전의 경우에는 9개 또는 10개의 잡상을 배열하는데, 9는 양을 대표하는 최상의 수이며 10

92) 김양동, 『한국 고대문화 원형의 상징과 해석』, 지식산업사, 2015, p.68~77
93) 이능화 지음, 이종은 옮김, 『조선도교사』, 보성문화사, 2000, p.273
94) 잔스촹 저, 안동준 · 런샤오리 공역, 『도교 문화 15강』, 알마, 2011, p.561
95) 안국준, 『한양 풍수와 경복궁의 모든 것』, 태웅출판사, 2012, p.143~144

은 음양 모두를 조화시키는 하늘의 수이기 때문이라고도 했다. 아울러서 현재 근정전 추녀마루에는 7개의 잡상이 있는데 이는 잘못된 것으로 일제강점기 때 간행된 『조선고적도보(朝鮮古蹟圖譜)』를 보면 근정전 2층에는 10개, 1층에는 9개씩 있었다고도 했다.[96]

그림8 근정전의 잡상, 조선고적도보, 국립문화재연구원

그러면 9는 어떤 의미를 내포하고 있을까? 먼저 9는 한 자리 숫자 중에 맨 마지막 숫자이며 가장 큰 수로 완벽에 가까운 절정과 성숙을 뜻한다. 또한 우주 만물을 생육하는 천지의 수는 1부터 10까지로 하늘의 수는 9로 끝나고 땅의 수는 10으로 마무리한다고 여겼으므로 가장 높은 통치권자인 왕의 복식에 사용한 숫자가 9라는 것이다.[97] 또 고대 중국에서는 9는 하늘을 상징하므로 하늘의 명을 대신하여 땅을 다스리는 황제를 또한 상징하기에 황제의 활동이 미치는 곳에서는 9가 사용되었다고도 했다.[98] 그런가 하면 구중궁궐, 구만리, 구천처럼

96) 문동석, 『서울이 품은 우리 역사』, 상상박물관, 2017, p.129
97) 신명호 외 4, 『국왕과 양반의 소통 구조』, 역사산책, 2018, p.314
98) 정재훈, 『조선 국왕의 상징』, 현암사, 2018, p.276

9는 그저 많다는 뜻이기도 하고, 중국이 아편전쟁에서 패하면서 영국에게 구걸한 것은 홍콩 할양 기간을 99년으로 해달라는 것이었는데, 10은 하늘의 수이니 인간에게 많다는 숫자 9를 사용하여 99년으로 한 것이라고도 했다.[99] 또 9와 관련된 것들은 구장복이 있고 왕의 면류관 줄 수는 9개다. 그리고 왕이 관장하는 전 국토를 나타내는 구주(九州)와 구정(九鼎)도 있다.

그러면 10은 어떠한가? 10이란 동양의 자연수 개념에서는 완전수로 인식되는데 1+2+3+4=10이 되기 때문이다. 1, 2, 3, 4는 각각 수·화·목·금의 사방의 변화를 나타낸 것이기에 10이 있음으로써 질서가 유지되는 것이다.[100] 이와 유사한 개념이 서양에도 있는데 10은 1+2+3+4의 합이기에 피타고라스는 우주의 창조를 상징하는 신성한 숫자로 간주했다.[101]

전 국토와 북극성

이와 같은 것을 토대로 해서 9와 10을 다른 시각에서 살펴보자. 궁궐의 핵심 전각에 의미 없는 상징을 달아 놓을 리가 없을 것이며, 도교의 상징은 복잡하고 다양하다고 한 잔스칭에 의하면 더욱 그렇다. 그리고 잔스칭에 의하면 잡상은 인공부호이다. 근정전은 조선왕조 경복궁의 법전이고 덕수궁은 대한제국의 법전이다. 법전이란 관점에서 접근해 보면 또 다른 의미를 찾을 수 있다.

먼저 정전과 북극성의 관계에 초점을 맞추어 보자. 군왕은 통상 북극성에 비유되고 하늘의 별들은 북극성을 중심으로 움직인다는 사실을 우리는 이미 알고 있다. 군왕은 하늘의 질서를 지상에 구현하는 사

99) 장영훈, 『궁궐을 제대로 보려면 왕이 되어라』, 담디, 2005, p.90
100) 진창선 외 1, 『음양오행으로 가는 길』, 와이겔리, 2013, p.257
101) 미란다 브루스 미트포트 외 1, 주민아 역, 『기호와 상징_그 기원과 의미를 찾아서』, 21세기북스, 2010, p.294

람이므로 사람들의 세상에서도 군왕은 당연히 이러한 존재이어야 한다. 군왕 자신은 중심에 자리하고 있어야 하며, 중심을 중심으로 세상의 사회 질서가 구현되고 돌아가야 한다. 그래야 군왕이고 하늘의 질서라고 할 수 있다. 궁궐의 조정 의례는 바로 이러한 이념의 구체적인 실현 방식이었는데, 그 대표적인 것으로 세종이 창안한 '선치조회(先置朝會)'였음을 앞에서 살펴본 바 있다. 곧 세종은 자신이 북극성임을 자처했다. 국왕이 북극성이고 세상의 중심이라며 더 노골적으로 표현한 것은 일본에서도 볼 수 있다. 일본에서는 궁궐을 교토 어소(御所)라고 하는데 그 정전의 현판이 '자신전(紫宸殿)'이다. 신(宸)에는 '북극성'이란 뜻이 있는데, 대놓고 왕 자신이 '북극성'이라고 써서 붙인 것이다.

다음은 정전과 중심이란 관점에서 살펴보자. 후세의 주자는 「하도(河圖)」에 음양오행설이 담겼다고 보았지만, 현행의 「하도」와 「낙서」 그림은 주자의 문하생인 채원정(蔡元定)이 최종적으로 완성한 것이다. 따라서 「하도」와 「낙서」가 우주 변화의 원리를 설명하는 핵심 도구로 승화한 것은 송나라 이후부터다.[102] 이런 「하도」에 '10'이 등장한다. 「하도」에는 1에서 10까지 10개의 수가 들어있다. 이 수는 음양과 오행의 의미를 포함한다. 1과2, 3과 4, 5와 6, 7과 8, 9와 10의 음수와 양수가 각각 무리를 지어 배열되어 있다. 1에서 10까지 숫자가 5개의 방에 번갈아 나열되는데, 서로 다른 음양이 동일 오행임을 이유로 서로 합한다. 즉 양 1과 음 6은 모두 수(水)이므로 북에서 합하듯이, 음 2와 양 7은 화(火)로 남에서, 양 3과 음 8은 목(木)으로 동에서, 음 4와 양 9는 금(金)으로 서에서, 양 5와 음 10은 중앙의 토(土)에서 합하여 수리·방위·오행을 상응시킴으로써 「하도」의 기본 구도를 제시

---

102) 김기, 『음양오행설의 이해』, 도서출판 문사철, 2016, p.55~58

하였다.[103] 즉 10은 북·동·서·남의 중심에 있다.

　고종은 대한제국의 황제로서 청으로부터 독립하였기에 자신의 법전에 9와 10을 동시에 사용할 수 있었을 것이다. 간접적이지만 이를 재차 확인할 수 있는 것으로 경운궁 중화전의 천개(天蓋)에도 경복궁 근정전의 천개에도 황제의 상징인 칠조룡이 걸려 있다는 점이다. 하늘의 중심은 북극성이고, 북극성은 곧 황제이며, 황제는 용으로도 상징했기 때문이다.

그림9 조정에서 본 중화전, 잡상 10개, 국가문화유산포털

그림10 (좌) 남쪽에서 본 잡상 10개, (우) 북쪽에서 본 잡상 9개

　한편 아래 그림은 이순신 장군이 사용한 좌독기(坐纛旗)이다. 행진할 때는 우두머리 장수의 뒤에 세우고, 멈출 때는 앞에 세우던 깃발이

103) 김기, 『음양오행설의 이해』, 도서출판 문사철, 2016, p.61~66

다. 「낙서」를 이용하여 만들었기에 중앙을 나타내는 5와 10이 없다. 감히 5와 10을 새길 수는 없었을 것이니, 「하도」를 좌독기로 사용할 수는 없었다.

결론적으로 10이 중앙이고 북극성임을 상징하는 것으로 상정할 수 있다면, 9의 의미는 구주와 구정으로 압축할 수 있다. 10은 곧 천명을 받은 황제이고, 9는 그 황제가 다스리는 영역을 나타낸 것으로 보인다.

그림11 충무공 이야기 관의 좌독기

이상 고종의 법전인 중화전 추녀마루에 있는 잡상의 수에 대한 개념을 새롭게 접근해 봤다. 눈에 보이는 대로의 즉물적 방식이 아니라, '상징이란 인간의 감각기관으로 지각할 수 없는 추상적 의미나 가치를 그와 유사성 있는 사물을 통해 구체화·형상화한 것을 말한다.' 라는 말에 따라 살펴본 것이다.

십일요(十一曜)

전술한 내용이 일리가 있다고 하더라도 과제는 남는다. 현재 경복궁의 경회루는 잡상 11개가 장식되어 있고, 과거 경운궁의 남쪽 정문이었던 인화문도 잡상이 11개였다. 여기서 11은 어떤 의미일까?

그림12 경회루와 잡상 11개, 국가문화유산포털

그림13 경운궁 인화문, 잡상 11개, 나무위키

잡상이 도교 문화의 유물이고, 하늘에 가까운 지붕에 설치되어 있음을 상정한다면 11도 의미를 찾을 수 있다. 곧 십일요(十一曜)다. 5개의 행성과 해와 달을 합하여 칠요(七曜)라 했고, 여기에 가상의 별인 라후(羅睺)와 계도(計度)를 합하여 구요(九曜)라 했다. 다시 칠요에 사여성(四餘星)[104]을 합하면 십일요가 된다. 불교 경전에서는 칠요나 여기에 라후와 계도를 더한 구요를 다루고 있지만, 도교 경전에는 칠요에 라후 · 계도 · 월패(月孛) · 자기(紫氣)의 사여성을 더한 십일요가 종종 등장한다. 그것도 도교의 천신(天神) 자격으로 말이다.[105]

잡상은 도교 문화라는 점, 하늘과 가까운 지붕에 설치되었다는 점, 도교는 수많은 별의 신(星神)을 갖고 있다는 점 등으로 미루어 잡상 11개는 십일요일 가능성이 없지 않다고 하겠다. "일반적으로 별은 지혜와 영적 길잡이의 상징이다. 따라서 별빛은 무지의 어둠 속에서 빛나는 지혜의 빛, 죄악의 어둠 속에서 빛나는 도덕의 빛을 가리키는 메타포[106]다. 많은 문화에서 별은 운명과 강력하게 연결된다."[107] 경운궁의 인화문이 비록 규모는 작았지만 1902년 대안문(대한문)으로 대체되기까지는 대한제국 황궁의 남쪽 정문이었으므로 잡상을 11개로 올려놓을 개연성은 충분히 있다. 경회루의 잡상 11개도 근정전의 칠조룡처럼 고종 대에 추후 개수를 늘린 것으로 볼 수도 있다. 중국 자금성 태화전의 잡상이 11개이기 때문이다.

또 하나의 과제는 대한문의 잡상이 1920년대까지는 10개였다는 점이다. 정전도 아닌데 어떻게 10개를 올렸을까? 그것은 대한제국의 상징인 환구단을 향한 정문이었기에 황제를 상징할 수 있는 문으로 충분히 이해할 수 있지 않았을까?

---

104) 사여성에 대해서는 다음 논문을 참조한다. 이은희 · 한영호 · 강민정, 「사여(四餘)의 중국 전래와 동서 천문학의 교류」, 한국과학사학회지 36권 3호, 2014, p.392~417
105) 김소연, 「십일요의 기원 문제와 중국 불 · 도교의 십일요 수용」, 불교학보 제85집, 2018, p.87~95
106) 수사학(修辭學)에서 비유적 표현으로 은유(隱喩) 또는 암유(暗喩)를 의미한다.
107) 미란다 브루스 미트포트 외 1/주민아 역, 『기호와 상징_그 기원과 의미를 찾아서』, 21세기북스, 2010, p.288

그림14 대한문의 잡상 10개, 국가문화유산포털

잡상의 수가 상징하는 의미에 대하여 추론해 봤다. 전문가들의 관심과 연구를 기대하면서 동양 미술사학자이며 캘리포니아주립대학교 존 카터 코벨(Jon Carter Covell)[108] 교수의 말을 인용한다. "고대 한국의 독보적 정체성을 나타내면서 아직도 그 정확한 의미를 몰라 신비에 싸여 있는 문양이 바로 곡옥이다. (중략) 한국 고고학자들은 이 원초적이며 역사기록 이전의 '굽은옥', 또는 쉼표 모양의 곡옥에 대해 자신이 생각하는 대로 의미를 확정 짓는 데 머뭇거린다. 일본이 채워놓은 족쇄를 떨어버리고 원초적 상징을 내포한 곡옥에 대해 솔직히 느끼는 바를 강조해야 하지 않을까? '쉼표 모양의 옥'이라는 어정쩡한 표현 뒤에 몸을 숨기기보다는 틀리는 한이 있더라도 모험을 감수해 사람들이 생각할 수 있게 만들어주어야 한다."[109]

---

108) 미국 태생의 동양미술 사학자. 미국 리버사이드 캘리포니아주립대와 하와이대학 등에서 강의를 했고, 일본문화의 근원이 한국문화에 있음을 깨닫고, 1978~1986까지 아들 앨런 코벨과 함께 서울에 체류했다. 이 기간에 한국문화의 현장에서 알아낸 1,400여 편의 글과 논문을 발표하고 『한국이 일본문화에 미친 영향』 등 5권의 영문 저서를 냈다.
109) 김양동, 『한국 고대문화 원형의 상징과 해석』, 지식산업사, 2015, p.240

또 종교학자 엘리아데(Mircea Eliiade)는 그의 책 『신화와 현실』에서 상징에는 논리가 있다고 주장한다. "첫째 '상징의 논리'가 있다는 것이다. 상징은 인간의 마음 안에서 제멋대로 창조되는 것이 아니라 그들의 '논리적' 원리에 따른 기능이라는 것이다. 즉 여러 가지 상징이 결합하여 일관된 체계를 함께 이룬다고 한다. 상징은 종교적 인간으로 하여금 이질적인 현상을 구조적으로 상호 얽힌 관계로 만들며, 모든 종류의 상징은 어떤 단계에 있든지 항상 일관되며 체계적이라고 한다. 그러므로 그 상징의 논리를 알아내고 밝히는 것은 매우 중요하다. 어떤 그룹의 상징들이건 적어도 그 밑바닥에서는 서로 수미일관하게 논리적으로 연결되고 체계적으로 형성되어 있어 이상적인 언어로 번역해낼 수 있다." [110]

09. 중화전이 품은 이야기

일월오봉도

중화전을 들여다보면 가장 먼저 눈에 띄는 것은 어좌(御座)를 중심으로 한 황색의 어탑(御榻)과 일월오봉도다. 일월오봉도는 또 하나의 왕의 그림자로서 왕이 있는 곳에는 항상 따라다녔다. 그러나 왕을 상징하는 그림에도 불구하고 정도전이 창안하였다는 설[111]만 전할 뿐 도상에 대한 설명이나 그 유래에 대한 기록은 전하지 않아 알 수가 없다. 왕을 그린 초상을 어진(御眞)이라고 하는데 이 어진 뒤에도 일월오봉도를 반듯하게 놓았다.

또 일월오봉도는 왕후의 빈전과 혼전에도 사용되었다. 『경국대전』

---

110) 미르치아 엘리아데, 이은봉 옮김, 『신화와 현실』, 한길사, 2011, p.28
111) 이성미 외, 『조선 왕실의 미술 문화』, 대원사, 2005, p.40

에는 왕과 왕비, 세자와 세자빈, 태왕 등에 감히 규율하지 못했는데 현직 왕의 아버지이거나 다음 왕이 될 아들이었기에 현재의 왕과 동급으로 인정되었기 때문이다. 또 왕비는 왕이 죽으면 옥새를 왕비가 보관했는데 새 임금을 임명할 의례상의 권한을 가졌을 뿐만 아니라 새 임금이 어리면 수렴청정도 해야 했으므로 역시 왕과 동격이었다. 그 대표적인 예가 바로 덕수궁의 주인인 고종과 신정왕후 조대비다. 철종이 후사가 없이 승하하자 당시 왕실 최고 어른이었던 조대비는 12살인 명복(고종)을 남편인 익종[112]의 양자로 삼고 자신이 수렴청정하였다. 이는 『예기』에서 '음식을 함께 먹으면 남편과 부인의 지위가 같아지니 부인의 작위는 남편의 작위를 따른다.' 라고 하였고, 신랑·신부가 혼인하면서 술잔을 나누는 합근례(合巹禮)와 음식을 함께 먹는 동뢰(同牢)의 절차가 있는 이유가 이를 뒷받침하고 있다.[113]

왕조의 최고 통치자인 왕은 장수해야 했다. 왕이 장수해야 왕조의 영속성을 담보하기가 쉬웠기 때문이다. 따라서 왕의 영생불사를 위해서는 국가를 경영하고 정치에 적합한 현실적인 유교보다는 내세를 보장하는 불교와 도교가 장수를 염원하는 데는 오히려 현실적이었다. 특히 도교는 영생불멸하는 신선 사상으로 대표되는 만큼 왕실에는 꼭 필요했다. 왕실의 궁중 잔치나 진전과 혼전 등에 일월오봉도, 십장생도, 해반도도(海蟠桃圖) 등이 사용된 이유이다. 이런 이유에서 보면 일월오봉도는 영생불사를 기원하는 도가적인 세계를 표현한 것임을 짐작할 수 있다.[114]

---

112) 익종은 그의 아들 헌종이 추존(追尊)한 이름이다. 순조의 세자로서 4년 동안 대리청정을 하며 개혁을 추진하고 왕권 강화를 도모하는 등 의지를 보였으나 일찍 병사하고 말았다. 익종보다는 효명세자란 이름이 귀에 익숙하다.
113) 장병인, 『조선 여성의 삶』, 휴머니스트, 2018, p.56
114) 국립중앙박물관, 『한국의 도교 문화』, 태웅씨앤피, 2013, p.265~269

칠조룡과 팔조룡

조정에서 중화전으로 올라가는 하월대와 상월대의 답도에는 각각 쌍룡이 새겨져 있다. 고대로부터 용과 봉황은 상상의 동물 중에서도 으뜸이었지만, 둘 가운데에서도 용이 봉황보다 더 높게 쓰였다. 중국에서는 진나라·한나라 이후 용은 왕권의 상징으로 사용되었는데, 왕이 쓰는 물건에는 용관(龍冠), 용포(龍袍), 용연(龍輦), 용상(龍床) 등 용자가 쓰인 이유이다.[115] 그렇다고 해서 왕만이 용을 독식한 것은 아니다. 뒤에서도 살펴보겠지만 용은 불교와도 밀접한 관계가 있어 불법의 수호자로 인식되어왔다. 황룡사·구룡사 등 사찰의 이름에 용자가 보이는 이유도 용이 사찰을 수호하기 때문이다.[116] 그리고 농경문화가 정착하면서 가장 중요한 일은 농사이고 이와 연관된 비는 매우 중요했다. 제때 비가 안 오면 용의 영향력에 기대어 기우제를 지내기도 했다.

중화전 답도의 용은 대한제국기에 새겨진 것이다. 조선왕조의 답도와 정전의 천개 등에는 용이 아닌 봉황이 새겨지고 매달려 있었다. 따라서 제일 먼저 용이 등장한 곳은 1897년 환구단의 삼문 답도이고, 이어서 1899년 황궁우가 완공되면서 황궁우의 천개에도 팔조룡이 장식되었다. 중화전 답도의 용 문양은 1902년도의 것이지만, 중화전의 당가와 천개의 칠조룡은 1904년 대화재 이후 중화전을 단층으로 지으면서 1906년 1월에 완공되었으니 그때 설치된 것이다. 그런데 경복궁 근정전에도 용이 설치되어 있는데 1902년 세키노 타다시(関野貞)의 『한국건축 조사보고』에는 봉황이었으므로[117] 대한제국기에 고쳐 단 것이 분명하다.

---

115) 베이징대학 중국전통문화연구센터 지음, 장연, 김호림 옮김, 『중국문명대시야 1』, 김영사, 2007, p.18
116) 윤열수, 『신화 속 상상 동물 열전』, 한국문화재보호재단, 2010, p.255
117) 김동욱, 『서울의 다섯 궁궐과 그 앞길』, 도서출판 집, 2017, p.289

중화전 답도의 쌍용은 예사롭지 않은 점도 보인다. 쌍룡의 경우 상승용과 하강용, 즉 교룡으로 배치하는 것이 일반적인데 중화전 답도에는 두 마리 모두 상승용으로 새겨져 있다. 상승용은 위로 올라가 천자를 뵙고 하강용은 아래로 내려와 나라를 다스린다는 의미에서 제후의 통치권을 의미한다고 하니[118], 고종은 오롯이 황제의 용을 상징하기 위하여 교룡을 배제하고 쌍용 모두 상승용으로 한 것은 아닐까? 그리고 하월대 답도의 쌍용은 대칭이 아니다. 동쪽의 용은 오조룡이고 서쪽의 용은 사조룡인데 어떤 의미를 품고 있는지도 궁금하다.

용과 봉황은 모두 몇 가지의 동물을 합쳐서 만든 상상의 동물인데 중국 상나라와 주나라의 무속에서 갖가지 동물 형상을 하나로 조합하면 그 힘이 굉장하리라고 여겼던 데서 비롯된 것들이다.[119]

그림15 환구단 삼문 답도의 쌍용

그림16 중화전 하월대 답도의 쌍용

---

118) 김지영 외 5인, 『즉위식 국왕의 탄생』, 돌베개, 2013, p.176
119) 존 카터 코벨, 김유경 편역, 『한국문화의 뿌리를 찾아』, 눈빛, 2021, p.92

중층에서 단층으로

1902년 중화전이 처음 지어졌을 때는 경복궁의 근정전처럼 중층(밖에서 보면 2층이지만 안에서 보면 1층)이었지만, 1904년 대화재 후에는 현재의 모습인 단층으로 지었다. 당시에는 국내외 정세도 혼란스러웠고 재정 상태도 매우 어려웠기 때문이다. 재정이 어려우면 짓지 않으면 그만일 터인데 그럴 수는 없었던 모양이다. 정전이었기 때문인데, 이를 정도전과 영조의 말을 통해서 이해할 수 있다. 바로 궁궐은 법적 권위와 효력을 갖는 왕명, 즉 정령(政令)을 내는 곳이기에 존엄해야 했다. 정도전은 "궁원(宮苑)이 사치하면 백성을 수고롭게 하고 재정이 손상되며, 누추하면 조정에 대한 존엄을 잃게 된다." 하였고, 또 영조는 "궁궐은 임금이 정치하는 곳이고 사방에서 우러러보기에 부득불 장엄하고 존엄하게 보이고자 함이지, 그 거처를 호사스럽고 화려하게 하고자 함이 아니다."[120]라고 궁전이 존엄해야 하는 이유를 명료하게 밝혔다. 즉 종교학자 엘리아데가 말한 역현이 고종에게는 여전히 필요했기 때문이었다.

120) 홍순민, 『한양읽기 궁궐 상』, 눌와, 2017, p.97 / 문화재청, 『한국의 세계유산』, 눌와, 2007, p.51

3장

석어당 · 즉조당이
전해주는 이야기

3장 석어당·즉조당이 전해주는 이야기

10. 임금의 옛집, 석어당

선조·광해군·인조

석어당(昔御堂)의 주인은 선조다. 임진왜란 이후 의주까지 피난 갔다가 일 년 반 만에 이곳으로 돌아와 여기서 16년 동안 살다가 죽었다. 조선의 27대 왕(대한제국 황제 포함) 중에서 부왕(父王)이 승하한 후 정상적으로 왕위에 오른 왕은 18명이다. 이때 아버지를 이어 왕위에 오르는 아들 왕은 선왕이 승하한 지 엿새째 되는 날에 정전의 정문 밖에서 즉위식을 거행하였다. 6일째에 즉위식을 거행하는 것은 5일 동안은 혼(魂)이 돌아오기를 기다리는 기간이었고, 문밖에서의 즉위는 표면적으로는 선왕의 자리에 선뜻 오르지 못하는 자식으로서의 심정을 나타낸 것인데, 그보다 실질적인 이유는 주인이 바뀌었음을 보여주기 위해서는 지붕과 벽으로 가려진 정전 내부보다는 외부가 나았기 때문이다.[121] 그런데 광해군은 부왕이 승하한 그 이튿날에 왕위에 올랐다. 아버지 선조는 중종의 손자였지만, 후궁인 창빈 안씨를 할머니로 하는 방계의 왕이었고, 광해군 자신도 정통성이 부족한 서자의 신분이었기에 '상위복' 하는 기간을 기다릴 수가 없었기 때문이다.

광해군이 왕이 될 수 있었던 요인 중의 하나는 임진왜란 때문이기도 했다. 광해군은 악동인 임해군을 제치고 세자로 책봉되었다. 선조에게는 비행과 악행을 저지른 아들들이 여럿 있었는데, 장남 임해군, 훗날 원종으로 추존된 인조의 생부 다섯째 아들 정원군, 여섯째 아들 순화군이 그들이었다. 이 중에서 임해군의 비행이 가장 심했다. 여기에 더해서 임해군은 임진왜란 당시 순화군과 함께 가토 기요마사에게 포로로 잡혔는데, 이때 가토 기요마사의 막료장수인 나베시마 나오시게(과도직무[鍋島直茂])는 임해군과 순화군을 일본으로 끌고 가야 한다고까지 주장했다.

조선에 침공한 부대 중에서 가장 많은 12,000명의 군사를 이끌고 온 과도직무가 대한제국의 마지막 황태자 영친왕의 부인인 마사코(이방자)의 외가 쪽 조상이다. 이방자 모친의 처녀 때 이름이 과도이도자(鍋島伊都子)에서 알 수 있다.[122] 아베 신조와 청일전쟁 때의 오시마 요시마사, 영친왕·이방자와 임진왜란 때의 과도직무는 역사의 조롱일까? 운명일까? 하여튼 우리나라와 일본과의 인연은 길고 모진 것만은 확실하다.

일본군이 파죽지세로 북상하자 선조는 피난길에 올라야 했고 도주에 대한 대가는 선조가 직접 치러야 했다. 즉 선조는 백성으로부터 직

121) 이욱, 『조선 시대 국왕의 죽음과 상장례』, 민속원, 2017, p.113
122) 송우혜, 『왕세자 혼혈결혼의 비밀』, 푸른역사, 2010, P.153~155

접적인 무시와 모욕을 감내해야 했는데, 평양에서 다시 의주로 몰래 북상하려는 선조를 백성은 막고 나섰고, 숙천에서는 벽의 낙서를 통해 선조의 도주 길을 일본군에 알려주었다. 이뿐만 아니라 왕위에서 물러나라는 노골적인 상소와 대간의 질책들이 쏟아졌고, 국왕이 얼마나 못났으면 의주까지 도망쳐 왔느냐는 명나라 조정의 조롱도 더해졌다. 여기에 광해군이 분조를 성공적으로 이끈 일도 선조에게는 큰 압박으로 작용하였다.

결국 추락한 위신을 만회하는 방편으로든 자신의 존재감을 나타내는 방편으로든 선조는 누군가의 희생양이 필요했고, 그 희생양으로 광해군을 선택했다. 전쟁 중인데도 선조는 스물한 차례의 양위 소동 123)을 벌여서 신하들을 압박하고, 광해군을 핍박하면서 자신의 권력 누수를 막고자 했다. 이런 양태는 선조가 죽어서야 끝났지만 이로 인한 여파는 선조의 죽음으로 끝나지 않았다. 광해군은 즉위한 뒤 임해군과 영창대군을 살해하고 법적 어머니인 인목대비를 석어당에 유폐해야 했다. 이에 능양군은 반정을 일으켜 광해군을 쫓아내고 인목대비로부터 옥새를 받아 왕위에 오르지만, 반정의 명분이 발목을 잡아 병자호란을 초래했다. 이에 백성은 다시 도탄에 빠졌고 본인은 개·돼지라 부르던 여진족 청나라 태종에게 세 번 절하고 절할 때마다 세 번 머리를 땅에 짓이기는 삼배구고두례(三拜九叩頭禮)를 행하여야만 했다. 그리고 인조는 자신의 수모를 3개 언어로 써서 영원히 후손에게 남겨야만 했다. '대청 황제 공덕비'로 이른바 삼전도비다.

---

123) 조선 역사에서 명 황제로부터 다섯 차례의 세자 책봉을 끝내 거절당한 것은 광해군이 유일했다. 광해군이 세자로 책봉되었다면 선조가 스물한 차례에 걸쳐 양위 소동을 벌일 수는 없었을 것이다. 계승범, 「세자 광해군:용상을 향한 멀고도 험한 길」, 『한국인물사연구』 제20호, 2013, p.228

그림17 선조의 집, 석어당, 국가문화유산포털

서청과 즉조당

　시간이 지날수록 행궁은 점점 커져만 갔다. 명색이 국왕이 거주하
는 곳이다 보니 일반 민가와는 구별하여야 했고 군사가 이를 지켜야
하니 군사들의 군막도 필요했다. 분조를 이끌고 전선을 지휘하던 세
자가 돌아오니 동궁도 필요했고, 첫 번째 왕비인 의인왕후가 선조 33
년(1600)에 사망하니 혼전도 필요했다. 왕비가 국왕보다 먼저 사망하
면 국왕이 죽어서 종묘에 부묘할 때까지 혼전을 유지해야 했다. 결국
행궁에서 비롯되었지만, 체류 기간이 길어지면서 항구적인 궁궐로 전
환될 수밖에 없었다. 덕수궁 남측에 서울시청 서소문 별관이 있는데,
그 화단에 김장생 집터라는 표지석이 있다. 선조는 김장생 등의 민가
까지 궁궐 영역으로 편입했는데, 편입된 민가에 대해서는 당시에도
집값을 지급했다. 이때에도 예를 중요시하는 성리학의 왕조였기에 의
례 공간으로 행랑을 두른 별전을 갖추었는데, 이것이 서청(西廳)이다.
광해군은 이곳에서 즉위하였는데 그 위치가 궁궐의 서쪽이고 동향으
로 자리했기 때문에 서청이라 하였다.[124)]

광해군은 서청에서 즉위하였지만, 인조(능양군)는 즉조당에서 즉위하였다. 왜 그랬을까? 능양군은 쿠데타를 성공적으로 이끌고는 창덕궁 인정전에서 경운궁에 유폐 중이던 선조의 두 번째 왕비인 인목대비를 기다렸다. 능양군은 왕실 최고의 어른인 인목대비로부터 명을 받아야만 정통성을 확보할 수 있었다. 그렇지만 칼자루를 인목대비가 쥔 만큼 인목대비가 꿈적도 하지 않자 어쩔 수 없이 능양군은 광해군을 끌고 경운궁으로 옮겨왔다. 인목대비는 전국보(傳國寶)와 계자인(啓字印)[125]을 바치라고 요구하고 중국의 책봉을 받기 전까지는 본인이 직접 국사를 임시로 맡겠다고까지 했다. 이에 도승지 이덕형이 나서서 천명은 이미 정해졌고, 난국을 진정시키려면 국보를 능양군에게 즉시 전하여야 한다고 하자, 마침내 인목대비는 국보를 능양군에게 전했다.

그리고 인목대비는 선조가 일을 보던 경운궁 별당에서 즉위식을 거행하게 했다. 정상적으로 왕위가 계승되는 즉위 의례는 통상적으로 선왕의 빈전에서 이루어졌다. 곧 선조가 임종한 곳에서 인조의 즉위식을 거행토록 함으로써 선조로부터 왕위를 이어받은 것이고, 그 승인은 바로 선조의 왕비인 자신에게서 나온 것임을 분명히 한 것이다.[126] 이렇게 함으로써 인목대비는 광해군이 왕이 된 적이 없다는 의미를 부여할 수 있어서 광해군에게 철저하게 복수한 것이기도 했다. 영조가 즉조당이라고 현판을 내린 것도 이런 사실을 인식했기 때문이다.

---

124) 윤정, 「선조 후반~광해군 초반 궁궐 경영과 경운궁의 수립」, 서울학연구 제42호, 2011, p.282~290
125) 전국보는 중국 황제로부터 받아 사대문서에만 썼던 대보이고, 계자인은 왕이 공문서에 결재할 때 찍던 인장이다.

그림18 즉조당, 국가문화유산포털

인조의 상징물 전쟁

이제 인조가 급선무로 해야 할 일은 정국을 안정시키면서 왕위의
정통성을 강화해야 했고 인목대비에게 은혜도 갚아야 했다. 은혜를
갚는 일은 다음 절에서 살펴보기로 하고 먼저 인조의 정통성을 강화
하는 방편을 살펴보자. 동서고금을 막론하고 정통성을 강화하는 가장
손쉬운 방법은 '상징물 전쟁'임을 우리는 이미 알고 있다. 인조도 광
해군의 업적과 흔적을 지우는 일에 착수했다. 광해군의 업적은 인조
에게는 광해군이 잘한 것이 없는 악정(惡政)이어야 했고 쿠데타의 명
분으로 작용하여야 했다. 즉 광해군은 '폐모살제'라는 무리수를 두어
자신의 운명을 재촉했지만, 그의 처지에서는 왕권의 확립과 왕권을
위협하는 위험 요소를 사전에 제거한 일이었고, 창덕궁 중건에 이어
인경궁과 경덕궁을 건설한 것은 왕으로서 권위를 도모하는 일이었다.
그리고 명나라와 후금(청나라)과의 사이에서 중립 외교를 한 것은 명
의 광해군에 대한 세자 책봉을 다섯 차례 거절에 대한 보복이기도 했
고, 신흥 강대국으로 부상한 후금을 경계함으로써 국가의 안위를 도

모한 방편이기도 했다.

　이런 광해군의 상징물을 인조는 어떻게 지웠을까? 먼저 효와 충이 전부인 성리학의 나라 조선에서, 그것도 가장 모범적이어야 하는 왕실에서 패륜이 벌어졌으니 이를 응징하는 것은 인조에게는 손쉬운 일이었다. 즉 인조는 36개에 달하는 죄목으로 광해군을 강화도로 유배를 보내고, 반란군과의 연결을 우려하여 태안과 제주도로 유배지를 옮겨 다니게 했다. 다음 할 일은 광해군의 흔적이 크게 남아있고 반정의 명분이기도 한 궁궐들을 정리해야 했다. 광해군은 창덕궁을 중건한 것 외에도 경운궁과 인경궁, 경덕궁(경희궁)을 지었는데, 인조는 쿠데타(반정)를 통하여 광해군이 지은 궁궐을 전부 인수한 셈이 되었다. 그렇지만 인조에게 있어서 이를 그대로 놔둘 수는 없는 노릇이었다.

　그런데 광해군이 중건한 창덕궁은 자신의 반정으로 인하여 소실되었기 때문에 인조는 광해군이 지은 경덕궁을 거처로 택해야만 했다. 따라서 경덕궁은 필연적으로 살려두어야 했지만, 인경궁과 경운궁은 그대로 존치하여서는 안 되었다. 먼저 인조는 인경궁의 전각을 헐어서 창경궁을 중건하는 데 사용하도록 하였고 경운궁의 전각들은 본래의 주인에게 돌려주도록 했다. 그리고 석어당과 즉조당은 남겨두었다. 왜 그랬을까?

　이는 광해군의 흔적보다는 인목대비의 흔적이 더 컸기 때문인데, 인목대비는 석어당에서 영창대군과 정명 공주를 낳고 키웠다. 그리고 그 인목대비의 승인으로 자신이 왕위에 오른 만큼 석어당과 즉조당은 인조에게 있어서는 정통성을 확보해준 유일한 상징물인 셈이었다. 반정을 통해 왕이 된 인조는 당연히 선왕이 남긴 유명(遺命)이나 왕위를 물려준다는 교서(敎書)가 없었기 때문이다. 석어당과 즉조당은 선조가 임진왜란을 극복한 표면적인 상징이라고 할 수도 있지만, 두 전각은 인조 자신에게는 없어서는 안 될 상징적인 건물이었기에 남겨둔 것이다.

왕기설(王氣說)의 주인은?

그러면 이제 경덕궁이 남았다. 경덕궁을 경희궁이라 고쳐 부른 이는 영조다. 경덕궁은 인조 자신이 거처하는 곳이기에 당장은 남겨두어야 했는데, 굳이 인경궁 대신 경덕궁을 선택한 이유는 무엇이었을까? 여기서 인조의 현란한 역사 각색 솜씨를 볼 수 있다. 사학자 윤정은 그의 논문에서 경덕궁의 왕기설의 주인공은 정원군(인조의 생부)이 아니라 신성군(정원군의 친형)이고, 능양군(인조)이 아니라 능창군(인조의 친동생)이었음을 밝혀냈다.[127] 그 내용을 간단히 들여다보자.

광해군을 치죄한 죄목 가운데 하나가 10년이 넘는 과중한 궁궐 공사로 인하여 백성이 도탄에 빠졌다는 점이다. 그런 궁궐에 거처하는 것은 인조로서는 모순이 아닐 수 없었고, 따라서 인경궁과 경운궁의 조치에 버금가는 별도의 조치가 경덕궁에도 필요했다. 그 조치로 만들어진 것이 바로 '새문동왕기(塞門洞王氣)'설이다.

경덕궁은 본래 정원군(인조의 생부)의 집을 광해군이 빼앗아 궁궐을 지었다는 것이 새문동 왕기설의 주된 내용이다. 그렇지만 윤정에 의하면 이것은 사실이 아니다. 선조는 총애한 인빈(仁嬪) 김씨 사이에 의안군, 신성군, 정원군 등 삼 형제를 두었고, 의안군이 12살에 요절하자 장남 격인 둘째 신성군을 사랑했다. 그러나 신성군도 15살에 사

---

127) 윤정, 「인조 대 '새문동(塞門洞) 왕기(王氣)' 설 생성의 정치사적 의미」, 『서울학연구』 제48호, 2012, p.33~69

망하자 정원군의 3남인 능창군을 양자로 입양시켜서 신성군의 제사를 지내게 했다. 이 신성군과 능창군의 집이 바로 새문동에 있었고, 이들이 새문동 왕기설의 원래 주인이라는 것이다.

한편 정원군은 능양군(인조), 능원군, 능창군 등 3명이 아들을 두었는데 현재 한국은행 본부 자리인 송현동에 살았다. 정원군의 집은 송현동이었고 신성군의 집은 새문동이었다. 그렇지만 인조는 생부 정원군을 원종으로 추존하면서 추존의 정당성을 확보하기 위해 신성군과 능창군에 대한 왕기설을 자신과 생부 정원군의 왕기설로 바꾼 것이었다. 인조가 이렇게 왕기설의 주인공을 감쪽같이 바꿀 수 있었던 것은, 신성군은 요절했고 능창군은 광해군에 의해 자결을 강요받았기 때문에 이 세상 사람들이 아니었기 때문이었다.

인조는 아버지 정원군을 원종으로 추존하고 능창군을 능창대군으로 봉함으로써 신성군과 능창군과의 부자(父子) 관계를 파기시켰다. 능창대군이 다시 원종(정원군)의 아들 자격을 회복하자 자연스럽게 정원군과 능창대군의 왕기설은 정원군과 인조 본인으로 대체가 쉽게 되었다. 이로써 인조는 아버지 원종이 왕기설의 주인공이 됨으로써 본인도 또 다른 정통성을 확보한 것이고, 경덕궁에 거처할 수 있는 명분 또한 가질 수 있게 된 것이다.

이를 후세에 확인해 준 이가 영조다. 영조는 사친(私親, 후궁에서 난 임금의 생모)에 대한 궁원제(宮園制)를 시행하면서 원종의 잠저인 송현궁을 찾았다. 원종이 종묘에 부묘함에 따라 영조는 원종의 생모인 인빈을 이곳에서 제사 지내게 하고 저경궁(儲慶宮)이라 칭하게 하였다.

이렇게 왕기설까지 재창조한 인조이지만 조선왕조에서 가장 전무후무한 기록을 남긴 이도 인조다. 인조는 재위 기간에 3번이나 도성을 버리고 도망쳤는데, 한 번은 공주로 다른 한 번은 강화로 그리고 또 다른 한 번은 남한산성이다.

아! 임진왜란

석어당의 주인인 선조가 삶을 마감하면서 남긴 미증유의 임진왜란 후유증은 현재까지 부정적인 유산으로 고스란히 남았다. 조선 전기 각 지방에 있던 지식의 보고인 목판은 모두 불탔고, 궁궐에 있던 춘추관의 『실록』과 고려의 『실록』 그리고 『승정원일기』 등 모든 역사가 불탔다. 경연할 책도, 과거를 볼 책도, 성균관의 존경각에 소장된 책도 모두 불탔다. 역사의 발전이 정체를 넘어 후퇴한 것이다. 고려가 수도를 강화에서 개경으로 환도한 1270년부터 1592년까지 300년이 넘는 중세문화도, 세종의 세계 최고의 천문학 업적도 일시에 사라진 것이다.[128]

안타까운 일은 또 있다. 세종에게는 측우기도 있음을 앞에서 살펴봤다. 세종은 1441년 세자(추후 문종)에 의해서 측우기가 개발되자마자 그 이듬해에 궁궐과 감영은 물론 전국의 부·군·현까지 보급했다. 무려 350개소[129]나 되었다. 그리고 강우 측정 기록이 승정원일기에 그대로 기록되었지만, 임진왜란 때 고스란히 불타 없어졌다. 무려 150년간의 기록이었는데 세계적인 보물이 사라진 것이다. 다시 측우기를 통해 강우를 측정한 것은 영조 대인 1770년이다. 임진왜란이 끝난 지 180여 년이 지난 시점이었지만, 측우기로 측정한 개소는 14곳에 불과했다. 얼마 후 20개소에 늘어났지만, 나머지 전국의 352개소는 빗물이 스며든 깊이를 재는 1442년 이전의 방식으로 돌아갔다.[130] 최

---

128) 강명관, 『조선 시대 책과 지식의 역사』, 천년의 상상, 2014, p.508~520
129) 현재 기상청은 기상대와 관측소 등 그리고 자동 기상관측장비를 포함하여 637개소에서 기상 관측을 하고 있다. https://www.kma.go.kr/기상청홈페이지

소한 330년 전으로 퇴보한 것이다. 임진왜란 이후에도 왕조는 이어졌지만, 선조는 조선을 깊은 질곡의 역사로 내몰았다. 역사에 가정은 없다고 하지만, 만약에 이들 사료가 남아있고 중세의 문화가 단절되지 않았더라면 현재의 우리는 얼마만큼 달라져 있을까? 과거를 바탕으로 해서 현재가 있기 때문이다.

11. 석어당의 또 다른 유산, 세계 최장 소작농 쟁의

인조의 보은

인조는 인목대비로부터 옥새(玉璽)를 받고 왕위에 올랐다. 인목대비로부터 큰 은혜를 입었으니 인조로서는 당연히 그 은혜에 보답해야만 했다. 광해군에 의해 인목대비가 서궁에 유폐되었을 때 정명 공주가 함께 있었는데, 정명 공주는 51세의 선조가 세자인 광해군보다 9살이나 어린 19세의 인목왕후(인목대비)에게 새장가를 가서 낳은 딸이다. 정명 공주는 조선 최고의 여성 서예가로 평가될 만큼 서체가 뛰어났는데, '빛나는 다스림' 이란 뜻의 큰 글씨인 '화정(華政)' 은 정명 공주의 대표적인 작품이다. 선조와 인목왕후 그리고 정명 공주 모두 뛰어난 서예가였으며 정명 공주는 유폐 시절 중에 어머니 인목대비의 절망과 원한을 풀어 주기 위해 서예에 몰두했다. 그 방법은 선조의 어필을 본떠서 크고 작은 글씨를 써 내리는 일이었다.[131]

인조반정 당시 21세의 정명 공주는 혼기를 놓친 노처녀였기에 인조는 풍산 홍씨 홍주원에게 막대한 혼수품을 싸서 부랴부랴 시집을 보냈다. 공주의 집은 50칸을 넘지 못하도록 규정되어 있는데도 불구하

---

130) 국립기상박물관, 『국립기상박물관 도록』, 2020, p.064
131) 신명호, 『화정 정명 공주』, 매경출판, 2015, P.219

고 지금의 공예박물관 자리에 100칸이 넘게 집을 확장하여 정명 공주에게 주었고, 공주의 남편인 부마에게는 105결의 땅을 주어야 했지만, 무려 100배에 달하는 만 결 정도의 땅을 홍주원에게 하사했다. 이 땅이 세계에서 전무후무한 300년이 넘는 소작농 쟁의를 일으키게 된다. 인조의 쿠데타 여파가 21세기 대한민국까지 연결된 것이다.

토지 1결은 100짐의 소출이 나는 토지이다. 조선은 농경지의 면적 계산은 토지의 비옥도와 절대 면적을 함께 고려했는데, 세종대에는 토지의 비옥도에 따라 육등전으로 나누었고 일등전은 2,927평, 육등전은 11,708평으로 추산할 수 있다.[132] 일등전에서 육등전까지 산술평균하면 1결은 5,811평에 해당한다. 인조는 105결인 약 60만 평만 하사하면 될 것을 경상도에만 8,076결인 오천만 평을 하사하였고, 그 외에 하의삼도와 진도 등의 땅을 정명 공주에게 하사했다.[133] 하의삼도란 하의도와 하의도 동쪽 위아래로 이웃한 상태도·하태도를 합쳐서 부르는 이름이고 행정상으로는 신안군 하의면에 속하는 섬들이다. 옥새 값은 경상도의 땅만으로도 평당 만 원이면 5,000억 원이지만 평당 10만 원이라고 하면 5조 원이나 된다.

정명 공주는 이 땅에서 국가를 대신하여 세금을 거둘 수 있는 수조권(收租權)[134]을 갖게 되는데, 공주에게 세금을 내는 농민들은 실질적으로는 공주에게 예속될 수밖에 없었다. 산업혁명 이전까지는 동서고금을 막론하고 모든 부는 토지에서 나왔다. 당연히 조선 시대의 모든 부와 권력도 토지에서 비롯되었다. 세금을 내는 것도, 화폐로 사용

132) 김동진, 『조선의 생태 환경사』, 푸른역사, 2017, p.092
133) 박찬영, 『화정』, 리베르, 2015, p.196~197
134) 수조권은 선조들이 쓰던 말이 아니라 현대 학자들이 만들어낸 개념이다. 과거에는 세금을 국가가 거두는 토지를 공전, 개인이 세금을 거두면 사전이라 하였다. 나라의 구석구석까지 행정력이 미치지 못하고 무거운 쌀을 운반해서 월급을 주는 대신에 특정한 땅에 세금을 거둘 수 있는 권리가 수조권이다. 김정진, 『꼬리에 꼬리를 무는 토지제도 이야기』, 태학사, 2023, p.59

된 것도 쌀이었다.

여기서 잠시 쌀에 주목해 보자. 쌀은 보리 · 밀 · 조 · 수수 등과 함께 기원전 3300년경인 국가의 초기 단계에서부터 조세 수단으로 사용되어왔다. 곡물이 조세 수단으로 사용된 이유는 눈으로 쉽게 볼 수 있고, 낟알이기에 나누기도 쉽고, 가치를 산정하고 저장하기에도 쉬웠다. 그리고 비교적 운송에도 다른 작물에 비하여 쉬웠다. 무엇보다도 곡물이 조세 수단으로써 이용된 큰 특징은 땅 위에서 자라서 눈에 잘 보이고, 쌀 또는 보리와 같은 한 종류의 작물을 경작하게 되면 동시에 수확할 수 있다는 점이었다. 국가를 대신하여 세금을 거두는 세금징수원에게는 더할 나위 없는 작물이었다. 콩도 낟알로서 나누고 저장하고 운반하기도 쉬웠으나 콩은 종류에 따라 수확시기가 서로 달랐다.[135] 조선 후기까지도 쌀은 화폐와 조세의 주요한 수단이었으니, 이런 측면에서 본다면 농경 국가인 조선은 초기 단계의 국가와 크게 다르지 않은 사회였다고도 볼 수 있다.

그런데 인조의 할아버지인 선조는 자신의 왕조를 200년 전인 고려시대의 수준으로 후퇴시켰다. 고려 말조차 경작지가 80만 결이었고 조선 전기에는 170만 결에 달했다. 그러나 임진왜란으로 인하여 경작지는 54만 결로 줄어들었으니 조선 전기에 비하면 $\frac{1}{3}$ 이하로 떨어진 것이다. 전라도만 해도 50만 결에서 10만 결로 줄어들었다.[136]

그래서 왕실에서는 '절수(折受)'라는 제도를 시행했는데, 국가의 소유인 토지를 떼어서 주면 개인이 그 토지에 대하여 세금을 거둘 수 있게 한 것이다. 임진왜란으로 인하여 많은 경작지가 버려지고 황폐화가 되었으니 절수 할 땅은 그만큼 많아졌다. 절수는 토지 개간을 유

---

135) 제임스 스콧, 전경훈 옮김, 『농경의 배신』, 책과함께, 2019, p.177~179
136) 송기호, 『농사짓고 장사하고 4』, 서울대학교출판문화원, 2015, p.230

도하여 부족한 경작지를 해결하고자 하는 고육책이기도 했지만 결국은 국가로 들어올 세금이 들어오지 않게 되니, 그만큼 국가의 재정을 좀먹을 수밖에 없는 제도이기도 했다.

어촌 아닌 농촌

동서고금을 막론하고 혁명이 일어나는 원인 중의 하나가 과도한 세금이다. 지금도 세금정책에 따라 정권을 잃기도 하고 정권을 재창출하기도 한다. 세금으로 촉발한 대표적인 혁명이 1789년에 일어난 프랑스혁명이다. 프랑스는 당시 3개의 신분으로 나누어져 있었는데 조선의 지배층처럼 프랑스의 귀족과 성직자는 세금을 당연히 내지 않았다. 상인과 노동자·농민 등에 부과되는 과중한 세금과 세금을 걷는 징세 청부업자들의 농간으로 촉발된 프랑스혁명은, 루이 16세와 왕비의 목을 단두대에서 자름으로써 공화정이 들어서는 계기가 되기도 했다.[137] 과도한 세금이 황제국에서 공화국으로 국체를 바꾼 것이다.

고조선에서부터 삼국시대를 거쳐 고려와 조선에 이르기까지 왕조들의 정체성은 모두 농경 국가였다. 즉 반만년의 역사를 가진 민족이지만 근대로 들어와 산업국가로 전환하기 전까지는 시간이 천천히 흐르는 농경 국가였다. 중간중간에 왕조만 바뀌었을 뿐이지 농경과 그로 인한 생활방식에는 큰 변화가 없었다. 따라서 국가의 부는 모두 땅과 농민의 노동력으로부터 나왔다. 모든 세금이 땅에서 나왔기 때문에 농민이 국가의 근본이었고, 국가는 농민의 삶을 온전히 보호해야만 했다. 하지만 시간이 지날수록 백성은 수탈의 대상으로 전락하게 되는데, 이것이 우리 역사의 큰 흐름이기도 했다.

정명 공주가 절수 받은 땅에는 전라남도 진도로부터 북서쪽에 있는

---

137) 김정진, 『꼬리에 꼬리를 무는 토지제도 이야기』, 태학사, 2023, p.48~53

하의도, 상태도, 하태도가 포함되었다. 김대중 전 대통령의 생가가 있는 곳이 하의도인데, 이곳에서 정명 공주의 후손 홍가네와 섬 주민 사이에서 300년이 넘는 '소작농 쟁의'가 발생했다. 쟁의의 요지는 공주의 후손들은 섬 전체를 절수 받았다고 주장하였고, 섬 주민들은 당시의 경작지 24결에 한해서만 절수가 되었다고 하는 다툼이었다.

지금도 많은 섬에서 농경지와 저수지를 볼 수 있고, 섬 주민의 상당수가 어업이 아닌 농업에 종사한다. 이것은 전통사회의 흔적들인데 즉 산업화 이전의 섬은 어촌만이 아니었다. 먼바다든 가까운 바다든 지금처럼 항해가 안전이 담보되어있던 것이 아니었고 빈번하게 오고 갈 수 있는 실정은 더욱 아니었다. 즉 섬 안에서 자급자족해야만 했다. 섬 주민이라 하더라도 물고기만 먹고 살 수는 없는 노릇이었다. 따라서 황무지를 개간하거나 개펄을 간척해서 경작지를 늘려야만 했다. 간척의 경우는 바닷물을 빼고도 20년 이상 기다려서 염분을 제거해야만 농작물의 경작이 겨우 가능했다. 섬 생활의 고단함이 만만치 않았음을 미루어 짐작할 수 있다.

지금의 하의도는 하나의 섬이지만 과거의 하의도는 여러 개의 섬으로 이루어졌었다. 간척을 통해서 하나의 섬이 된 것인데, 하의도에는 150m의 망매산을 제외하면 대체로 평지이고 논밭으로 형성되어 있다.[138] 당시의 간척이란 섬 주민들이 맨손으로 일구어낸 것이었다. 전라도의 많은 땅은 갯벌을 일군 결과인데 전라도 사람들은 스스로 '개땅쇠'라 불렀다. 자신들이 개펄을 땅으로 바꾸었는데도 불구하고, 그 땅의 소작인이 되어 착취의 대상으로 전락하고 인고의 삶을 살아야 했던 자신들을 비하하여 개땅쇠라 부른 것이었다.[139] 하의삼도는 그

---

138) 한국학중앙연구원, 한국민족문화대백과사전, 하의도
139) 한국학중앙연구원, 한국향토문화전자대전, 개땅쇠

런 땅 중의 하나였다.

탐욕의 끝은?

간척을 통해서 하의도의 경작지가 160결(약 93만 평)로 늘어나자 정명 공주의 후손인 홍가네가 욕심을 내기 시작했다. 홍가네는 손도 안 대고 코 푸는 식으로 이를 탐냈다. 홍가네는 섬 전체를 절수 받았으니 160결 전체에 대해서 세금을 내라는 것이었고, 주민들은 24결(약 14만 평)만 절수된 것이니 이에 해당하는 세금만을 내겠다는 주장이었다. 한술 더 떠서 홍가네는 섬에 대한 소유권까지 주장했고, 주민들은 자신들에게 경작지의 소유권이 있다고 주장했다.[140]

인조반정이 일어난 지 100년이 다 되는 경종 원년(1720)부터 하의삼도 토지 분쟁이 본격적으로 비롯되었다. 홍가네(정명공주방)는 세금을 내지 않는다며 섬 주민들을 고소했고, 섬 주민들은 궁방의 면세전은 24결일 뿐이라며 간척하고 개간한 160결에 대해서는 세금을 낼 수 없다고 맞섰다. 이때 하의도와 하태도 주민들은 세금을 냈지만, 상태도 주민들은 세금 납부를 거부했다.

영조 6년과 영조 44년(1768)에도 섬 주민들은 억울함을 호소하였고 영의정 김치인은 절수(折受)된 토지는 24결에 한정됨을 밝혔지만, 왕조 시대이니 주민들이 권력을 당해낼 수는 없었다. 풍산 홍가네가 가장 위세를 떨치던 시기가 바로 영조·정조 때이기도 했다. 1870년이 되면 풍산 홍씨의 세력이 약화하였고 이에 섬 주민들은 전라감사 이호준에게 억울함을 호소하니, 전라감사는 24결에 대해서만 세금을 걷도록 홍가네에게 조치하였다. 그러나 이 조치는 잠시만 유효했다.

대한제국이 들어섰고 일제강점기로 이어졌다. 대한제국은 궁방전

---

140) 박찬영, 『화정』, 리베르, 2015, p.196~197

을 모두 내장원에 등록하게 하였고 하의삼도 주민들은 세금을 내장원에 납부하였다. 그러나 1908년 혼란한 시기를 틈타서 홍가네가 하의삼도 토지반환 청구 소송을 통해서 땅을 찾아갔다. 이를 뒤늦게 안 섬주민들은 경성지방법원에 '부당이득 반환 청구 소송'을 제기하였고 일본인 변호사의 도움을 받아 1911년 승소하였다. 이에 홍가네가 가만히 있을 리 만무했다. 재판이 섬 주민들에게 유리하게 돌아가자 토지를 헐값에 조선인들에게 팔아넘겼고, 이들 조선인은 다시 일본인 지주에게 매도했다.

하의삼도 주민들은 다시 소유권 분쟁에 휘말리게 되었고, 조선총독부와 목포경찰서는 쌍방 간의 '화의'를 종용했다. 이에 섬 주민들이 궐기하고 방화를 하자 경찰과 헌병은 100여 명의 섬 주민을 연행하였고 그중 8명이 2년 형을 선고받았다. 섬 주민과 일본인 지주 사이에 13개 항목에 대하여 합의하였으나 일인 지주가 이를 이행하지 않자, 다시 섬 주민들은 1916년 부당이득 반환 소송을 제기하였고 항소 도중에 일본인 지주가 바뀌었다. 섬 주민들은 소작료 납부를 거부하였고 일인 지주는 폭력배를 동원하여 곡식과 가산을 압류하였다. 섬 주민들은 농민조합을 결성하고 법률 투쟁을 계속하였으나 광복할 때까지 그들의 뜻은 관철되지 않았다.[141]

하의도 7·7 농민 항쟁

미군정이 들어섰다. 미군정은 일제의 동양척식주식회사를 대신하여 신한공사를 창립하고는 소작료를 걷게 했다. 신한공사는 소작료를 걷기 위하여 하의도에 지부를 설치했다. 섬 주민들은 다시 신한공사의 소작농이 된 셈이었다. 소작료를 내면 농지소유권을 포기한다는

---

141) 김경옥, 「18세기 한성부에 정소(呈訴)한 하의삼도 사람들의 감성」, 『한성연구』 2권, 2011, p.133~138

의사표시와 같은 것이기에 섬 주민들은 소작료 납부를 거부했다. 섬 주민들에게 있어서는 해방되었다고 하지만, 지주가 일본인에서 미군으로 바뀌었을 뿐 바뀐 것은 아무것도 없었다. 충돌은 불가피했고 폭력은 폭력을 낳았다.

신한공사가 소작료를 독촉하고 주민들이 거부하자, 경찰의 협조를 얻어 신한공사 직원들은 폭언과 협박을 가하고 총을 들이대면서 강제 징수에 나섰다. 이를 목격한 주민 200여 명이 모여들었고 겁에 질린 경찰은 공포를 쏘며 도망갔다. 공포탄 하나가 한 주민의 머리를 스쳐 실신하게 하자 주민들은 경찰과 신한공사 직원들을 붙잡아 린치를 가하였다. 이튿날 목포경찰서 경찰 50여 명이 이를 응징하러 와서 섬 주민 200여 명을 개 패듯이 하였고 10여 명을 목포로 연행한다는 소문이 나돌았다. 주민들이 선착장으로 몰려갔고 경찰은 체포한 주민 30~40명을 목포로 연행하기 위해 전마선에 태웠다. '뗏목을 뒤집어라.' 라고 주민들이 외치자 총성이 울렸다. 주민 한 사람이 총에 맞아 죽고 다른 한 사람이 다리를 다쳤다. 주민들은 시신을 들쳐메고 하의 지서와 신한공사 하의 지부 사무소를 불태웠다. 이른바 '하의도 7·7 농민 항쟁'이다.

그러나 미군정은 이를 폭동으로 규정하고 무자비하게 진압했다. 미군정은 섬 주민 90여 명을 목포로 연행하고 20여 명의 군인을 3개월간 하의도에 주둔시켰다. 연행된 90여 명은 심한 고문을 당해서 옥중 사망자가 발생하기도 하였고, 징역 1~12년의 선고와 5천 원의 벌금형 선고를 받기도 하였다.[142]

미군정이 끝나고 대한민국 정부가 들어섰다. 하의도 주민들은 농지

---

142) 손형섭, 「해방 후 하의삼도 농민들의 농지 탈환 운동에 관한 연구」, 『한국도서연구』 18권 2호, 2006, p.77~82

투쟁사를 전남도청과 국회에 제출하는 등 진정 운동에 나섰고, 전남도청은 이를 중앙정부와 국회에 건의하였다. 국회는 하의도 주민들에게 소유권 무상 반환을 만장일치로 의결하였으나 6·25전쟁으로 인해 이는 이행되지 못했고, 1956년에 무상이 아닌 정보당 200원의 가격으로 섬 주민들에게 환원되었다.

1623년 인조반정에서 시작된 정명 공주의 절수된 땅 문제가 1956년에 해결되었으니 무려 333년이나 걸렸다. 조선왕조에서 시작된 소작농 쟁의가 대한제국과 일제강점기 그리고 미군정을 거쳐서 대한민국 정부에 와서야 종결된 것이다.

1949년 농지개혁법이 제정되어 모든 소작인은 3정보 이내에서 자신의 땅을 갖게 되었다. 소작인이 아닌 자작농이 된 농민들은 연간 생산량의 150%를 5년에 걸쳐 납부하면 땅 주인이 되었다. 농지의 유상 분배를 통해서 비로소 농민들이 자신의 농지를 소유하게 되었다. 신생 대한민국은 그렇게 함으로써 평등한 상태에서 출발할 수 있었다.[143)

12. 이층집 석어당에서 영조의 준천을 보다

이층집이 드문 이유

석어당(昔御堂)은 전통 한옥으로는 드물게 이층집이다. 왜 전통 한옥에서는 이층집을 보기 드물까? 동서고금을 막론하고 거대하고 웅장한 건물의 건축은 지배층의 권위를 세우거나 피지배층에게 중압감을 주기 위하여 보편적으로 사용해온 방식이다. 부처의 권위를 앞세워 삼국을 통일한 신라는 약 80m에 달하는 황룡사 9층 목탑을 세웠고, 고려의 실상사 9층 목탑과 보제사 5층 목탑도 각각 80m[144), 60m

---

144) 김경표, 「실상사 목탑의 복원 연구」, 『한국건축역사학회논문집』 통권 55호, 2007, p.18

가량[145] 되었다. 백제의 미륵사지 목탑도 약 50m[146]에 달했다. 이로 미루어 보면 이층집 이상의 높은 건물을 못 지은 것이 아니라 짓지 않은 것임을 알 수 있다. 현대에 들어와서 1996년에 완성된 충북 진천의 보탑사 3층 목탑이 54m 정도이니 약 1,200년 전부터 꽤 높은 건물을 짓는 기술을 갖고 있었음을 알 수 있다.

그러면 조선왕조는 왜 높은 건물을 짓지 않았을까? 그것은 우선 풍수 사상의 영향이 제일 컸기 때문이다. 앞에서 조선왕조는 주유야풍의 나라였음을 이미 살펴봤다. 산이 많으면 양이고 건물이 높으면 양이니, 양과 양이 충돌하면 지기(地氣)를 손상하므로 궁궐은 물론 민가에서도 높게 짓는 것을 금지했다. 또 다른 이유를 든다면 온돌의 영향일 것이다. 17세기에 도래한 소빙하기의 기후로 인하여 온돌은 전국적으로 확산하였지만, 2층 이상에는 온돌을 놓을 수 있는 기술이 당시에는 없었다. 또 지금처럼 인구가 많았던 것도 아니었고 도시와 농촌 간의 구분도 명확하지 않아서 지금처럼 인구 집중으로 인하여 수직으로 집을 지을 요인도 없었다.

온돌과 민둥산

이로 인하여 온돌이 민둥산의 주범이라고 오해를 받기도 했다. 온돌이 공급되면 당연히 그에 비례하여 땔감의 소비량도 증가했고 그만큼 산림이 황폐해지는 것은 당연했다. 당시에는 민둥산은 목재를 생산해내는 산지에 나무가 부족해진 상태를 가리키는 말로 쓰였는데, 민둥산이란 말이 처음 등장한 것은 연산군 11년(1505)이다.[147] 그러

---

144) 김경표, 「실상사 목탑의 복원 연구」, 『한국건축역사학회논문집』 통권 55호, 2007, p.18
145) 김수연, 「고려 시대의 보제사(연목사)와 불사 성격 변화」, 『이화사연구』 59권, 2019, p.164
146) 한주성 · 오정현, 「백제 미륵사의 목탑 평면 규모와 처마구조에 관한 연구」, 『백제학보』 42권, 2022, p.63
147) 전영우, 「조선 시대 소나무 정사」, 『산림문화전집』 13, 2020, p.239

나 민둥산은 임진왜란 이후에야 빈번하게 실록에 등장한다. 조선총독부 산림과장이었던 사이토 오토사쿠(齋藤音作)는 임진왜란이 조선 산림이 황폐해지는 시초를 제공했다고 분석했는데, 즉 전쟁의 여파로 전국의 산림이 불타고, 야영하는 명나라와 일본군대가 남벌하고, 종전 후에는 복구를 위한 목재가 대량으로 필요했다는 점을 지적했다.

그 이후에는 소빙하기가 지속되는 동시에 경작지의 파괴로 인하여 유리걸식하는 백성의 수가 증가하였는데, 그중 일부는 도성으로 유입되어 도성 주변 사산 등의 수목이 황폐해졌고, 일부는 산속으로 들어가 화전을 일구면서 깊은 산까지 황폐화가 가속되었다. 이때도 인간의 탐욕은 그치지 않았다. 화전은 대장에 기록되지 않음을 악용하여 왕실과 연관된 궁가(宮家)와 권력을 가진 세가(世家)는 농민들에게 화전을 경작하게 하여 수탈을 쉽게 할 목적으로 화전을 늘려나갔다.[148]

김동진은 조선 시대 숲 파괴의 결정적인 원인으로 화전을 지목했다. 조선 시대에는 모든 에너지원이 나무였다. 소금을 만들고 도자기를 굽는 데도 나무를 땔감으로 사용했고, 집을 짓고 선박을 건조하는 데도 나무를 사용했다. 그러나 이들의 비중은 각각 1%에 불과했고 난방과 취사용 땔감이 17% 정도라고 그는 분석했다.[149] 현종 1년(1660) 때 이미 크고 작은 산골짜기의 7~8할은 화전이 되었고, 18세기 초가 되면 강원도의 깊은 산조차 화전으로 개간되었다.[150]

하지만 벌채로 인한 민둥산은 조선만의 문제는 아니었다. 18~19세기에 주된 에너지원이 나무에서 석탄으로 바뀌기 전까지는 세계 어느 곳이든 모든 에너지원은 태양[151]과 나무일 수밖에 없었다. 오히려 조

148) 권석영, 『온돌의 근대사』, 일조각, 2010, p.46~48
149) 김용만, 『숲에서 만난 한국사』, 홀리데이북스, 2021, p.263
150) 김동진, 『조선의 생태 환경사』, 푸른역사, 2017, p.176

선은 공업이 발달하지 않아 산업용 연료로의 땔나무 소비량은 많지 않았다. 산업이라고 해봐야 고작해서 배를 만들고 바닷물을 끓여 소금을 만들고 도자기를 굽는 정도였기 때문이다.

산림이 황폐화가 되었다는 말은 다르게 표현하면 광공업 등의 산업이 발달했다는 의미가 되는데 이에 특정할 수 있는 나라가 영국이었다. 16세기 중엽이 되면 이미 영국은 제철소의 운영으로 무기와 철을 자급하게 되지만 그만큼 숲은 빠르게 파괴되었다. 당시의 영국은 철 생산 외에도 납과 유리 생산, 벽돌과 타일 굽기, 배 건조와 주택 건축, 마차 운송, 기타 산업이 한꺼번에 겹치면서 어느 때보다도 많은 숲이 파괴되었다.[152] 숲의 파괴가 조선만은 아니었음을 알 수 있다.

영조의 준천(濬川)

그런데 화전은 산림 파괴로만 그치지 않았다. 산에 나무가 없으면 비가 올 때 토사 유출이 심해진다. 산에 수풀이 우거져 있으면 많은 비가 와도 문제가 되지 않는다. 비가 오면 먼저 낙엽이 흡수하고 낙엽이 못다 품은 빗물은 나무뿌리가 빨아들인다. 겨울에 온 눈도 나뭇잎들이 햇빛을 차단하여 서서히 녹게 하고, 그런 물은 거의 땅속으로 스며든다. 그리고 땅속으로 스며든 물은 풀과 이끼가 자라게 하고, 그런 풀과 이끼는 빗물의 흘러내리는 속도를 떨어뜨린다. 그러나 수풀이나 낙엽이 제거되었을 때는 땅을 직접 때리는 빗방울로 인해 지표면의 틈새가 메꿔지고 그만큼 흙의 빗물 흡수 능력은 저하된다.[153] 땅속으

---

151) 집을 남향 또는 동향으로 짓는 것도 햇빛을 이용하기 위함이다. 특히 전통 한옥의 처마 높이와 길이는 과학적으로 계산된 것인데 여름에는 과도한 햇빛의 유입을 막기 위해서는 처마가 낮고 길어야 하지만, 반대로 겨울에는 높고 짧아야 한다. 온실도 또 하나의 예이지만, 모든 식물은 햇빛을 받아 성장하는 만큼 지구상의 근본적인 에너지원은 태양인 셈이다.

152) 존 펄린, 송명규 옮김, 『숲의 서사시』, 도서출판 다님, 2006, p.194

153) 위의 책, p.166

로 스며들지 못한 빗물은 모여서 큰물을 만들어 토사 유출은 물론 때때로 산사태를 일으키기까지 한다.

토사 유출이 심해지면 강 하상이 높아지고 하상이 높아지면 그만큼 홍수에 취약해진다. 1400년 이후 460년간 한성부 일대의 홍수는 총 172회였는데 그중 57회가 1651년에서 1700년 사이에 집중되었다.[154] 이 기간은 추운 소빙하기와 겹치기도 하는데 도성의 인구가 현종 10년(1669)에 약 20만 명으로 급증한 것도 연관된다. 인구 증가에 의한 하수량의 증가와 함께 민둥산에 의한 토사의 유입으로 인하여 하상이 높아졌고, 따라서 영조 대가 되면 대대적으로 청계천을 물이 잘 흐르도록 개천 바닥을 깊이 파내지 않으면 안 되었던 상황으로 전개된 것이었다.

푸르른 산

현재 우리의 산림은 매우 푸르르다. 이렇게 산림이 우거질 수 있게 된 데에는 몇 가지 요인을 들 수 있다. 먼저 땔감의 변화인데 연탄의 보급으로 인하여 나무를 대체할 수 있었기 때문이다. 연탄가스에 의한 중독 사고로 인하여 많은 인명 피해를 내기도 했지만, 연탄이 산림 녹화에 이바지한 점은 부정할 수 없다. 아울러서 급속한 경제 발전을 들 수 있다. 산업화와 도시화가 급진전하면서 나무에 의존할 수밖에 없는 농촌 인구가 도시로 유입되었고, 도시는 이를 감당해 냈다. 그리고 무엇보다도 녹화산림의 제일 큰 요인은 화전민의 소멸일 것이다. 1973년 전체 농가의 14%에 달했던 30만 가구의 화전민이 1979년에는 완전히 소멸하였는데, 경제 발전과 도시가 이들을 산에서 내려오도록 했다. 정부의 경제정책이 성과를 낸 것이다.[155]

154) 전우용 외 6인, 『청계천: 시간, 장소, 사람』, 서울학연구소, 2001, p.18
155) 김용만, 『숲에서 만난 한국사』, 홀리데이북스, 2021, p.305

13. 왜 석어당의 현판은 2개일까?

어필 현판

석어당과 즉조당에 현판을 내걸게 한 이는 영조로 재위 기간에 여덟 차례나 경운궁을 찾았다. 영조는 경운궁 외에도 다른 왕들의 잠저(潛邸)를 찾기도 했는데, 궁궐 밖에 있는 잠저는 영조 본인처럼 서자 출신인 왕들의 집이었기에 자신도 정통성이 있는 왕이라는 것을 강조하기 위함이었다. 원종으로 추존된 인조의 생부 정원군의 잠저가 새문동이 아닌 송현동(지금의 한국은행 본관 자리)에 있었고, 그 자리에 원종의 생모를 모신 저경궁이 있었음을 알게 해준 이도 영조였음을 앞에서 살펴봤다. 어쨌든 인조 이후 후계의 왕들은 즉조당이 자신들의 왕계(王系)가 시작된 곳인 만큼 1904년 일제의 방화에 의한 화재로 소실되기 전까지는 서까래 하나 바꾸지 않고 보존해 왔다.[156] 선조가 도성으로 돌아온 지 300년이 되는 1893년(고종 30)에 고종은 즉조당과 석어당을 참배하고 선조가 국난을 극복한 것을 상기했다. 그리고 구국을 기원하는 간절한 마음을 담아 죄인을 사면하는 등의 교서도 반포하였다.[157] 이어서 1905년 7월 고종은 친필로 즉조당과 석어당의 현판을 써서 내걸었다. 그렇지만 이로부터 4개월 후 을사늑약이 체결되었고 국운은 점점 기울어져만 갔다.

친일반민족행위자들

석어당에는 2개의 현판이 걸려 있다. 1층 처마에는 검정 바탕의 금빛으로 쓰인 고종의 어필 현판이 걸려 있고 2층 처마에는 하얀 바탕의 검정 글씨로 쓰인 현판이 걸려 있다. 1897년 고종은 대한제국의 초대

---

156) 김종헌, 「덕수궁의 보존과 복원」, 『건축역사연구』 통권 37호, 2004, p.112
157) 서울정동협의체_이강근, 『6가지 주제로 만나는 정동』, 인문산책, 2022, p.81

황제로 등극하여 근대국가를 천명하였지만 500년이란 관성을 한꺼번에 뛰어넘을 수는 없었다. 서구 문명을 적극적으로 받아들이고 근대국가를 지향하겠다는 고종의 이념조차 동도서기(東道西器)였고 구본신참(舊本新參)이었다. 여기서 동도는 곧 예이고, 예는 곧 질서이며 위계였다. 그 위계를 현판에서도 찾아볼 수 있다. 즉 임금이 사용하거나 깊이 연관된 전각에 거는 현판과 임금이 직접 쓴 어필 현판은 검은 바탕에 금색 글씨로 썼고, 이보다 낮으면 검은 바탕에 흰색 글씨로, 이보다 더 낮으면 흰 바탕에 검은색 글씨로 현판을 써서 걸었다.[158] 물론 현판은 당대의 명필들이 썼다.

'옛날에 임금이 거주하였다.'라는 뜻의 2층의 석어당 현판은 김성근이 썼다. 김성근은 이조판서와 도승지·관찰사를 지낸 고위 관료로 한일병합 후 일제로부터 자작의 작위를 받았다. 이른바 친일반민족행위자다. 덕수궁의 전각들은 1904년 4월 14일 대화재 이후 중건되었고, 따라서 각 전각에 걸려 있는 현판도 당연히 화재 이후의 것들이다. 현재 걸려 있는 현판들의 서사관과 상량문의 제술관·서사관을 살펴보자. 현판과 상량문의 서사관은 글씨를 쓴 자를 말하고 제술관은 상량문의 글을 지은 자를 뜻한다.

먼저 대한문의 현판 서사관은 한성판윤과 내부대신 등을 역임한 남작 남정철이다. 대한문의 상량문 제술관은 경기도 관찰사 등을 역임한 자작 이근명이다. 중화문의 현판은 남작 조동희가 썼는데 도승지·농상공부대신 등을 역임했다. 중화문의 상량문 서사관은 백작 이완용(李完用)으로 추후 후작으로까지 승진했다. 후작 이완용은 대표적인 매국노답게 나라를 망국의 길로 몰아넣는 주요한 길목인 을사늑약·정미칠조약·한일합병조약 체결에 모두 참여하였다. 중화전 현

---

158) 역사건축기술연구소, 『우리 궁궐을 아는 사전』, 돌베개, 2018, p.39

판의 서사관은 자작 김성근이었고, 상량문 서사관은 남작 박기양으로 성균관 대사성과 함경도 관찰사 등을 역임했다. 즉조당 상량문의 서사관은 자작 민병석으로 농상공부대신·군부대신·이왕직장관 등을 역임했다.

이게 다가 아니다. 중화전 내부 기둥에는 5명이 쓴 15수의 시가 붙어 있는데, 단오에 맞춰 길상을 기원하는 글로서 박제순, 이재극, 서긍순, 심상훈 등이 지었다. 이들 가운데 자작 박제순은 을사늑약 당시 외부대신으로 참여했고 합병조약에는 내부대신으로 의결에 참여했다. 남작 이재극은 법부대신·궁내부대신·이왕직장관을 역임했다. 한편 준명당 현판의 서사관은 자작 박제순이 썼고 함녕전 현판은 남작 박기양이 썼다. 즉 이것들을 모두 부정적인 문화유산으로 간주하여 친일파들이 쓴 현판과 상량문을 걷어내야 한다고 하면 덕수궁의 현판과 상량문은 모두 떼어 내야만 한다.

반(反) 노블레스 오블리주

서사관 또는 제술관으로 참여한 이들의 공통점은 하나는 모두 대한제국기에 대신을 지낸 고위 관료들이란 점이고, 다른 하나는 한일 강제 병합 후 일제로부터 조선 귀족 작위를 받은 친일반민족행위자라는 점이다. 친일반민족행위자재산조사위원회에 의하면 조선 귀족으로 선정된 자는 76명으로 조선 통감부가 이완용·조중응과 협의하여 명단을 작성하였다. 작위 가운데 가장 높았던 후작은 왕실의 친인척으로 이재완, 이해승, 윤택영, 박영효 등이 받았다. 이들 외에도 일제는 황실의 종친과 왕족의 후예와 인척에 대해서도 귀족 작위를 수여하고 우대했는데, 흥선대원군 형들의 자손인 이재완은 후작, 이지용에게는 백작, 이기용에게는 자작이 주어졌고, 기타 왕족의 후손인 이해승과 이재각·이해창은 후작, 이완용(李完鎔)과 이재곤에게는 자작, 이근호 등에는 남작이 주어졌다.

황실 친인척 중 대표적인 매국노들은 을사오적에 이지용, 이근택, 박제순이 가담했고, 정미칠적 가운데는 군부대신 이병무와 이재곤이 황실 종친이었다. 한일합병조약에는 이병무·민병석·윤덕영·박제순과 더불어 고종의 친형인 이재면조차 친일파의 끝판왕으로 가담했다.[159] 일제가 작위를 수여한 76명의 조선 귀족 가운데 황실 관련 친인척이 무려 48명이나 된다. 그리고 지금으로 치면 장관급인 전·현직 대신들이 작위를 받았으니 전형적인 '반(反) 노블레스 오블리주'가 아닐 수 없다. 나라가 망할 수밖에 없었던 설명이 가능하다고 하겠다. 물론 76명 중에는 작위를 거부한 이들도 있었는데, 자결한 김석진을 비롯하여 윤용구, 홍순형, 한규설, 유길준, 민영달, 조경호, 출가한 조정구로 은사금은 물론 훈장조차 일절 받지 않았다. 고작 여덟 명에 불과했지만, 그나마도 천만다행이었다. 만일 수작을 거부한 자가 한 명도 없었더라면 미래 세대에게 이를 어떻게 설명할 수 있겠는가?

한마디로 고종은 고립무원이었다. 고종의 자업자득이기도 했겠지만, 자신이 임명한 고위 관료들이 하나같이 매국에 나선 이유를 어떻게 설명할 수 있을까? 그동안은 대표적인 기회주의자로 이완용을 거론하면서 이를 설명하려고 하였지만, 8명을 제외한 68명을 모두 기회주의자로 설명하기에는 뭔가 부족한 느낌이 든다. 물론 개개인의 기회주의적인 성향은 당연히 있었겠지만, 아마도 이들이 공유한 사유(思惟)는 '난파선의 쥐 떼 탈출'과 같은 것이 아니었을까? 난파 직전의 배에는 쥐가 없다고 한다. 생존의 위험을 감지한 쥐들은 배를 갈아타거나 이미 육지로 탈출하였기 때문이다.

---

159) 친일반민족행위자재산조사위원회, 『친일 재산에서 역사를 배우다』, 리북, 2010, p.54~62

즉 나름대로 고급 정보를 독점하고 공유할 수 있었던 고위 관료들은 대한제국이란 난파선에서 일찌감치 배를 갈아탄 것은 아니었을까? 이런 쥐들 가운데에는 미처 배를 갈아타지 못하고 바닷물로 뛰어든 쥐들도 있기 마련이고 따라서 물에 빠진 쥐들은 익사하여야만 했다. 하지만 친일파들은 미군정을 거쳐 대한민국 정부 수립 이후에도 정권의 비호와 함께 시대적 상황과 맞물리면서 바닷물에 빠지는 경우가 발생했더라도 익사하지는 않았다. 그들의 절묘한 선택은 영생을 구가했다.

그리고 친일파 중에는 중인과 서자 · 피지배층인 '아래 것들' 도 적지 않은 비중을 차지했는데 기존의 질서가 붕괴하여 새로운 세상이 열리면 많은 것을 얻게 되는 부류들이었다. 500여 년간 차별을 받았으니 그럴 만도 했을 것이다. 더군다나 제국들이 앞세운 천민자본주의는 이들이 하늘 높은 줄 모르고 날뛰도록 하는 데에도 도움이 되었다. 이들의 해악은 쥐 떼가 저지른 해악에 비하면 애교 수준이라고 볼 수 있겠지만, 두 해악을 합치면 기하학적으로 커질 수밖에 없었다. 앞에서 끌고 뒤에서 미는 형국이었으니 말이다.

습작(襲爵)

일제는 조선 귀족들에게 매국의 대가로 이른바 은사금을 지급했다. 은사금은 같은 작위라 하더라도 매국의 공헌도에 따라 차등 지급되었는데, 남작 45명 가운데 3명에게는 5만 엔[160]이 지급되었고 나머지 42명에게는 2만 5천 엔이 지급되었다. 자작 22명에게는 10만 엔에서 3만 엔까지 지급되었고, 백작에게는 15만 엔에서 10만 엔 그리고 후작

---

160) 1엔은 2010년 환율로 우리 돈 13,200원에 해당한다. 이완용의 경우 15만 엔을 받았으니 약 20억 원에 불과하다. 친일반민족행위자재산조사위원회, 『친일 재산에서 역사를 배우다』, 리북, 2010, p.57

에게는 16만 8천 엔에서 50만 4천 엔까지 지급되었다. 황실 대표로 한 일합병조약에 동의한 고종의 형 이재면은 83만 엔을 받았다.

이것들은 현금이 아닌 공채증권으로서 5년 거치 50년 이내 상환 조건으로 연리 5%였는데, 빛 좋은 개살구였다. 1945년 해방됨에 따라 원금을 받은 자는 한 명도 없었기 때문이다.[161] 더군다나 공채의 이자는 조선총독부의 예산에서 지급되었는데, 총독부는 '아랫돌 빼다가 윗돌 고이는 격'으로 조선 백성의 고혈을 짜다가 친일파들의 배를 불리게 한 것이었다. 당시 일본 총리대신의 연봉이 8천 엔에서 1만 엔 정도였고 일본인 노동자의 하루 임금은 2엔에 불과했으니만큼 친일파들이 나라를 팔아 얼마나 호의호식했는지를 알 수 있다.

이들의 호의호식은 당대에서 끝나지 않았다. 본인이 죽으면 작위가 상속되었는데 이른바 습작을 통하여 아들·손자로 이어졌고, 따라서 3대가 『친일 인명사전』에 오르는 가문의 영광(?) 아닌 영광을 누렸다. 사돈지간인 이완용과 민병석을 예로 들어보자. 이완용의 차남인 이항구는 일제로부터 별도로 남작의 작위를 받았는데, 이완용이 죽자 이항구의 장남인 이병길이 후작을 습작하였고, 이항구가 죽자 차남인 이병주가 습작하였다.[162] 즉조당 상량문 서사관인 민병석은 나라를 팔아서 자작이 되었는데, 그가 죽자 장남인 민홍기가 자작을 습작하였고, 차남인 민복기도 민족문제연구소가 발간한 『친일 인명사전』에 의하면 친일파로 등재되어 있다. 민복기는 일제강점기에 판사로 시작하여 대한민국에 와서는 검찰총장과 법무부 장관 그리고 10년 3개월이란 최장수 대법원장을 지냈다. 나라를 팔아먹은 매국노의 아들이 최장수 대법원장이 되는 나라, 대한민국은 참으로 관용이 넘치는 대

---

161) 전국역사지도사모임, 『표석을 따라 제국에서 민국으로 걷다』, 유씨북스, 2019, p.361~370
162) 친일반민족행위자재산조사위원회, 『친일 재산에서 역사를 배우다』, 리북, 2010, p.95

단한 나라였었다.

놀랍게도 친일파들의 영광은 여기가 끝이 아니었다. 후안무치한 친일파들의 후손들은 2005년까지 국가를 상대로 하는 토지반환 소송을 47건 제기하였는데, 이 중 50%에 달하는 23건에서 승소한다. 대표적인 것으로 2002년 정미칠적 가운데 한사람인 송병준의 후손이 부평의 미군 부대 땅을 돌려달라고 국가를 상대로 소송을 제기한 것이었다. 그런데 더욱 어이없는 것은 1951년 〈반민족행위처벌법〉이 폐지된 이후 친일파 청산을 위한 법 제정이 전혀 없었다는 사실이다. 간신히 2005년 12월 8일이 되어서야 〈친일반민족행위자 재산의 국가 귀속에 관한 특별법〉이 제정되었는데, 그것도 300명의 국회의원 중 155명만의 찬성으로 본회의를 통과할 수 있었다.[163]

국난극복의 상징이라지만 마땅치 않은 선조의 석어당, 삼전도비의 주인공인 인조의 즉조당, 그리고 친일파들의 현판이 걸려 있는 전각들, 덕수궁의 구성 요소들이다. 씁쓸하지 않을 수 없지만, 두고두고 반면교사로 삼아야 한다면 덕수궁을 오래도록 잘 보존해야 한다. 오늘날의 우리는 국내외에서 목숨을 초개와 같이 던지며 일제에 항거한 독립운동가들의 덕택을 보고 있다. 이런 고귀한 독립운동가들이 없었더라면 영국의 윈스턴 처칠(Winston Churchill) 경이 한국의 독립을

---

163) 정광모, 「친일파 후손 몰염치한 소송 행각에 쐐기」, 『국회보』 통권 471호, 2006, p.58~61
164) 1943년 11월 이집트 카이로에서 열린 회담에서 중국 장제스는 '한국의 자유 독립'을 주장했다. 이에 미국의 루스벨트는 한국의 독립을 찬성했지만, 다자간 국제 신탁통치를 염두에 두었기에 '가능한 가장 빠른 시기에'에서 '적절한 시기'로 수정·제안하였고, 영국의 처칠은 한국 관련 조항의 삽입을 반대하다가 '적절한 시기로'라는 모호하고 불명확하게 표현하는 것으로 하여 수용했다. 정병준, 「카이로회담의 한국 문제 논의와 카이로선언 한국조항의 작성 과정」, 역사비평 통권 107권, 2014, p.340 또 사학자 박태균에 의하면 처칠이 한국 독립의 반대는 물론 한국 관련 조항을 아예 빼자고 했던 이유는 철저하게 자국의 이익을 위해서였다. 한국이 식민지에서 독립하면 영국은 인도 등의 식민지를 독립시켜야 했고, 거기에 더해 일본에 점령당한 식민지도 포기해야 했기 때문이다. 2차 세계대전이 끝나고 다시 경제부흥을 하려면 시장으로서의 식민지 혹은 식민지에서의 수탈이 더욱 필요했기 때문이다. 이는 동남아시아에 식민지를 갖고 있었던 프랑스, 네덜란드 등도 마찬가지였다. 1945년 8월 15일 일본이 무조건 항복한 날은 영국으로서는 한마디로 과거 식민지 지배의 시대로 회귀하는 날이었다.

반대[164]한 것처럼, 우리나라의 독립은 지금과 달리 먼 훗날의 일이었을지도 모른다. 선조와 인조가 남긴 석어당과 즉조당이 영국의 윈스턴 처칠과 친일반민족행위자들 그리고 독립운동가들까지 연계시켜 준다. 많은 것을 생각하게 하는 석어당과 즉조당이다.

14. 즉조당의 비극, 조선의 비극

영조의 즉조당(卽阼堂)

국난극복의 상징이라며 숙종과 영조 그리고 정조와 고종이 찾아와 추모했던 석어당과 반정의 성공으로 이름을 얻은 즉조당은 서로 이웃하고 있다. 그러나 앞서 살펴본 바와 같이 선조의 석어당과 인조의 즉조당에 숨겨진 의미는 극명하게 갈린다. 석어당이 국난극복의 현장이었다고 애써 인정한다고 하더라도 즉조당은 역사의 시계를 거꾸로 돌리는 시발점이었기 때문이다. 조선의 사대부들은 존명의리(尊明義理)를 내세워 기필코 시계를 거꾸로 돌리는 데 주저하지 않았다.

즉조당이라 이름 지은 이는 영조인데 선조와 인조와 영조의 공통점은 서자 출신의 왕이란 점이다. 영조는 정권 초기에 발생한 무신란(戊申亂) 등으로 정통성의 취약함에 시달렸다. 이에 영조는 옛 선왕들의 잠저에 주목했다. 잠저를 찾아 배례함으로써 본인의 정통성을 강화하려고 한 것인데 그중에서도 가장 적합했던 곳이 경운궁이었다. 왜냐하면 영조뿐만 아니라 후계 왕들의 왕계(王系)가 시작된 곳이 바로 인조였고 인조는 바로 이곳에서 즉위하였기 때문이다. 영조는 여덟 차례나 경운궁을 찾아서 경연과 잔치를 열기도 하고 즉조당과 경운궁 현판을 직접 써서 내걸기도 했다.[165]

---

165) 김지영 외 2, 『한양의 별궁』, 서울역사박물관, 2020, p.161~163

인조의 비극, 조선의 비극

조선왕조의 역사에는 아쉬운 점들이 하나둘이 아니겠지만, 그중에서도 조선왕조에서 지우고 싶은 역사를 하나 꼽으라고 한다면 인조반정이 첫손가락에 꼽힐 수도 있겠다. 그것은 참혹한 임진왜란 7년 전쟁이 끝난 지 불과 25년 만에 발생했기 때문에 더욱 그렇다. 앞서 측우기가 다시 보급된 것이 임진왜란이 끝난 지 180년이 지난 1770년이라 했는데, 이로 미루어 보면 인조반정이 일어난 시점이 얼마나 불안정하고 위태로웠는지 짐작할 수 있다. 궁궐다운 궁궐조차 없이 정릉동 행궁이란 비상시 궁궐에서 전후처리를 수습하였고, 그러다가 창덕궁을 중건하기 시작한 것이 겨우 1606년이었다. 물론 민심도 재정도 고갈되어 여력이 없었기 때문이었다. 여기에 광해군의 대규모 토목공사로 인한 실정이 더해지는 가운데 능양군은 반정을 통해 정권을 잡았지만, 삼전도비로 대변되는 바와 같이 인조의 실정은 광해군보다 더하면 더했지, 덜하지 않았다.

인조반정 이듬해인 1624년 인조가 자초한 이괄의 난이 일어났고, 1627년 이인거 역모 사건, 1628년에는 유효립 역모 사건, 1629년에는 이충경의 난 등이 하루가 멀다 않고 이어졌다.[166] 임진왜란의 뒷수습을 하기에도 모자란 판에 내부의 분규는 계속되었다. 여기에 설상가상으로 1627년에는 정묘호란으로 인하여 강화도로 피신해야 했는데 '숭명배후금'을 내건 인조로서는 치욕스럽게 후금과 형제의 맹세를 맺어야만 했다.

그런데 이것이 전부가 아니었다. 인조는 이괄의 난으로 공주로 피신해야 했고, 정묘호란으로 강화도로 피신해야 했는데, 한 번 더 남한산성으로 피신해야 할 일이 남아있었다. 1636년 병자호란이 그것이

---

166) 한명기, 『광해군 탁월한 외교정책을 펼친 군주』, 역사비평사, 2000, p.286

다. 인조는 광해군을 내치고 선조를 이어서 왕이 되었지만, 선조는 도성을 한 번만 버린 것에 반하여 인조는 세 번이나 버려야만 했다.

이런 인조의 비극은 조선의 비극으로 치달았다. 병자호란으로 빚어진 인조의 비참함이 더 비참했던 점은 본인이 본인을 부정해야 했기 때문이다. 쿠데타의 명분이 광해군의 '폐모살제'와 '배명친후금'을 응징한 것이었는데 오히려 인조는 오랑캐 후금에게 머리를 조아리며 충성까지 맹세해야 했다. 그러니 인조 정권은 존재할 당위성이 사라져버렸으니 지금 같으면 인조는 스스로 왕의 자리에서 물러나거나 아니면 탄핵을 받아 물러나야 했다. 그러나 인조는 왕권을 유지하기 위하여 비굴하게도 견강부회(牽强附會)를 선택했다. 비굴하더라도 살아서 왕위를 보존하는 것이 더 큰 의미가 있다고 본 것이다. 그래서 인조는 겉으로는 청나라를 대하고 안으로는 명나라를 대한다는 식의 비상 대책을 마련했다. 당시에는 '언 발에 오줌 누기' 식으로 간단하게 생각했을지도 모르지만, 시간이 거듭될수록 인조의 견강부회라는 비책은 모순을 확대 재생산하였고 결국 망국으로 가는 단초를 제공하게 된다. 이는 당연한 것으로 모순은 모순을 낳고 거짓은 또 다른 거짓을 양산해야 했기 때문이다. 모순이란 시간이 흐를수록 쌓여만 가는데, 더군다나 시간을 거스르는 모순은 그 공고함이 어떻게 해볼 수 없는 지경까지 이르게 되고 말았다.

인조의 비책은 후계 왕들에게 상속되었고 숙종 대에 이르러서는 '대보단'이란 괴물까지 낳았다. 1644년에 사라진 명나라를 추모하는 제례를 일 년에 일곱 번까지 지내도록 하는 규정까지 만들어냈다.[167] 실체가 없는 명나라에 일 년 내내 제례를 지냄으로써 존명의리를 지켜내기는 했지만, 그만큼 국가의 모순은 쌓여만 갔다. 지배층은 자신

167) 계승범, 『정지된 시간』, 서강대학교출판부, 2011, p.128

의 기득권 유지를 위해서라면 비록 시대착오적이고 망국에 이르게 할지라도 못할 바가 없었다.

이는 당대 최고의 제국인 청나라를 속이고 비례(非禮)로만 끝나는 것이 아니었다. 조선은 실체가 없는 명나라에 지극정성을 다하는 지극히 기형적인 나라가 되고 말았으니, 조선의 시간은 결코 앞으로 흐를 수가 없었다. 시간이 멈춘 조선은 누가 고립을 강요하지도 않았건만 스스로 자신만의 세계에 사로잡혀서 퇴보의 길을 걸었다. 이후 조선이 간 길은 우리가 알다시피 민란이 번창했던 길이었고 몇몇 가문만 잘 먹고, 잘 사는 세도정치의 길이었다. 그리고 쇄국의 길로 가다가 급선회하여 개항으로 방향을 틀었지만, 때는 한참 늦은 뒤였다. 이렇게 걸어온 조선의 길들이 고종을 경운궁까지 오게 했다. 고종의 대한제국이 멸망하는 씨앗이 인조반정이란 비극으로부터 발아되었다고 본다면 지나치게 먼 곳에서 시원(始原)을 찾는 것일까?

고종의 즉조당

고종은 황제 즉위 9년이 되는 1905년에 가장 큰 위기를 맞았다. 영국을 대리하여 전쟁을 치른 일본이 러시아를 상대로 승리하자 그 여파로 미국과 일본 간에 태프트-가쓰라 밀약이 체결되었고 제2차 영일동맹도 체결되었다. 사전 정지작업을 마친 일제는 그해 11월에 을사늑약을 강제하였고 마침내 고종의 대한제국은 세계 지도상에서 사라졌기 때문이다. 미국과 일본 간의 태프트-가쓰라 밀약이 체결될 즈음에 고종은 지푸라기를 잡는 심정으로 친히 현판을 써서 즉조당에 내걸었다. 반정의 결과가 어떻든 간에 구국의 일념이라며 반정을 일으켜서 성공했던 인조와 같이 고종도 다시 한번 심기일전하는 마음에서일 것이다. 그러나 현판을 걸은 4개월 후 고종은 모든 것을 잃었고 그의 백성은 노예로 전락하고 말았다.

4장

대한제국의
양관들

4장 대한제국의 양관들

15. 고종은 제2의 광해군이었나?

고종의 서양식 건물

조선과 러시아가 통상수호조약을 체결한 것이 1884년이지만, 러시아는 그 이전부터 조선에 접촉을 시도하였다. 아편전쟁으로 청나라가 서구 세력에게 시달리고 있을 때를 이용하여 러시아는 1860년 아무르강(헤이룽강) 북쪽 유역을 자국 영토로 삼고 시베리아가 러시아 영토임을 청나라로부터 확인받았다. 이어서 러시아는 1864년 함경도 경흥부사에게 서신을 보내 통상을 요구하였고, 다음 해인 1865년에는 러시아인이 경흥부를 방문하기도 하였다.[168] 1880년에는 다시 러시아관리가 통상을 요구하기도 하였는데, 이때는 조선에서도 황준헌의

---

168) 김용운, 『풍수화』, 맥스교육, 2015, p.344,348

『조선책략』이 소개되어 러시아가 가까이 와 있음을 인지하기 시작하였다. 이렇게 시작된 러시아와의 인연이 추후 고종의 아관파천과 대한제국의 성립, 러일전쟁으로까지 연결된다.

고종은 1897년 10월 12일 황제로 등극한 후 대한제국은 서양 문물을 적극적으로 받아들이고 근대국가를 지향하고 있음을 천명하는 것으로 그치지 않고 실제로 실천하는 모습을 보였다. 즉 어떤 사상이나 의지, 정체성의 변화를 보여주기 위한 상징으로 건축물만 한 일이 없는데, 이는 동서를 막론하고 예나 지금이나 다르지 않다.

대한문 앞의 도로를 확장하고 새로이 도로를 개설한 것은 차치하더라도 고종은 근대국가를 지향하고 있음을 천명하기 위하여 서양식 건물을 다수 건축하였다. 고종은 자신의 도서관인 수옥헌을 1899년에 건축하였고, 같은 해에 구성헌[169]도 건축하였다. 휴식공간인 정관헌은 1900년 초 혹은 그 이전에 건축한 것으로 추정되고 돈덕전은 1902년 준공을 목표로 하였지만 결국 그 이듬해에 완공되었다. 이보다 앞선 1888년에는 경복궁에 관문각을 짓기도 하였다. 이뿐만 아니라 1898년에는 호머 헐버트의 소공동 집을 매입해서 영빈관으로 개조하였고, 손탁(Marie Antoinette Sontag)에게 위탁 경영을 맡긴 정동의 손탁호텔도 1902년에 완공하고 문을 열었다. 고종은 제2의 광해군을 방불케 하는 양 다수의 서양 건축물을 건축했다. 왜 그랬을까?

고종에게 있어서 1902년은 운명의 한 해였다. 즉위 40주년이 되는 해이기도 했지만, 러일전쟁이 코앞에 다가오고 있었다. 대한제국의 제일선에는 청나라와 일본뿐이었는데 어느새 러시아가 성큼 다가와 있었고, 조금 떨어져서 영국과 미국 등이 한 발짝 뒤에서 따라오고 있

---

169) 주한일본공사 하야시와 외부대신 서리 이지용 사이에 1904.2.23. 군수 동맹인 한일의정서가 체결된 곳이다. 홍순민, 『한양 읽기 궁궐 하』, 눌와, 2017

었다. 변수가 그만큼 늘어난 셈이었다. 유구한 역사를 가진 나라였건만, 국력이 쇠약할 대로 쇠약했던 대한제국의 고종은 할 수 있었던 일이라곤 영세중립국을 선언하고 열강들로부터 이를 승인받는 것뿐이었다. 영세중립국이 되려면 근대국가를 지향하고 만국공법 질서에 편입해야 하는 의지를 대내·외에 드러내야만 했다. 근대 질서에 편입하면서 구시대의 유물로 보일 수 있는 중화전에서 칭경예식을 빙자한 중립국 선포식을 할 수는 없었을 것이다.

고종은 1901년 3월 경운궁 담장 밖에 있던 해관(海關)을 이전토록하고 그 자리에 돈덕전을 건축하고 경운궁 담장 안으로 편입하게 했다. 1902년 10월 18일로 예정된 칭경예식은 환구단에서 고유제(告由祭)[170]를 치르고 중화전에서 백관의 하례를 받으며 경희궁에서 관병식을 치르는 것이었다. 이를 위하여 1902년 경운궁과 경희궁을 연결하는 구름다리(육교)도 설치하였다.

그러나 시도 운도 고종을 따라주지 않았다. 1901년은 대흉년으로식량을 수입해야 했고 1902년에는 설상가상으로 가뭄과 콜레라까지덮쳤다. 미국 공사 앨런이 한국인을 대상으로 최초의 하와이 이민을추진한 것도 이때였다.[171] 전통적으로 큰일의 성사는 날씨가 좋고 나쁨이 반 이상인데, 고종의 대사는 열강의 탐욕과 흉년과 콜레라까지유행하면서 칭경예식은 이듬해로 연기될 수밖에 없었다.

그레이트 게임과 조선책략

덕수궁의 소재지는 정동 5-1(세종대로 99)번지이고 구러시아공사관은 정동 15-3번지다. 소련이 일본에 대해 선전포고하고 만주를 공격

---

170) 국가와 사회에 큰일이 있을 때 종묘·사직 또는 관련 신령에게 그 사유를 알리는 제사 또는 행사
171) 이윤섭, 『커피·설탕·차의 세계사』, 필맥, 2013, p.224

한 것은 일본이 무조건 항복하기 일주일 전인 1945년 8월 9일이다. 이로 인하여 남북한은 소련군과 미군에 의해 분할 점령되었고 추후 6·25전쟁까지 비화한다. 일본의 히로시마와 나가사키에 원자폭탄이 투하된 후 전세가 연합군 측으로 급격히 기울게 되자, 러시아는 '숟가락 얹기' 전략으로 대일본 선전포고를 하고는 만주와 38도선 이북을 점령하였다. 40여 년 전 러일전쟁으로 잃었던 옛 영역을 러시아는 되찾은 것이다.

러일전쟁은 영국과 러시아가 유라시아 대륙에서 벌인 '그레이트 게임(Great Game)[172]'의 일환이었다. 즉 영국을 대리하여 일본이 선봉에 서고 후방에서 영국과 미국이 함께 지원했다. 이들의 지원으로 한반도는 물론 러시아가 점령했던 만주를 일본이 차지했다. 제2차 세계대전 종전 이후 만주는 중국으로 환원되었지만, 대한제국기에 러일 간에 두 차례나 있었던 한반도 분할론의 씨앗은 열매를 맺어서 결국 우리의 한반도는 분단된 상태로 남아있게 되었다. 1907년 영국과 러시아는 '그레이트 게임'의 종전을 선언했지만, 한반도에서는 오늘날에도 여전히 진행 중이다.

러시아는 집요한 나라이다. 집요한 나라임을 증명하려 함인지 러시아는 21세기 '그레이트 게임'을 다시 시작했다. 2022년 2월 24일 러시아는 우크라이나를 전면적으로 침공했다. 이에 앞서 러시아는 2014년 우크라이나를 침공하여 흑해로 돌출된 크리미아반도를 강제로 점령하고 러시아 땅으로 편입시켰다. 크리미아반도는 우리하고도 연관되어있는 곳인데, 바로 신탁통치란 낯선 용어를 선사한 미국·영국·

---

172) 영국과 러시아 사이에서 100년이 넘도록 유라시아 대륙에서 벌어진 패권 경쟁으로 러시아는 부동항을 얻기 위해 남하하고 영국은 이를 저지하기 위한 모든 전략과 행동을 말한다. 그레이트 게임이란 용어는 영국동인도회사 장교인 아서 코놀리(Arthur conolly)의 말에서 기인한다. 피터 홉커크, 정영목 옮김, 『그레이트 게임』, 사계절, 2008, p.10

소련의 3개국 정상이 모여 비밀회담을 열었던 곳이기도 하다. 이른바 1945년 2월의 '얄타 회담'이 그것이다.

그런데 러시아가 이 크리미아반도를 탐낸 것은 지금부터 170년 전에도 있었다. 이른바 크림전쟁[173]이다. 1853년에 러시아가 도발한 전쟁은 약 3년간 지속되면서 상당한 사상자를 발생시켰는데, 러시아가 성지 예루살렘 방문을 구실로 한 흑해로의 진출 시도를 영국·프랑스·오스만투르크 등이 연합하여 막고 나서서 저지하였는데, 이른바 '그레이트 게임'의 전초전이었다. 이 전쟁에서 세계적으로 유명하게 된 사람이 우리가 한 번쯤 들어본 적이 있는 나이팅게일이다. 러시아는 흑해를 통해서 지중해로 나아가고자 하였으나, 영국·프랑스·오스만 연합군과의 전쟁에서 패배하였고, 이에 러시아는 중앙아시아와 시베리아 동쪽의 부동항으로 눈을 돌렸다. 먼저 러시아는 아프가니스탄을 통하여 인도양으로 나가고자 하였으나 이 또한 영국에 의해 저지되었다. 러시아는 동쪽으로 이동하여 최종 결전을 준비했다. 시베리아횡단철도를 부설하고 만주와 조선에 접근하자 영국을 대리하여 일본이 막아서니 바로 러일전쟁이 그것이다.

러일전쟁에서 미국과 영국의 지원을 받은 일본이 승리함에 따라 조선은 을사늑약의 덫에 빠져들었다. 그에 앞서서 러시아가 조선에 본격적으로 다가오기 전에 청나라와 일본은 러시아의 남하에 대한 대책을 수립했다. 이런 와중에 1880년 제2차 수신사로 일본에 다녀온 김홍집은 청나라 외교관 황준헌을 만나 『조선책략(朝鮮策略)』을 가지고

---

[173] 러시아는 근본적으로 지중해로 나아가는 출구가 필요했다. 러시아는 동방정교회의 수호자를 구실로 오스만투르크에 보스포루스해협 통행권을 요구했다. 이에 해양국으로 급부상하는 러시아를 영국은 용인하지 않았고, 프랑스는 가톨릭 세력의 지지를 얻기 위하여 오스만투르크에 성지(예루살렘과 팔레스타인) 관할권을 요구하고 나섰다. 이를 오스만이 받아들이자 동방정교회 보호자를 자처하는 러시아와의 입장과는 배치되어 충돌은 불가피했다. 결국 러시아는 도나우강 연안의 오스만에 예속된 공국들을 점령하였고, 이에 영국과 프랑스·오스만이 연합하여 대항한 것이 크림전쟁(1853.10~1856.3)이다. https://namu.wiki/나무위키, 크림전쟁

귀국한다.

황준헌의 『조선책략』은 크리미아전쟁에서 실패한 러시아가 동쪽으로 진출함에 따라 조선에 끼칠 영향과 외교적 전략에 관해 청나라의 처지에서 기술한 책이다. 골자는 '영국과 프랑스 등 유럽 세력에게 패하고 크리미아반도 탈취에 실패한 러시아는 부동항을 얻을 목적으로 한반도에 진출할 것이 분명하다. 따라서 조선은 청나라와 미국과 일본과 연대하여 러시아의 남하를 막아야 한다.' 라는 것이었다. 당연히 이는 청나라의 의도이기도 했지만, 미국의 의도이기도 했다. 당시 중국은 일본보다는 국경을 육지로 4,300㎞ 이상 길게 맞대고 있던 러시아를 더 경계했고, 황준헌의 외교 전략은 그랜트(U.S. Grant) 미국 대통령의 영향을 크게 받았기 때문이다. 그랜트는 임기를 마친 후 세계 일주를 하면서 청의 리홍장과 일본의 이토 히로부미를 만났고, 서양 열강의 동양 진출에 대해 의견을 교환하게 되는데 이런 내용을 청나라의 시각을 황준헌이 『조선책략』에 반영한 것이었다.

문제는 새우등이 터진 조선이었다. 500년이 넘도록 사대로 일관해 온 조선은 스스로 외교 전략을 세워본 적도 없었고 국제관계에 대한 이해도 무지한 상태였기 때문에 당연히 황준헌의 의견에 귀를 기울이게 된다. 이에 여전히 조선에 영향력을 발휘하고 있던 청나라의 권고에 따라 조선은 미국과의 조미수호통상조약 체결을 하고, 영국과 독일에 이어서 러시아와도 조약을 체결하였다. 이렇게 해서 은자(隱者)의 나라 조선은 세계에서 가장 혼란스러운 땅으로 변모하게 되는데,[174] 이때 청나라로서는 울고 싶은데 뺨 맞은 격으로 때마침 임오군란이 발발해 주었다. 일본은 운요호 사건을 일으켜서 조선을 강제로 개항시키고 조선에 대한 영향력을 증대시켜 왔는데, 이를 초조하게

---

174) 김용운, 『역사의 역습』, 맥스교육, 2018, p.307~308

지켜보던 청나라로서는 절호의 기회였던 셈이다. 당시 청나라는 아편전쟁에서 영국에게 일방적으로 얻어터지고 베트남을 놓고는 프랑스로부터 곤경을 겪고 있었다. 청나라로서는 마지막 남은 영원한 속국, 조선조차 잃을 수는 없었다. 그래서 군대를 파병하여 임오군란을 진압하고 대원군을 중국으로 납치해 갔다. 그리고서는 어린아이 손목 비틀 듯이 하여 조선에 〈조청상민수륙무역장정〉 체결을 강제하였다.

〈조청상민수륙무역장정〉의 주요 내용 중 하나는 조선은 청나라의 속국이라는 것을 명시한 것이고, 다른 하나는 양화진과 함께 한성을 '개잔(開棧)'한다는 것이었다. '개잔'은 '장사를 하기 위해 판을 깐다.'라는 의미로 청나라 상인에게만 한성을 개방한다는 중국인다운 발상을 한 것이다. 그런데 '재주는 곰이 부리고 돈은 왕서방(되놈)이 번다.'라는 속담이 있는데, 청나라가 여기에 꼭 해당했다.

즉 당시 국제조약에는 '최혜국대우'라는 조항이 있었고, 이로 인하여 한성은 청나라뿐만 아니라 일본·미국·영국 등 모든 나라에 일시에 개방되어야 했다. 청나라도 그만큼 국제정세에 어두웠던 셈이다. 그렇지만 도성의 개방에 따른 여파는 일체 조선의 몫이었다. 그래서 조선 정부는 급하게 서둘러서 1885년 일본과 청나라, 서구 열강들과 협상을 하여 일본인들은 남산자락에, 청나라 사람들은 수표교와 소공동·서소문 일대에 그리고 서양인들은 정동에 거주하도록 한 것이다.

이때 청나라 사람들과 일본 사람들은 돈을 벌기 위해 왔기 때문에 을지로와 명동 일대를 무대로 삼았고 지금도 이들 지역은 상업지구로 남아있다. 반면에 서양인들은 신변의 안전을 위하여 자국의 공사관이 위치한 정동에 자리를 잡았다. 따라서 현재는 선교의 한 방편이었던 병원은 사라졌지만, 정동에는 선교사들이 세운 교회와 학교가 여전히 남아있다. 좀 더 거칠게 표현하면 140여 년 전 천민자본주의를 앞세운 식민주의와 제국주의가 그대로 남아있는 곳이 정동과 저 건너편의 소공동·명동 일대라 하겠다. 서울에서 아름다운 길로 여러 차례 선정된 바 있는 덕수궁 돌담길과 정동 일대에 교회와 학교 그리고 서양 각국의 대사관이 점유하고 있는 이유이다.

또 구러시아공사관과 덕수궁이 이웃하고 있는 이유이기도 하다. 1990년 소련이 붕괴하고 한국과 러시아는 다시 수교하게 된다. 이때 러시아가 구러시아공사관의 부지를 요구하였는데, 이 땅은 미국 대사관저와 담 하나를 두고 이웃할 수밖에 없는 위치였다. 그래서 한국 정부는 강동구로 이전한 배재중·고등학교 운동장 자리를 러시아에 내주었고, 러시아대사관은 행정구역상으로는 서소문이지만, 여전히 정동 인근에 포진한 채 남아있게 된 것이다.

터릿의 돈덕전과 영세중립국

1902년 완공을 목표로 한 돈덕전은 서양식 정전인 석조전이 완공될 때까지 일시적으로 정전 기능을 대신하기 위한 건축물로 보인다. 6개의 대 원주로 천장을 바치고 면적이 100평[175]이나 되는 중앙홀이 이를 뒷받침한다. 그러나 영세중립국 선언을 못 한 채 곧이어서 러일전쟁과 을사늑약으로 이어짐으로써 돈덕전을 건축한 본래의 목적은 사실상 상실하고 말았다.

돈덕전에 앞서 대한제국에는 이미 서양식 영빈관으로 대관정(1898)과 손탁호텔(1902)이 있었고, 서구식 정전인 석조전(1900~1910)을 짓고 있었다. 따라서 칭경 의식에 필요한 정전이 필요했던 것이지 영빈관이 필요했던 것은 아니다. 대관정은 대한제국 정부가 1898년 호머 헐버트(Homer B. Hulbert)가 지은 집을 유럽식 숙박시설로 개축한 다

---

175) 우동선, 「경운궁의 양관들: 돈덕전과 석조전을 중심으로」, 『서울학연구』 제40호, 2010, p.84

음 영빈관으로 사용하였고, 1899년 독일 황제 빌헬름 2세(Wilhelm II)의 친동생인 하인리히(Prinz Heinrich) 황태자가 유숙하였던 곳이기도 했다.

또 다른 영빈관으로 손탁호텔이 있었다. 러시아공사관에서 거처하던 손탁(A. Sontag)은 베베르(Waeber) 공사가 임무를 마치고 1898년 귀국하자 러시아공사관을 나와야만 했다.176) 이에 손탁은 1895년 이미 고종으로부터 하사받은 한옥을 헐고 방 5개의 서양식 숙박시설을 1898년부터 운영했는데, 현재 캐나다대사관 자리에 있었다. 이어서 손탁은 현재 이화여고 100주년 기념관이 들어선 자리에 있었던 선교사 길포드(Daniel Lyman Gifford)의 집을 매입해서 그 자리에 2층의 손탁호텔을 짓고 1902년부터 운영에 들어갔다. 이런 와중에 신축한 것이 바로 돈덕전이다.

돈덕전은 대관정이나 손탁호텔에서 볼 수 없었던 터릿(turret)177)으로 외부를 장식해서 권위를 부여하고자 했다. 그것은 목전에 다다른 러일전쟁 발발에 앞서서 '영세중립국 선언'이란 중대사를 분명히 달성해야 했기 때문이다. 칭경예식을 구실로 하여 외국 사신들을 초빙하고 그 자리에서 영세중립국을 선언하면 그 자리에서 대놓고 반대하거나 반발할 수는 없었을 것이다. 그러나 끝내 칭경예식은 불발되었고, 러일전쟁이 촉발하자 중립국 선언도 모양새를 갖출 새도 없이 중국 즈푸(芝罘)에서 부랴부랴 이루어지고 말았다. 어쨌든 돈덕전은 서구 열강을 상대로 하는 대한제국의 적극적인 외교 공간으로 계획된 것으로 봐야 할 것이다.

---

176) 손탁은 러시아 공사 베베르의 처남의 처형으로 사적인 인연으로 공사관에 머물 수 있었다. 그러나 베베르가 임무를 마치고 귀국하여야 함에 따라 손탁은 공사관을 나와야만 했다.

177) 원뿔 탑 모양의 지붕, 서양의 중세시대의 성에서 자주 나타나는 작은 탑 형태의 부속 건물이다. 초기에는 성을 방어할 때 적의 상황을 살펴보기 위해 만들어졌으나, 후대로 오면서는 장식적인 목적으로 만들어졌다. 위키백과, 터릿

돈덕전의 위상은 곧 추락한다. 돈덕전이 경운궁의 대화재 이후로 본격적으로 사용되었지만, 러일전쟁에서의 일본 승리와 1 · 2차에 걸친 영국과 일본 간의 군수 동맹, 그리고 미국과 일본 간의 태프트-가쓰라 밀약과 곧 이어진 을사늑약으로 인하여 돈덕전의 외교 공간은 용도 폐기되고 말았다. 돈덕전은 연회장으로 추락하였고, 1907년 8월 27일에는 고종의 강제 퇴위로 인한 순종의 쓸쓸한 즉위식이 행해진 공간으로도 쓰였다.

이어서 일본 경관이 돈덕전에 상주하면서 궁궐의 출입 인원을 통제하는 장소로 전락하였고, 고종 사후인 1922년에는 선원전을 관통하는 도로가 신문로로 연결되면서 곧 돈덕전은 훼철되고 말았다. 이것이 끝이 아니다. 1923년 덕수궁이 경성부청 청사를 새로 짓는 부지로 거론되더니 결국 1933년 경운궁의 공원화가 이루어지면서 돈덕전이 있던 자리에는 소형 동물원 등 아동유원지가 들어섰다. 1926년 항공사진에는 이미 돈덕전의 모습이 보이지 않는다. 돈덕전은 준공과 동시에 목적을 상실한 비운의 건물이 되고 말았다.

그림19 2023년 재건된 돈덕전, 문화재청

16. 의문투성이인 석조전 건축

시간과 돈

석조전(石造殿)은 덕수궁에서 나름 웅장하고 번듯한 겉모습을 갖추고 있지만, 많은 의문과 궁금증을 자아내는 건물이기도 하다. 지금까지 보편적으로 알려진 것은 석조전의 건축 목적은 대한제국이 서구 문명을 적극적으로 받아들이고 근대국가를 지향하고 있음을 천명하기 위한 것이었으며, 총세무사 영국인 브라운이 석조전 건설을 제안하고 고종이 이를 수용했다는 것이다. 이에 1898년 석조전 설계에 착수해서 1900년에 착공하였지만 일시 공사가 중단되었다가 다시 1903년도에 공사를 재개해서 나라가 망한 1910년도에 완공에 이른 것이 석조전이다.

그런데 아무리 규모가 크고, 돌로 짓고, 처음으로 도입된 신고전주의 양식의 건축물이라고 하더라도 준공 목표연도가 있었을 터인데 10년에 걸쳐 완공되었으니 너무 오래 걸렸다. 이는 석조전의 규모와 건축 기간을 조선총독부 청사와 경성부청사와 비교해 보면 쉽게 알 수 있다. 경성부청사의 연 면적은 석조전 연 면적의 2배이지만, 완공에 걸린 기간은 2년에 불과했다. 또 조선총독부 청사는 완공에 석조전과 같이 10년이 걸렸지만, 연 면적은 석조전 연 면적의 8배나 된다. 따라서 석조전의 건축에 어떤 사연이 있었음이 분명하다.

구분	석조전[178]	경성부청사[179]	조선총독부 청사[180]
규모	지층, 지상 2층 연 면적 4,122.5㎡ (1,250평)	지상 4층, 옥탑 2층 연 면적 8,272㎡ (2,502평)	지층, 지상 4층 연 면적 31,750㎡ (9,604평)
공사기간	1900~1910 (10년)	1924.7~1926.10 (2년)	1916.7~1926.10 (10년)
정초식	–	1925.9.9	1920.7.10. 사이토 마코토
상량식	–	1925.12.6	1923.5.17

그렇다면 이렇게 오래 걸린 데에는 '보이지 않은 손'이 작용했을 텐데 과연 그것은 무엇일까? 막대한 건축비용일까? 시절이 수상해서일까? 조선왕조를 이어받은 대한제국은 사대에 의했든 아니든 간[181]에 500년을 넘게 유지한 나라다. 이런 나라가 석조전을 건축하는데 목표 연도조차 가늠하지 못할 정도의 나라라고는 생각되지 않는다. 비록 임진왜란으로 인하여 300년간의 찬란한 문명을 잃어버렸고, 청나라에 삼배구고두례(三拜九叩頭禮)에 대한 뒤끝 작렬로 인하여 존명의리를 내세우며 시계를 뒤로 돌리기는 했을지언정 그 이후에도 300년을 더 존속해온 나라였다. 단기간에 완성한 정조의 화성 축조를 보더라도 석조전 건축 정도는 계획 대비 큰 오차 없이 수행할 수 있는 나라였음을 알 수 있다.

예나 지금이나 모든 일의 성패는 시간과 돈과 사람에 의해서 좌우된다. 먼저 석조전의 시간부터 살펴보자. 고종이 석조전을 짓기로 한 시점은 고종이 한숨을 돌릴 수 있었던 시기였다. 1894년 고종은 동학농민운동과 청일전쟁의 발발로 가슴을 쳐야 했지만, 러시아가 주도한 삼국간섭으로 인하여 숨통이 트였다. 그러나 일제는 명성왕후를 살해하고 고종을 다시 포로로 잡는 을미사변으로 대응하였고, 이에 고종은 아관파천이란 비책을 단행하여 일제의 손아귀를 빠져나올 수 있었

---

178) http://www.heritage.go.kr/ 국가문화유산포털 > 문화유산검색 > 덕수궁 석조전 동관

179) 서울도서관, 서울시 옛 청사의 흔적(5층)

180) 장기인, 「서울 600년의 건축적 사건들 : 조선총독부 청사」, 대한건축학회지 『건축』 제35권 제2호, 1991, p.47

181) 1866년 병인박해 때 순교한 프랑스 다블뤼 주교는 조선의 사대 외교 노선에 대하여 강자에 대한 약자의 생존 전략이라고 평가했다. "모든 나라로부터 고립된 조선은 이웃의 두 강대국 사이에 끼어 어렵게 저항하고 있으며, 언제나 자신을 최대한 낮은 위치에 두는 선택을 한다. 중국에 복속되었던 이 굴레를 애써 벗어나려 하지 않고 받아들였다. 이런 선택을 통해서 평온을 유지했다. 또한 일본에 완전히 복속된 적은 없었지만 아주 번거로운 위치에 종종 처했다. 그때에도 여전히 아무 말도 하지 않았으며 언제나 같은 식으로 일을 처리하였다. 이것은 조선인들의 능란한 방책이었다." 조현범, 『문명과 야만』, 책세상, 2020, p.73

다. 이후 고종은 러시아공사관에서 1년간 머물면서 근대화에 대한 방향을 잡고, 대한문 앞을 중심으로 하는 도로 개수사업에 착수하는 등 근대화에 박차를 가하는 한편, 경운궁으로 돌아와서 대한제국의 황제에 올랐다. 바로 이때 고종은 석조전 건립을 계획했다. 이어서 적극적으로 국제질서에 편입하기 위하여 1899년 만국우편연합에, 1901년 국제적십자사에, 1903년 제네바협약 등 각종 국제기구에도 가입하였다. 이로 미루어 석조전 건축 시기는 마땅하다고 볼 수 있을 것이다.

그리고 이때 건축비용을 마련하는 비책도 강구되었을 것이다. 익히 잘 알려진 바와 같이 총세무사 맥리비 브라운(John Mclery Brown)의 석조전 건립 제안을 고종이 수용했는데, 소요되는 건축비용을 어떻게 조달할지에 대한 검토가 없었다면 충동적인 의사결정이란 말밖에 되지 않는다.

여기서 '총세무사' 란 직책에 주목해 보자. 총세무사는 해관업무를 총괄하는 자리이다. 당시 서양 세력은 동아시아 각국에 개항을 요구하면서 조계지 또는 조차지[182]에 그들의 거주지를 마련했다. 이때의 해관(海關)은 무역에 관한 관세 업무와 함께 건축 업무도 담당했다. 식민지로 만들기 전이더라도 조계지에 그들의 거주지를 마련해야 했는데, 도시 기반시설이 되는 도로와 다리, 상하수도를 시설하고 땅을 매입하고 측량하여 상업시설과 주택 등을 마련해야 하는 것도 해관이 해야 할 일이었다.

---

182) 조계지(租界地)는 개항장에 외국인이 자유로이 통상 거주하며 치외법권을 누릴 수 있도록 설정한 구역으로 지방 행정권을 그들 외국인에게 위임한 곳인데, 이와 같은 제도는 1842년 중국 남경조약에 기원하고 있다. 내외국인의 문화 차이(사회 질서 포함)로 인하여 서로 혼거하면 불편을 감수하여야 했기 때문에 상호 필요성에 의하여 만들어진 제도라 할 수 있다. 박정일, 「한국의 조계 형성 과정과 당시 토지문제에 관한 연구」, 지적과 국토정보 49권 1호, 2019, p.149 또 조차지(租借地)는 일정 기간 자국의 영토를 다른 나라에 빌려주고 그 나라의 통치하에 두는 지역을 말하는데, 대표적인 조차지가 홍콩이다. 중국 땅이지만 아편전쟁으로 승리한 영국이 99년 동안 통치하였다가 1997년 중국에 반환하였다. 인천의 차이나타운은 조계지의 흔적이다.

따라서 총세무사 브라운이 석조전 건축을 제안할 수 있는 위치에 있었고, 그래서 상하이 해관에서 일하고 있던 존 레지널드 하딩(John Reginald Harding)에게 석조전 설계를 의뢰한 것도 이해할 수 있다. 즉 브라운은 석조전을 건축할 수 있는 '돈'과 '건축 기술'을 보유하고 있었던 셈이다.

이때 들어온 건축 양식들이 이른바 식민지건축 양식이라는 콜로니얼스타일(colonial style)이다. 영국의 신고전주의나 빅토리안 양식, 프랑스의 고딕이나 바로크, 독일의 로마네스크 양식 등이 다양하게 유입되는데, 콜로니얼 양식은 고유의 건축양식이라기보다는 식민지화되는 과정에서 식민지에 만들어진 다양하게 유입된 건축양식을 통칭하는 말이다. 나중에 현지의 기후와 풍토와 혼합된 건축양식으로 나타나기도 했다.[183]

맥리비 브라운은 누구인가?

이제 남은 것은 사람이다. 총세무사 영국인 브라운을 살펴보자. 브라운은 영국인이다. 1884년 갑신정변을 진압한 청은 조선에 대한 종주국으로 간섭을 심화했다. 이에 조선은 묄렌도르프(P.G. Mollendorff)의 권유로 러시아와 밀약을 추진하였고, 이에 그레이트 게임의 한 당사자인 영국은 1885년 4월 거문도를 불법으로 점령했다. 러시아의 남하를 견제하고자 함이었는데, 제국주의를 만방에 수출한 영국은 조선과 1883년 조영수호통상조약을 맺었음에도 이에 아랑곳하지 않고 거문도를 불법 점령했다. 그리고 청나라에 압력을 넣어 묄렌도르프를 해임토록 하고 1887년 2월까지 거문도에 주둔하였다.

브라운은 그런 나라를 모국으로 두었다. 당시 해관세는 광산·철도

---

183) 김은주, 『석조전 잊혀진 대한제국의 황궁』, 민속원, 2014, p.44~45

등의 개발권과 함께 주요한 이권이었는데, 그중에서도 해관세를 담보로 하여 차관을 빌려주게 되면 그 나라의 목줄을 쥐는 것과 같은 효과를 발휘했기 때문에 각국이 눈독을 들이고 있었다. 청나라 해관의 총세무사 자리를 놓고 영국과 러시아가 쟁탈전을 벌인 사실로도 이를 알 수 있다.[184] 이것이 조선으로까지 확대되면서 청나라는 청일전쟁 전까지 조선의 총세무사 임면을 좌지우지했는데, 브라운은 1893년 1월 6대 총세무사로 임명되어 1896년부터는 재정 고문까지 맡았다. 청일전쟁에 승리한 일본은 총세무사를 일본인으로 교체하려고 하였으나, 영국이 브라운을 통해 일본의 이익을 보장하게 하고 해관원을 일본인으로 다수 교체함으로써 영국은 브라운을 총세무사 자리에 유임하게 할 수 있었다.[185] 영국이 총세무사 자리를 끝까지 확보하려고 한 것은 그 자리가 얼마만큼 중요한지를 반증한다.

그러나 러시아는 고종이 공사관을 떠나 경운궁으로 환궁함에 따라 영향력이 줄어들었지만, 여전히 왕궁을 러시아 군대가 호위하고 있었기 때문에 영향력이 완전히 소멸한 것은 아니었다. 따라서 러시아는 일부 남아있는 여세를 몰아 브라운의 유용 행위를 포착하고 브라운을 총세무사 자리에서 몰아내는 데 성공했다. 러시아는 1897년 11월 10일 알렉세에프(К. А. Алексеев)를 총세무사에 앉히고 한국 해관을 접수했다. 하지만 러시아의 이런 조치에 대항하여 영국은 제물포항에 동양함대를 파견하여 무력 시위로 대응하였고, 1898년 3월 다시 영국은 브라운을 총세무사로 복직시키는 데 성공했다.

이런 시점에서 브라운이 석조전 건설을 고종에게 건의하게 되는데, 근대국가를 지향한다는 명분 속에는 당연히 힘에 의한 국제정세가 반

---

184) 최문형, 『러일전쟁과 일본의 한국병합』, 지식산업사, 2004, p.18
185) 한국학중앙연구원, 한국민족문화대백과사전, 총세무사

영될 수 있었고 고종은 어쩔 수 없이 이를 수용한 것으로도 볼 수 있다. 석조전 건립이 브라운이 고종의 환심을 사거나 부정부패가 심한 관리와 정부로부터 세관 수입의 낭비를 막기 위한 비책이라는 시각도 있지만, 이 정도로 치부하기에는 당위성이 약해 보인다. 브라운 뒤에 있는 그의 모국, 영국을 봐야 하기 때문이다.

이때 이미 영국은 중국에서 압도적으로 많은 이권을 챙기고 있었기 때문에 이를 유지하는 것이 영국에게는 최대 과제였다. 영국은 삼국 간섭처럼 러시아 · 독일 · 프랑스가 힘을 합치면 고립될 수밖에 없었고, 해군력도 또한 부족한 실정이었다. 이에 영국은 일본의 해군력으로 눈을 돌린다. 영국이 일본을 이용할 수 있다면 영국에게는 더할 나위 없는 일이었다. 따라서 영국과 일본이 총세무사 임면을 싸고 협력 관계를 이루는 것은 하등 이상하지 않았다.[186]

이렇게 모국이 함대까지 동원하여 자신의 복직을 도와주었으므로 브라운도 모국을 위해 무엇인가를 해야 했다. 그래서 모국도 자신을 복직시킨 것이 얼마나 잘한 일이었고 유익했는지가 입증되면 모국으로서도 본인으로서도 좋은 일이었기 때문이었다. 이제 브라운이 할 일은 모국의 이익을 위해 최선을 다하는 것이었고, 해임되었다가 다시 복귀하는 과정에서 모국인 영국의 힘이 얼마나 센지도 실감했다.

이런 배경에서 브라운의 석조전 건립 제안이 나왔다. 대한제국의 재정이 악화하면 악화할수록 대한제국은 더욱 외세에 의한 영향을 크게 받게 될 것이고, 이로부터 반사이익을 가장 크게 보는 것은 영국과 일본이었다. 영국은 1902년에 체결된 제1차 영일동맹 이전서부터 러시아에 대한 대항마로 일본을 앞세웠고, 그 대가로 한반도에서의 우선권과 재량권을 일본에 주는 것에 관해서 주저하지 않았다. 이러한

186) 최문형, 앞의 책, p.140

상황으로 미루어 브라운이 석조전의 위치 결정과 설계에 대한 방침 등을 독단적으로 결정하기에 충분한 여건이 형성되었다고 볼 수 있다.

이를 브라운의 행보를 통해서 확인할 수 있다. 1897년부터 관세수입은 매년 100만 원을 넘었는데, 1896년에는 관세수입의 75%가, 1897년에는 82.3%가 국고로 유입되었다. 그렇지만 총세무사로 복직한 1898년 이후부터 브라운은 관세의 5% 정도만 국고로 납입하고는 해관을 비롯한 다른 기관들의 고액 월급과 운영 경비, 차관상환, 대한제국으로서는 시급하지도 않은 등대 건설 등의 항만시설비 등으로 사용하였다.

철저하게 국고로의 관세 유입을 막았다. 브라운이 긴축재정과 재정 합리화를 통해 정부의 지출을 최소화하는 노력을 인정할지라도, 탁지부에서 관세를 국고로 납입하라는 요구를 브라운이 거부한 것은 쉽게 이해하기 어렵다. 브라운은 대신들과의 갈등을 마다하지 않으면서 차관상환 등을 내세워 국고로의 납입을 거부했다. 이뿐만 아니라 관세를 자기의 이름으로 외국은행에 예치하고, 일본 화폐를 유통하는가 하면 중앙은행의 설립을 방해하였고, 일본에 예속시키려는 침략적인 차관 도입을 시도했으며, 러시아와 프랑스로부터의 차관 도입을 저지하기도 하였다. 당연히 영국의 한국에 대한 시장 확대 및 이권 확보에도 일조했다. 1897년부터 영국과 일본이 동반자적 관계로 들어서자 영국과 일본을 위한 브라운의 행보는 명확했다.[187]

브라운의 석조전 건립도 이런 흐름의 한 방편으로 볼 수 있을 것이다. 그리고 브라운은 석조전 건립에도 최선을 다한 것으로도 보이지 않는다. 앞서 살펴본 것처럼 석조전 건설에 걸린 10년은 연 면적이 석

187) 김현숙, 「한말 고문관 J. McLeavy Brown의 연구(1893-1905)」, 이화여자대학교 석사논문, 1987, pp. 20~75

조전의 8배나 되는 조선총독부 청사를 짓는 데 걸린 시간과 같다. 이런 사실로 미루어 보면 브라운은 석조전 건설비용을 조달하는 데도 미적거렸거나 방해했다고 추론하는 것이 합리적일 것이다. 석조전 건립에 제일 큰 장애 요인은 사람이었음이 분명하다.

축선 충돌

석조전에 관한 의문점은 또 있다. 서양식 정전이어서 그런지 전통의 건축 과정과는 크게 달랐다. 우선 거대하고 막대한 비용이 드는 석조전을 지으면서 영건도감이 없었다는 점이다. 이는 브라운과 설계자와 시공자가 통제에서 벗어나 있었다는 의미가 되기도 한다. 예를 들면 기초공사에 심의석[188]이 관여하는데 그는 궁내부 소속이 아닌 내부 소속이었다.

영건도감이 없고 통제가 없는 건축이었으니 일차적으로 문제가 된 것은 석조전의 축선과 중화전의 축선이 교차하는 점이었다. 이는 곧 석조전 정원을 조성하는 1911년에 중화전의 서쪽 행랑을 훼철하는 것으로 이어졌다. 이때는 비록 고종이 이태왕으로 물러나 앉아 있었지만, 덕수궁은 여전히 나라의 구심점으로서 역할을 할 수 있는 고종이 거처하고 있었다. 500년이 넘는 관성을 가진 나라가 일순간에 망했다손 치더라도 고종에 대한 백성의 충성과 고종의 윤음에 순종하는 것은 크게 달라지지 않았다. 1919년 고종의 장례식이 이를 입증한다.

서쪽 행랑을 훼철하는 것에 대한 고종의 부정적인 말 한마디면 부정적인 여론을 조성할 수도 있고, 그로 인하여 큰 파장을 몰고 올 수도 있는 사안이었다. 그런데 이에 대한 고종의 반응 여부는 알 수 없

---

188) 심의석은 우리나라 전통 건축의 마지막 세대이며 유럽·중국 등의 건축가 영향도 받았다. 도편수로서 목조, 벽돌조, 석조를 모두 다루었고 배재학당, 정동제일교회, 시병원, 독립문, 원구단과 황궁우, 석고단 등 당시의 상당한 건축물에 참여했다. 김정동, 『정동과 덕수궁』, 도서출판 발언, 2004, p.151

다. 하지만 고종의 침묵을 훼철의 승인으로 본다면 중화전은 서구식 정전이 들어서기 전까지 일시적인 정전 기능을 수행하기 위하여 건축한 것으로 볼 수 있지 않을까? 그런데 일시적이라면 굳이 중화전 주위를 행랑으로 둘러야만 했을까? 반대로 고종이 승인하지 않았다면 이에 관한 신문 기사 또는 기록은 왜 전혀 발견되지 않을까?

앞서 돈덕전에서 잠시 살펴봤지만, 고종은 돈덕전을 건축하여 칭경의례의 공간으로 활용하고자 했다. 돈덕전과 중화전은 같은 시기에 건축되었는데 그러면 중화전은 전통적인 법전의 상징성으로만 건축한 것일까? 그리고 중화전 영건도감에도 석조전에 관한 기사가 전혀 나오지 않는데, 왜일까? 석조전의 설계자 하딩은 대학에서 공학을 전공한 후 1880년에 중국으로 건너와 해관에서 20여 년간 활동했다. 따라서 하딩이 석조전 설계를 할 때는 중국 또는 조선의 문화에 대한 이해가 부족하다고는 할 수 없다. 무엇보다도 건축 설계를 하면서 바로 이웃한 건물에 대한 영향을 검토하지 않는다는 것은 있을 수 없는 일이다. 꼬리에 꼬리를 무는 의문투성이의 석조전이 아닐 수 없다.

보통명사 석조전

석조전은 또 다른 의문점을 갖고 있다. 이름이 없고 현판도 없다. 굳이 석조전이 이름이라고 하더라도 고종 대에 지어진 다른 서양식 건물인 구성헌 · 중명전(수옥헌) · 돈덕전 · 정관헌 등과는 다르게 고유한 명칭도 아니다. 1904년 4월 14일 대화재 이후 전각들을 전통 한옥 그대로 지으면서 정초에서 상량하는 데까지는 함녕전을 제외하면 모두 2주일 안팎이 걸렸다.[189] 전통 한옥은 대들보로 기둥과 기둥을 연결했을 때 비로소 서 있을 수가 있는 반면, 유럽 건축양식의 돌 또는

<hr>

189) 홍순민, 「광무 연간 전후 경운궁의 조영 경위와 공간구조」, 『서울학연구』 40, 2010, p.39

벽돌로 지은 조적식 건물들은 벽과 벽을 'ㄱ'자든 'ㄴ'자든 연결만 하면 서 있게 된다. 따라서 건축 자재의 다름에 의하여 생긴 조적식 건물의 '정초식'은 우리에게는 없는 의례다. 당연히 서양 건축문화에서 온 것이다. 반면에 상량식은 우리의 전통문화이고, 상량식에 앞서서 서사관과 제술관을 지명하여 건물 이름을 짓고 그 건물에 대한 안녕과 바람을 축원했다.

그런데 석조전이 고유한 이름을 가지지 못했다는 점은 상량식을 하지 못하였거나 혹은 안 하였거나 둘 중의 하나일 것이다. 1905년 을사늑약으로 일본이 재정을 장악하게 되자 곧 브라운은 총세무사에서 해임되었고, 석조전 건축은 데이비슨(Henry William Davidson)에게 맡겨졌다. 1900년에 기초공사를 시작하여 1906년 11월 구조물 공사가 완성되었고 1907년부터 내부 공사가 진행[190]된 것으로 보아 상량식을 하기에는 어수선했을 것이다. 외교권 등 자주권을 잃은 상태였으므로 상량식을 통해서 축원을 담는 일도 무의미했을지도 모른다.

한편 이름이 보통명사인 석조전일 수 있는 또 다른 경우도 살펴볼 수 있다. 말 그대로 생긴 그대로의 모습으로 이름을 짓는 것인데 이는 오랜 관습이기도 했다. 집 앞의 산은 앞산이거나 남산이고, 집 뒤에 있는 산은 뒷동산이다. 뾰족한 산이 3개면 삼각산이고 봉우리가 5개면 오봉산이요, 마을 앞에 냇가가 있으면 내앞마을이 되고 한자어로는 천전리(川前里)라 하였다.

이와 같은 예는 우리의 관습만은 아니고 세계 공통적이기도 하다. 하나의 예를 들어보자. 보통명사가 고유명사가 된 예는 세계 여러 나라 지명, 특히 강 이름에서 쉽게 찾아볼 수 있는데, 이집트의 나일강은 '나'는 관사이고 '일'은 강이란 뜻이다. 영어로 표현하면 'the river'

---

190) 강성원 · 김진균, 「덕수궁 석조전의 원형 추정과 기술사적 의의」, 대한건축학회논문집 계획계 제24권 제4호, 2008, p.142

일 뿐이다. 인더스문명의 발상지인 인더스강은 산스크리티어로 그냥 '강' 이다. 힌두교도들에게는 성스러운 갠지스강도 힌두어로 그냥 '강' 이다. 즉 세계 각지의 하천 이름에서 특징적인 것은 주요 강일수록 단순히 '강' 이라는 뜻이거나 그 강을 형용하는 단순한 말로 불리는 이름이 많다는 점이다. 메콩강은 태국어로 '큰 강' 의 뜻이고, 미시시피강은 한 인디언 부족어로 '큰 강' , 중국의 장강은 생긴 그대로 '긴 강' 이다.[191] 중국과 러시아 사이의 국경을 이루는 강은 중국어로는 헤이룽장이고 러시아어로는 아무르강이다. 우리식 한자로 읽으면 흑룡강(黑龍江)인 데, 모두 '검은 강' 이란 뜻이다. 멀리 갈 것도 없이 우리의 한강도 '큰 강' 이란 뜻이고 북한산은 북쪽에 있는 큰 산이다.

석조전이 지어질 당시에는 돌로 만든 건물이 유일무이하였으니 '석조전' 이라고 부를 만도 했을 것이다. 그러나 우리의 조상들은 작은 정자조차도 그럴듯한 이름을 붙이고 시 한 수를 읊어서 걸어놓는 일을 낙으로 삼았던 사람들이다. 저 거대한 '돌로 만든 집' 을 지어 놓고 아무런 일이 없었다는 듯이 할 수는 없었을 것이다. 사정이 있어도 큰 사정이 있었기 때문에 좋아하는 이름조차 짓지 못한 것으로 보이는 또 다른 이유이다.

사고의 영역을 조금 넓혀 이를 우리 바다에 확대해 보자. 서쪽에 있는 바다는 서해이고, 남쪽에 있는 산은 남산이고, 동쪽에 있는 바다를 동해라 하는 것은 지극히 당연한 일이다. 여기서 우리는 보통명사에서 고유명사화된 '동해' 가 작위적인 고유명사 '일본해' 보다 훨씬 오래된 바다 이름임을 알 수가 있다. 따라서 '동해' 를 '동해' 라 부르는 것은 지극히 타당하다. 단 영문으로 표기할 때 'The East Sea' 보다는 'The Dong Hae' 로 표기해야 할 것이다.

---

191) 21세기 연구회 지음, 김미선 옮김, 『지도로 보는 세계지명의 역사』, 이다미디어, 2014, p.215~217

그림20 돌로 지은 집, 석조전, 국가문화유산포털

17. 같은 꽃, 다른 의미

석조전 오얏꽃

석조전 정면의 박공에 있는 문양은 오얏꽃으로, 지금의 표준어로는 자두꽃이다. 고종이 석조전을 건설한 것은 서구 문화를 받아들이고 근대국가를 지향하고 있음을 천명하기 위함이라 하였는데, 그 가운데 에는 국가를 상징하는 국기와 국화 등의 문양 사용도 포함된다. 황준 헌의 『조선책략』에 따라 그리고 청나라의 권유로 1882년 미국과 통상 수호조약을 맺게 된 조선은 미국의 요청으로 조선은 태극기를 내세우게 되지만, 조선이 본격적으로 국가를 상징하는 문양을 제도화한 것은 대한제국기인 1900년에 제정한 「훈장 조례」서부터다. 이때 훈장의 명칭으로는 태조 이성계가 천하를 다스린다는 꿈에서 취한 금척(金尺)과 나라의 문장에서 취한 이화(李花, 오얏꽃) 그리고 국토의 표상인 태극과 태조의 무훈에서 취한 자응(紫鷹, 매) 등이었다.[192)]

그렇지만 오얏꽃은 제도화되기 이전서부터 이미 사용되기 시작하였는데 1892년 '오냥(五兩)' 짜리 은화에서 무궁화 가지와 함께 나타난다.[193] 1900년 제도화하기까지 제법 시간이 걸린 것은 유럽의 왕실 또는 일본의 전통과는 다르게 우리에게는 국기나 가문의 문장을 정하여 사용하는 전통이 없었기 때문일 것이다. 그러나 이를 전후로 하여 오얏꽃 문양은 다양한 곳에서 본격적으로 사용된다. 1900년 1월부터 1901년 6월까지 11종의 우표를 발행하면서 오얏꽃과 태극 문양으로 도안하였고, 1897년 준공된 독립문의 이맛돌에도 오얏꽃 문양이 보인다. 이외에도 동구릉에 있는 태조고황제(이성계)의 건원릉 비와 광화문 네거리에 세운 고종의 칭경기념비 이수에도 오얏꽃 문양으로 장식하였고, 1900년 파리에서 열린 만국박람회의 대한제국관 기둥에도 오얏꽃 문양을 사용하였다.[194] 석조전 박공의 오얏꽃 문양은 대한제국이 서구 문화를 받아들이고 국제질서에 편입했다는 증표이다.

그림21 석조전 박공의 오얏꽃, 국가문화유산포털

192) 목수현, 「대한제국기의 국가 상징 제정과 경운궁」, 서울학연구 제40호, 2010, p.161~162
193) 목수현, 『태극기 오얏꽃 무궁화』, 현실문화연구, 2021, p.120~122
194) 정은주, 「개화기와 대한제국기 공문서의 이화문 전개 양상」, 장서각 47, 2022, p.197

석조전 정원의 독수리상

상기 외의 문양으로 사용된 것으로 외래문화인 독수리 문양이 있다. 독수리 문양은 1901년 용산전환국에서 발행한 주화에서 볼 수 있다. 당시 한국의 개항장에는 독수리 문양의 멕시코 은화가 유통되고 있었고, 독일과 러시아의 은화에서도 다수의 방패 문장이 가미된 독수리 문양을 사용하고 있었다. 1897년 로한(露韓)은행이 설립되면서 독수리 문양의 주화를 발행할 계획이 있었는데, 당시의 러시아 로마노프왕조의 독수리 문장은 황제의 영향력이 미치는 여러 지역을 나타내는 의미를 지니고 있었다. 이를 원용하여 1901년 발행된 주화는 독수리 안에 태극 문양을 놓고 그 주위에 팔괘를 놓았으며 날개에도 태극 문양을 두었다.[195]

또 독수리가 외래문화라고만 볼 수 없는 이야기도 있다. '천계의 독수리가 여성을 수태시킨 전설'이 바이칼 호수의 주인인 부리야트(Buryat)족[196] 사이에 전해져 내려온다. 신들이 인간을 만들어 행복하게 살게 했지만, 마귀가 이를 방해하자, 신들은 독수리에게 지상에서 처음 만나는 사람을 무당으로 변신시킬 수 있는 권한을 주게 된다. 지상으로 내려온 독수리는 나무 밑에서 잠자는 여인을 수태시켰고, 그녀가 낳은 아들이 '첫 번째 샤먼'이 된다. 고대의 독수리는 샤먼 즉, 왕이란 지배자를 만드는 초능력자였던 셈이다.[197]

한일 강제 병합 후 조성된 석조전 정원 초기에는 원형의 화단 중심에 독수리 조각상이 있었는데, 이 독수리 조각상의 상징적 의미가 고대의 독수리 혹은 주화 속의 독수리와 같은 의미였을는지도 모른다.

---

195) 목수현, 『태극기 오얏꽃 무궁화』, 현실문화연구, 2021, p.124~128
196) 부리야트족은 러시아의 소수 민족으로 쇠락해 가고 있지만, 외모는 물론 유전적으로도 한국인과 가장 가까운 사람들로 밝혀졌다.
197) 존 카터 코벨, 김유경 편역, 『한국문화의 뿌리를 찾아』, 눈빛, 2021, p.113

1912년 신문 기사에는 이미 독수리상이 보이지 않고 기식화단(寄植花壇)[198]만 조성된 모습이 보이는데[199], 독수리의 상징성을 눈치챈 일제가 조기에 독수리 조각상을 철거한 것은 아닐까?

그림22 석조전 정원의 독수리 조각상, 김해경 · 오규성 논문

덕홍전의 오얏꽃

석조전은 1906년 11월이 되면 구조물 공사가 완성되고 1907년부터 내부 공사가 시작되었지만, 오얏꽃 문양은 설계 당시부터 고려되었다. 이는 석조전의 목조 모형[200]이 1900년에 발표되었는데 정면의 박공과 동서쪽의 박공에도 오얏꽃 문양이 있는 것에서 알 수 있다. 덕수궁에서 오얏꽃 문양이 보이는 곳은 2023년도에 재건된 돈덕전과 석조전 그리고 덕홍전이다.

---

198) 원형의 화단 중앙부에 칸나 · 달리아 등의 키가 크고 생육이 왕성한 꽃을 심고, 가장자리로 갈수록 키가 작고 쉽게 갈아 심을 수 있는 꽃을 심어 사방에서 관상할 수 있도록 만든 화단으로, 중심부에 조각 · 괴석 등을 놓기도 한다. 두산백과 두피디아, 화단

199) 김해경 · 오규성, 「덕수궁 석조전 정원의 조성과 변천」, 『한국전통조경학회지』 제33권 제3호, 2015, p.23

200) 1/10 크기의 석조전 목제 모형 사진이 American Architect and Building News, No. 1274, 1900.5.26.에 실렸다.

그런데 1903년에 준공된 돈덕전과 1900년에 착공한 석조전의 오얏꽃은 1911년 이후에 완공된 덕홍전의 오얏꽃[201]과는 의미가 다르다. 전자는 「훈장 조례」에 맞추어 근대화를 추구하는 과정에서 대한제국을 상징하는 표상으로 사용되었다면, 덕홍전의 경우는 대한제국 황실이 '이왕가'로 격하된 뒤에 사용된 것이다. 즉 덕홍전의 오얏꽃 문양은 나라를 상징하는 문양이 아니라, 나라는 없이 왕실만 존재한 이태왕의 상징으로 전락한 것이다. 이왕가 상징으로 전락한 오얏꽃 문양은 창덕궁에서 먼저 사용되었다. 1907년 헤이그의 만국평화회의에 특사 파견을 빌미로 하여 일제는 고종을 강제로 퇴위시키고, 고종의 뒤를 이어 등극한 순종을 창덕궁으로 옮기도록 했다. 이때 일제는 창덕궁을 수리하면서 인정전의 용마루에 오얏꽃 문양을 새기게 했다. 본격적인 식민지 시대로 접어들기 전인 통감부 시절부터 이미 일제는 자국의 문화를 이식하는 자신감(?)을 드러낸 것이라 하겠다.

고시치노키리

문장 이야기를 조금 더 해보자. 우리나라 대통령을 상징하는 문양은 봉황과 무궁화꽃 한 송이와의 결합이다. 국무총리를 상징하는 문장은 무궁화 문양이 없는 봉황만이다. 그렇다면 일본 총리대신의 문장은 무엇일까? 오동나무 3장의 잎과 5개·7개의 꽃잎이 달린 이른바 '고시치노키리(五七の桐)'이다. 그런데 이 문장은 36년간 식민지배를 한 조선총독부의 문장이기도 했고, 더 올라가면 임진왜란을 일으켜 조선을 300년 전으로 후퇴시킨 도요토미 히데요시의 문장이기도 했다.

메이지유신을 성공시킨 주도 세력들은 도쿠가와 이에야스의 에도

---

201) 덕홍전의 상틀리에는 주조로 장식한 오얏꽃 문양이 있다.

막부를 전면적으로 부정하는 대신 정한론(征韓論)의 원조인 도요토미 히데요시를 소환했다.[202] 따라서 일본 역대 총리들은 자신을 상징하는 문장인 고시치노키리가 무엇을 의미하는지를 잘 알고 있을 수밖에 없었다. 그들은 제2차 세계대전에서 패한 패전국이다. 그렇지만 그들은 여전히 달라지지 않았다. 군국주의를 벗어던졌다고 하면서도 이웃 나라를 자극할 수 있는 문장을 계속 사용한다는 것은 대륙으로의 진출을 포기하지 않았다고 해석할 수밖에 없다. 즉 그들은 400년이 넘도록 그리고 지금도 호시탐탐 한반도를 주시하고 있다고 이해하는 것이 타당할 것이다. 이것이 일본 총리대신들의 역사의식이고 역사 인식이다. 좀 더 직설적으로 표현하면 일본은 우리를 침략의 대상이었을지언정 '이웃'이라고 인정한 적이 없다고 이해하는 것이 옳을 것이다.

이에 비해서 우리 정치지도자들의 역사 인식은 부끄러울 정도다. 한 예로 2008년 이명박 대한민국 대통령이 일본을 방문하고 일본 총리와 공동회견하는 자리에 버젓이 도요토미 히데요시와 조선총독부의 문장인 고시치노키리가 등장했다. 우리 대통령은 물론이고 대통령을 보좌하는 대통령비서실도 외교통상부 관계자들도 이에 관해서 무지했다. 한 재야 사학자가 고시치노키리를 지적하지 않았더라면 우리의 주요 언론들조차도 몰랐을 정도였다.

일본 정치지도자들의 역사의식을 알 수 있는 또 다른 예가 있다. 일제는 일제강점기에 한반도 전역의 사적지를 조사하면서 벽제관을 등급 '병'을 부여하여 보존토록 했다. 임진왜란 때 왜장 요시가와 히로시(吉川廣)가 명나라 장수 이여송(李如松)을 물리친 벽제관 전투를 기념하기 위해서다. 일제는 한일병합 직후부터 벽제관 정비 사업을

202) http://www.koreahiti.com/ "일제 침략 세력, 풍신수길 신으로 숭배", 2020.7.28

추진하였는데, 1931년 만주사변이 본격화하자 벽제관 전적 기념비를 건립하고, 기념비 제막식에서는 340년 전의 전몰장병 추모제까지 지냈다. 이어서 1937년 중일전쟁으로 확장한 일제는 벽제관을 전시체제를 홍보하는 역사교육의 장소로도 활용하였다.[203] 이뿐만 아니라 2대 조선 총독이었던 하세가와 요시미치(長谷川好道)는 벽제관의 '육각정' 정자를 자신의 고향인 야마구치현 모미지타니 공원으로 유출해 현재까지 관광자원으로 활용하고 있다.[204]

그림23 좌측부터 도요토미 히데요시, 조선총독부, 현 일본 총리 문장(紋章), 위키백과

18. 남북분단의 현장

미소공동위원회 회의 결렬

미소공동위원회는 모스크바 3상 회의 결정에 따라 한국의 임시정부 수립을 원조할 목적으로 미소 점령군에 의하여 1946년에 설치되었는데, 제1·2차 미소공동위원회 회의가 열렸던 곳이 바로 석조전이다. 모스크바 삼국 외상 회의에서는 한국의 임시정부 수립과 함께 미국·영국·중국·소련에 의해 최장 5년간의 신탁통치를 할 수 있다고 결정하였고, 미소공동위원회는 조선 임시정부와 타협하여 최고 5년간

203) 김경록, 「조선 시대 벽제관의 군사·외교적 의미」, 『군사』 제106호, 2018, p.319,320
204) 이도남, 「여관이 아니라 호텔, 벽제관에 깃들어 있는 역사」, 『공공정책』 제190권, 2021, p.100

의 신탁통치를 결정하였다. 그러나 이에 대한 찬탁과 반탁의 좌우 대립이 심화하자 미국과 소련은 이곳 석조전에서 두 차례 회의를 열었지만, 합의점을 찾지 못한 채 회의는 결렬되고 말았다.

이에 미국은 한국 문제를 UN에 상정하여 신탁통치 없이 즉시 한국을 독립시키고 총선거를 통하여 정부를 수립하도록 하였으나, 소련은 UN의 북한 입경을 거부함에 따라 남한만의 단독 정부 수립으로 귀결되었다.[205] 이는 수많은 사상자와 피난민 그리고 상호 적개심을 양산한 6·25전쟁으로 이어졌고, 그 결과 남북분단은 고착화되어가고 있다. 씁쓸하게도 여기에 석조전이 연관되어있다.

그림24 미소공동위원회 회의장, 석조전, 문화재청 궁능유적본부

남북분단사

어떤 현상과 연관된 징조가 자주 나타나면 그 현상이 생기기 마련이라는 뜻으로 '방귀가 잦으면 똥 싸기 쉽다.' 라는 속담이 있다. 우리는 알지도 못한 채 강대국 간의 이해다툼으로 분단 분단하다가 결국

---

205) 정재정 외 2, 『서울 근현대 역사 기행』, 혜안, 1998, p.138

우리나라는 분단되고 말았다. 400여 년 전 고시치노키리(五七の桐) 문장의 주인인 도요토미 히데요시가 명나라와 협상하면서, 임해군을 석방하고 일본군이 철수하는 대신에 경상도·전라도·충청도 등을 할양하라는 것[206]이 첫 번째 방귀였다.

두 번째 방귀에는 영국이 간여했다. 1894년 동학혁명이 전국적으로 확산하자 청나라와 일본은 각각 군대를 파견하여 일촉즉발의 대치 상태에 들어갔다. 이에 영국 외상 킴벌리(Kimberley)가 중국과 일본이 각각 북한과 남한지역을 점령하도록 제의하였고, 중국은 한성을 중국이 점령한다는 조건으로 이를 수용하였으나 일본은 거부하였다. 이때 조선은 영국의 분할 제의를 전혀 알지 못했다.

세 번째와 네 번째 분할 논의는 러시아와 일본 사이에 있었다. 고종이 아관파천을 단행하여 '닭 쫓던 개 지붕 쳐다보기' 격이 된 일본은 북위 38도 선을 기준으로 북쪽은 러시아가 남쪽은 일본의 영향권으로 하자고 제안하였고, 러시아가 이를 거부하였다. 이때도 러·일간의 물 밑 거래를 조선은 이를 알지 못했다. 그러나 곧 영국과 일본이 군수 동맹을 체결하면서 러시아가 궁지에 몰리자 이번에는 러시아가 1도를 양보하여 39도 선을 기준으로 북쪽은 완충지대로 하고 남쪽은 일본의 영향권으로 인정하겠다고 제안했다. 일본은 한반도 전체를 자기 영향권으로 하고 만주 국경 지역을 비무장 지대로 하자며 역제안했다. 이를 러시아가 거부하면서 일본은 러일전쟁을 일으켰다. 물론 이때도 대한제국의 주권은 고려 대상이 아니었다.

그리고 드디어 우리는 남북으로 분단되는데 일본이 깔아놓은 바탕(식민지)에서 미국과 소련이 남북분단을 결정했다.[207] 그 미국과 소련이 남북분단을 최종적으로 결정한 곳이 바로 석조전이다. 역사적으

---

206) 한명기, 『광해군 탁월한 외교정책을 펼친 군주』, 역사비평사, 2000, p.56
207) 김계동, 『한반도 분단, 누구의 책임인가』, 명인문화사, 2012, p.4~6

로 한반도는 다섯 번이나 분할 논의가 있었는데, 그 논의 과정에서 우리가 낄 여지는 전혀 없었다.

왜 우리는 남의 손에 놀아나야 했을까? 분단의 책임은 누구에게 있는 것일까? 미국의 전 국무장관 키신저는 미군을 철수할 가능성이 있으며, 트럼프는 수지타산이 안 맞으면 한반도를 쉽게 버릴 수 있음도 시사했다. 일본의 조선 식민지화를 제일 먼저 인정한 것이 1905년 당시 미국 대통령 시어도어 루스벨트(Theodore Roosevelt)였고, 국무장관 애치슨(Dean Acheson) 선언으로 미국이 한반도 포기를 시사하자 6·25전쟁이 발발했던 역사를 우리는 잊지 않고 있다.[208]

그런데 이런 일들이 모두 미국과 주변 상황 탓이었을까? 임진왜란 당시 강화협상에 대한 명과 일본의 입장을 살펴보자. 명으로서는 일본군이 본토로 쳐들어오는 것을 막으면 되었을 뿐 속국인 조선을 위하여 자국의 병사를 사지로 몰 이유가 없었고 조선을 존중하여 조선을 대변할 필요도 없었다. 일본도 조선의 무력함을 이미 알았기에 굳이 조선을 인정하여 강화협상에 조선을 넣어줄 이유가 없었다. 명과 일본 단둘이서 협상을 타결 지으면 전쟁은 끝나는 것이었다.[209]

작금의 러시아 침공으로 시작된 우크라이나 전쟁은 우리에게 시사하는 바가 크다. 러시아 침략의 폭력성 여부를 떠나서 우크라이나 자체의 내부 분열이 극심하거나 국기가 흔들릴 정도로 부패한 정권이라면 나토를 비롯한 세계 여러 나라가 우크라이나를 지원하지 않았을 것이다. 즉 어느 나라이든 간에 외부 세력의 침략만으로 나라가 망하지는 않는다. 한 국가가 망한다는 것이 그렇게 쉽지만은 않은 일이다. 봉숭아는 톡 건드리면 내부로부터 곧바로 터지는데 봉숭아 같은 나라에 외부의 침입이 있으면 망하는 것이다. 김용운은 그의 책 『역사의

---

208) 김용운, 『역사의 역습』, 맥스교육, 2018, p.507
209) 김형기, 『임진왜란 대비하지 않으면 다시 온다』, 산수야, 2020, p.75

역습』에서 다음과 같이 기술했다.

> 미국 외교관 출신의 한국학 학자 핸더슨은 "한국인에게는 자국 역사를 외부에서 원인을 찾아 해석하는 습관이 있다. 외국의 침입, 중국에 대한 사대, 일제 식민지, 38선 설치에 관한 미국 루스벨트 대통령의 배신, 국제 공산주의 연맹, 미국의 외교정책, 주한 미국대사의 감정 등을 모두 외부 세력의 침략 결과로 돌린다."라고 그는 꼬집었다. 실제 많은 한국인은 5·16 군사 쿠데타와 전두환의 쿠데타, 광주민주화운동까지 모두 미국 탓으로 생각한다. 그러나 우리가 생각하는 것만큼 미국은 능력 있는 국가가 아니다. "대부분의 정치적 불행은 한국인이 주동한 것이고, 미국은 기정사실화된 상황을 추인한 것에 불과했다."라고 핸더슨은 지적했다.[210]

19. '문명과 야만' 지배 논리가 구현된 곳, 덕수궁미술관

미술관으로 개조

1910년 완공된 석조전은 본래의 목적을 잃어버린 채 이태왕(고종)의 접견실 정도로 사용되었다. 초대 조선 총독 데라우치와 2대 총독인 하세가와를 비롯하여 총독부와 이왕직 관리, 일본군 수뇌부 또는 왕실 종친 등을 고종이 불러서 접견하거나 알현 장소로 사용되었고 때로는 돈덕전과 함께 오찬 장소로도 사용되곤 하였다. 고종 사후에는 평생을 일본 군인으로 살아온 영친왕이 일시 귀국하면 몇 차례 임시숙소로 사용하기도 하였다. 그렇지만 고종 사후 주인을 잃은 덕수궁은 오랫동안 비어 있었다. 1931년 이왕직은 덕수궁을 공원으로 만들겠다고 발표하고 1932년 4월부터 덕수궁 내 전각을 일부는 수리하

---

210) 김용운, 『역사의 역습』, 맥스교육, 2018, p.559

고 일부는 해체하면서 정원에 일본 동북 산 벚나무를 심었다.[211]

이런 가운데 석조전을 미술관으로 개조한 후 1933년 10월에 일본 근대 미술 작품들을 전시하고 일반에게 공개했다. 이때 일제는 메이지유신 이후의 일본화·서양화·조각·공예품 등 일본 미술품 141점을 전시하였다. 처음에는 창덕궁 장원과에서 조선 고화의 선정 작업을 진행하여 조선의 미술품도 전시할 계획이었지만, 끝내 조선 고화는 제외되고 말았다. 이에 대한 후폭풍은 제법 컸다.

예를 들면 1933년 11월 9일 자 동아일보는 권구현(權九玄)의 평론을 실었는데, 권구현은 프랑스의 베르사유 궁전에는 프랑스의 명화가, 영국의 함부른 궁에는 영국인의 걸작이, 독일의 포츠담 궁에도 자국의 작품이 전시되어 있는데, 석조전의 미술품은 주객이 전도되었다면서 강하게 비판했다. 이와 같은 항의가 거세게 일어나자 1년 후에는 석조전에 조선의 고화도 함께 전시하게 되지만, 일본 미술품만 전시한 이유를 일본 작가들이 조선 고화와 나란히 전시되는 것을 싫어했기 때문이라는 궁색한 변명을 내놔야 했다.[212]

선전 도구

이왕직은 덕수궁을 일반에게 공개하면서 석조전에는 일본 미술품만 전시하다가 여론의 역풍을 맞자 조선 미술품을 진열할 수 있는 박물관을 짓기로 하고 1936년 8월에 착공하여 1938년 2월에 완공하였다. 창경원 이왕가박물관이 소장하고 있던 신라·고려·조선 시대의 그림과 도자기 등 11,000여 점을 이곳으로 옮기고 박물관에서 이왕가미술관으로 고쳐 불렀다.

---

211) 한소영·조경진, 「덕수궁(경운궁)의 혼재된 장소성에 관한 연구」, 『한국전통조경학회지』 제28권 2호, 2010, p.51
212) 이미나, 이주원·최재혁 옮김, 「이왕가 미술관의 일본 미술품 전시에 대하여」, 『미학예술학연구』 11권, 2000, p.230

겉으로 보기에는 미처 배려하지 못한 것에 관한 사후 조치로 보이지만 여기에는 일본의 또 다른 의도가 숨어 있었다. 즉 석조전에는 일본의 근대미술품을 전시하고 신축한 이왕가미술관에는 조선 고미술품을 전시하여 비교하게 함으로써, 조선은 전시할 만한 근대미술품이 없을 정도로 후진적이었기에 일본이 조선을 지배하는 것은 정당하다는 수단으로 활용한 것이었다. 조선의 미술품은 과거의 유물로서 한마디로 '지금의 것'이 아니라는 것을 인식하게 하여서, 전시물을 보는 조선인들에게 패배감에 젖게 하는 선전 도구였을 뿐이었다.

제국주의는 기본적으로 다른 나라를 짓밟아야 존재하는 법이니, 표면적으로 드러난 그들의 의도와 실행만으로 이해해서는 합당한 이해라 할 수 없다. 선의의 제국주의 국가란 존재하지 않기 때문이다. 조선총독부에서 진행한 조선사편찬과 조선 고적 조사도 일본이 유럽에서 배워온 식민지 지배의 정당화를 목적으로 한 사업이고 수단일 뿐이었다.

식민주의와 제국주의를 전 대륙으로 수출한 것은 영국을 비롯한 유럽이다. 그 유럽의 역사학에서는 식민지의 고적 조사와 발굴된 유물을 박물관에서 전시하는 것은 식민지에 대한 시간과 공간을 지배하는 수단이었다.[213] 즉 제국주의 시대에 열강들의 문화재 약탈은 식민지에 관한 정보 수집의 일환이었고, 박물관은 자국의 국력을 과시하고 자국 문명에 대한 자부심을 배양하는 선전 도구였다.[214]

---

213) 1883년 조선과 수교한 후 미국 공사 푸트가 제일 먼저 한 일 중의 하나가 조선에 대한 자원탐사였다. 푸트는 본국에 자원탐사 전문가의 파견을 요청했고 1883년 9월 스미소니언 박물관 소속의 무관 버나도(John Bernadou)가 입국한다. 버나도는 주로 광산 탐사의 임무를 맡았다. 조선 주재 영국 영사 애스턴도 본국에 자원 전문가 파견을 요청했고 당시 중국공사관에 근무하던 칼스(W.R. Carles)가 전보되어 입국했다. 일본도 이에 뒤지지 않았다. 1884년 4월 학술조사라는 명목으로 독일인 고생물 박사 곳체(Gottsche)를 초빙하여 조선의 지하자원 보유상태를 조사하게 했다. 신복룡, 『이방인이 본 조선의 풍경』, 집문당, 2022, p.81

214) 전우용, 『우리 역사는 깊다 2』, 푸른역사, 2015, p.163~165

조선총독부의 조선사편찬과 고적 조사 사업[215]의 중심인물이 동경 제국대학 구로사카 카츠미(黑板勝美)인데, 그는 덕수궁의 미술품 진열 계획에도 참여했다. 구로사카는 유럽에서 배워온 박물관의 개념을 황궁인 덕수궁에 그대로 적용했다. 덕수궁을 아동 놀이시설과 휴게소·매점 등을 포함한 일종의 유원지로 개조하면서 동시에 미술관을 설립한 이유이다. 미술관은 조선의 고대 미술에 빗대어 일본의 근대 미술을 비교하게 하는 시설로서 식민지 문화정책의 일환이었을 뿐 그 이상도 그 이하도 아니었다.[216]

그림25 석조전 서관, 국립현대미술관 덕수궁분관, 문화재청 궁능유적본부

문명과 야만

메이지유신 이후 일본은 탈아입구를 외치며 서양의 것은 모두 옳고

---

215) 이 사업의 결과로 『조선고적도보』가 지금은 나름 학문적으로 높이 평가받고 있지만, 본래의 목적은 학문이 아니라 일본 식민지정책을 합리화·정당화하는 수단이었다. 학문적 평가는 작금의 시대가 부여한 부수적인 효과일 뿐이다.
216) 이미나, 이주원·최재혁 옮김, 「이왕가 미술관의 일본 미술품 전시에 대하여」, 『미학예술학연구』 11호, 2000, p.232~234

좋은 것이라는 편견에 사로잡혔다. 오죽하면 성(姓)도 없었던 나라에 국민 개개인에게 성을 만들게 하였고 결혼하는 여성은 남편의 성을 따르도록 했다. 그리고 이를 법제한 나라는 일본이 세계에서 유일하다. 앞서 밝힌 고적 조사와 발굴된 유물을 전시하는 박물관과 미술품조차 식민지 통치에 활용하는 것 또한 서방의 방식을 일본이 철저하게 모방했다.

현재 덕수궁미술관 뒤편 담장 너머에는 미국 대사관저가 있고 그 일대는 140여 년 전 미국인 선교사들이 거주했던 곳이다. 정동 제일 감리교회는 옛 모습 그대로 현존하고 있다. 조현범에 의하면 여기에도 '문명과 야만'이란 식민지 지배 논리가 숨겨져 있다. 19세기 후반에 미국은 서부지역을 완전히 개척하여 국가체제를 완성했다. 이제 개척할 땅이 남아있지 않자 미국은 다른 제국주의 국가들처럼 해외로 눈을 돌렸다. 당시 미국은 산업혁명에 성공하면서 산업자본주의도 완성했다. 그러나 산업화와 도시화의 급속한 진행에 의한 반작용으로 '세속화'라는 사회적 현상도 부수적으로 나타나기 시작했다. 세속화란 아름다운 전통의 가치, 특히 종교적인 가치가 사회의 지배적 이념으로부터 그 지위를 상실하게 되는 것을 말한다.[217]

이에 미국 개신교 복음주의자들은 세속화에 대응하여 청교도 정신으로 무장한 개신교 가치관을 옹호하고 나섰다. 이것이 대각성운동이란 종교운동으로 발전했고, 이에 영향을 받은 수천 명의 청년이 '학생자원 운동'이란 단체를 결성하고 해외 선교사 파견을 자원했다. 개항기에 조선을 찾은 선교사 언더우드와 아펜젤러 등도 여기에 속한다.

---

217) 세속화는 과거 가톨릭교회의 사유재산과 정치적 권한 등이 무너져가는 시점에서 생긴 말이다. 이는 종교적 질서가 뿌리내린 사회에서 이성적 합리성이 대체해나가는 근대를 거쳐 물산주의에 매몰되어가는 현대에 이르기까지 적용되는 개념이기도 하다. 이 개념의 밑바탕에는 그리스도교의 하느님과 그 섭리가 지배하는 세계 대신 인간의 욕망에 기반을 둔 자본주의의 이면이 지배하는 세계가 상정되어 있다. 샤머니즘사상연구회(목진호), 『샤머니즘과 타 종교의 융합과 갈등』, 민속원, 2017, p.104

즉 미국의 해외 선교 붐조차 미국의 팽창주의 정책에 맞닿아 있었고, 오히려 개신교인들이 그 선봉에 섰다. 세계를 지배하게 된 서구 문명의 근저에는 기독교가 있기 때문이라는 것이었고, 따라서 해외로 파견된 미국 선교사들은 비서구권 문명은 기독교 문명에 비해 열등하다고 인식했다.[218]

이 땅에 빠르게 미국 기독교가 뿌리내린 데에는 선교사들의 이와 같은 '문명과 야만'이라는 인식, 산업혁명의 성공과 천민자본주의로 무장한 미국이란 국가의 힘, 그리고 무엇보다도 스스로 폐쇄와 고립을 자초하여 낯선 것에 대해서는 저절로 위축되는 조선인의 경외심, 국가체제의 붕괴로 의지할 데가 없고 혼란이 가중되고 있던 조선인에게는 지푸라기 잡는 심정 속에서 기독교와의 조우가 맞아떨어진 데 있다 하겠다.

그런데 '문명과 야만' 혹은 '문명과 비문명'이란 말은 야만에 위치하는 자들의 감정을 상하게 하는 것은 틀림없지만, 그러나 냉철하게 생각해 보면 그리 언짢게 생각할 것만도 아닌 듯싶다. 어차피 인류의 역사는 정복과 피정복의 역사였기 때문이다. 군사력이 강하든 경제력이 크든 인구가 많든 간에 힘이 센 자가 약한 자를 괴롭히고 약자의 부를 빼앗아서 강자의 부를 더욱 크게 축적해 온 것이 문화이고 문명이고 인류의 역사가 아닌가? 인류가 동물을 사냥해서 잡아먹은 것도 문화고 동물을 산 채로 잡아 와서 길들이고 키워서 잡아먹은 것도 일종의 '문명과 야만'의 행위로 볼 수 있다. 사회진화론자들이 생성한 '우월한 인종이 열등한 인종을 지배하는 것은 자연의 법칙이고, 이를 따르는 것은 지극히 자연스럽다.'라는 말에 열등한 인종 대신 동물을 대입하면 그대로 적용할 수 있기 때문이다. 즉 '문명과 야만'이란 말

218) 조현범, 『문명과 야만』, 책세상, 2020, p.38~39

은 태초에 인류가 시작되면서 동시에 파생되었다고 봐도 무방할 것이다. 즉 너와 나, 두 명만 있어도 이미 분별이 있고 우열이 있다. 이것이 시간이 지나면서 발전 또는 비약하면서 문명과 야만이란 학술용어를 생성해냈을 뿐이다.

과거 고대 로마인들은 라인강 밖의 사람들을 야만인(barbarians)이라 하였고, 이웃한 중국은 자기들 한족(漢族) 외에는 동서남북의 주변인들을 모두 오랑캐라 하였다. 이른바 중화사상이다. 문명과 야만을 현대어로 표현하면 '인종 차별'이라고도 할 수 있다. 백인이 흑인을 노예로 부렸고, 그 흑인들이 아시아 사람들을 우습게 본다. 동아시아 사람들은 동남아시아 사람들을 또 우습게 본다. 이것이 문명과 야만이 아니고 무엇인가? 문명과 야만이란 전문 학술용어처럼 사용됨으로써 고상하거나 나와는 무관한 말처럼 들릴 수도 있지만, 사실은 누구든지 문명이든 야만이든 어딘가에는 속한다. 다행히 후자가 아니면 좋겠지만 말이다. 더욱더 우려되는 점은 이런 문명과 야만의 이분법적 논리는 앞으로도 오랫동안 계속될 것이라는 점이다.

사회진화론이 일본을 통해 조선에 들어왔다. 청일전쟁에서 승리하고 갑오개혁으로 조선의 내정에 간섭하기 시작한 일본이 내세운 명분 또한 문명화이고 근대화이고 서구화였다. 이에 대한 고종의 대응책은 이른바 '동도서기'였다. 우리의 것을 바탕으로 서구의 근대 문명을 받아들인다는 정책은 분명히 옳은 방향이었지만, 탈아입구를 내세운 일본에 비해서는 속도가 턱없이 더뎠다. 조선왕조가 지탱해온 500년이란 관성이 고종의 발목을 잡았다고도 할 수 있다.

결코 망국의 요인이 내부에 없었다고 말할 수 없는 이유이다. 앞서 살펴봤지만, 황도의 주요 도로를 정비하고 개설하고, 전차를 달리게 하고, 국제사회의 일원이고자 국제기구들에 가입하고, 돈덕전을 짓고 즉위 40주년을 구실로 한 영세중립국 선언까지 하려고 했지만, 근대화 속도는 더디기만 했다.

또 다른 야만

또 하나 살펴볼 것이 있다. 그러면 일본은 '문명과 야만'을 지배 논리로 내세운 본래의 목적을 달성했느냐? 이다. 물론 짧게 보면 성공했다. 조선총독부 청사를 지으면서 당시에는 일본 본토는 물론 아시아에서 제일 큰 규모의 건물로 조선인들에게 위압감을 주기에 충분했다. 여기저기 철도를 부설하고 전기시설을 가설하는 등 다양한 서구의 첨단 이기들을 들여와서 조선인들에게 주눅 들게 하는 데도 성공했다. 청일전쟁에서도 러일전쟁에서도 승리해 일본의 근대 문명이 우수함을 입증했다. 그러나 다른 한편으로는 일제는 자기들 스스로가 역대 한국으로부터 많은 문화를 전달받은 사실을 잘 알고 있었으리라. 즉 한국문화에 대한 콤플렉스를 갖고 있었기 때문에 일제는 이것을 감춰야만 했고, 이를 극복하기 위해서는 무언가를 행해야만 했다.

그것은 역사를 비트는 일이었다. 낮은 섬 문화에 익숙한 사람들이 높은 대륙문화에 익숙한 사람들을 지배하기 위해서는 또 다른 역사적 사실을 변조해서 끌어들여야만 했다. 1884년 일제는 일본 육군 장교 한 사람을 보내 광개토대왕비를 변조하고는 4세기에 이미 한국을 정벌한 증거라며 한국과 만주·중국을 침략하는 근거로 삼는 수고를 마다하지 않았다.[219] 또한 한국인에 의한 일본 정벌을 통째로 뒤집어서 마치 일본이 가야(신라와 백제의 일부 포함)를 정벌한 것처럼 기록한 『일본서기』에 그들은 만족해했다. 그러나 미국 컬럼비아대학 게리 레저드(Gari K. Ledyard) 교수에 의하면 한반도 부여족이 일본을 통치한

---

219) 존 카터 코벨, 김유경 편역, 『일본에 남은 한국미술』, 글을읽다, 2011, p.197

시기는 서기 369년부터 506년까지이며 이는 15대 오진왕 대부터 26대 게이타이왕 이전에 이르는 시기였다. 당시 부여족은 말을 배에 싣고 바다를 건너갔으며 창과 칼 등 월등한 무기를 가지고 규슈부터 나라 야마토 평원까지 쉽게 동진해 나갔다. 일본에는 초기에 말[220]조차 없었다.

일본은 역사 왜곡의 대가를 크게 치르고 있다. 현재 일본 정부는 오사카(大阪)와 나라(奈良) 일대의 고분은 발굴을 금지하고 있다. 만일 고분을 발굴하여 가야와 백제 토기와 같은 유물이 나오면 일본 왕실은 물론 일본인 전체가 난처한 일이 될 수 있기 때문이다.[221]

그런데 그런 난처한 일은 여전히 진행 중이다. 14세기 후반 왜구의 노략질로 인해 우리는 한 점도 없는 고려 시대의 그림(대부분 불화)을 일본은 90여 점이나 소장하고 있다. 이중 절반 이상을 중국의 그림이라고 생각해 일본 정부는 문화재로 등록했다.[222] 그런데 코벨 교수에 의하면 특히 종교 회화는 정확한 역사의 기록이다. 종교 회화는 종교상의 목적에 맞는 주제를 다루기 때문에 종교적 권위를 나타내기 위해서는 무엇보다도 정확한 묘사가 중요하고, 따라서 종교 회화는 전통적 규범을 따르기 마련이라는 것이다.[223] 중국의 그림이라면 문화재가 되고 한국 것이라면 문화재가 될 수 없다는 일본인들의 묘한 논리가 딜레마에 빠진 것이다. 이런 의식을 가지고 있는 일본은 덕수궁 미술관이 완공된 1930년대에 한국에 이렇다 할 미술사랄 것이 없다고 비하하기에 바빴다. 물론 일본이 이 정도에서 물러나지 않을 것이라

---

220) 코르테스의 기병대는 단 250기로 멕시코 전역을 정복했고, 피자로는 60기만으로 페루를 정복했다. 서양 사에 의하면 남미 대륙 원주민들은 난생처음 보는 기병대와 그들의 금속제 무기에 완전히 얼이 빠졌다. 존 카터 코벨, 김유경 편역, 『한국문화의 뿌리를 찾아』, 눈빛, 2021, p.56
221) 존 카터 코벨, 김유경 편역, 『부여 기마족과 왜』, 글을읽다, 2006, p.33~38
222) 존 카터 코벨, 김유경 편역, 『부여 기마족과 왜』, 글을읽다, 2006, p.210
223) 존 카터 코벨, 김유경 편역, 『일본에 남은 한국미술』, 글을읽다, 2011, p.221

는 사실을 우리는 잘 안다. 그렇지만 최소한 시간만큼은 일본 편이 아
니다.

또 코벨 교수에 의하면 한국 미술사는 제자리를 찾아가는 중이란
다. '그 나라의 예술이야말로 가장 신뢰할 수 있는 그 나라의 역사
다.' 라는 말은 일본을 압박하기에 충분했다. 일본도 고분 발굴을 통
해서 가장 믿을 수 있는 자기네 역사의 참모습을 찾고 싶을 것이다.
그러나 이제 일본으로서는 고분 발굴은 매우 위험한 일이 됐다. 그들
이 비틀은 역사의 역습인 셈이다. 일본이 한국을 식민지배하지 않았
더라면, 일본의 초대부터 25대 왕까지 한국인이었다는 사실이 일본인
에게 그리 고통스러운 일은 아니었을 것이다. 일본이 언제까지 오사
카와 나라 일대의 고분 발굴을 미룰 수 있을지 지켜보는 일은 흥미롭
기까지 하다. 일본인들이 키우는 피노키오의 코는 점점 커져만 가고
있다.

5장

정관헌
앞에서

5장 정관헌 앞에서

20. 담장 너머 영국의 전언

패권국 영국

덕수궁 북쪽 이웃은 영국이다. 북쪽 담 하나를 경계로 영국대사관과 갈린다. 영국대사관이 총영사관으로 이곳에 움튼 것이 1884년이니 올해(2023) 140년이 됐다. 영국대사관처럼 이전을 한 번도 안 하고 줄곧 그 자리를 지키고 있는 곳은 영국 외에도 처음에는 미국공사관이었던 정동의 미국 대사관저와 명동의 중국대사관이 있다. 이들 나라의 공통점은 살아있는 제국이란 점이다. 지구상의 5대 제국 중 로마제국과 칭기즈칸 제국은 사라졌지만, 영국·미국·중국은 여전히 덕수궁 주변을 각 대사관 혹은 대사관저로 에워싸고 있다. 140여 년 전 서구의 열강 세력들이 서세동점 하던 흔적이 그대로 남아있는 곳이

덕수궁이란 의미이다. 그런 덕수궁 북쪽 담장 너머에 있는 영국 땅의
의미를 살펴보자.

　19세기에는 영국이 세계 최고의 패권국이었다. 영국이 패권국이 된
여러 이유가 있겠지만, 결코 우연이 아니라는 사실은 영국이 조선과
수교하는 과정에서도 찾아볼 수 있다. 즉 영국은 조선에 대하여 철저
하게 분석한 후 접근했다. 영국은 조선과 조영수호통상조약을 1883년
에 체결하였지만, 그 이전에 1854년부터 조선과 연관된 일련의 사태
를 분석했다. 병인양요와 제너럴셔먼호 사건, 신미양요, 운요호 사건
등을 분석하고는 청의 간섭없이 조선이 독립적으로 내치와 외교를 행
한다고 판단하였고, 한편으로는 조선은 청나라의 속국으로서 의무를
다함으로써 효과적으로 독립을 유지한다고도 판단하였다.[224] 한 치
의 오차도 없이 분석해냈다. 그렇지만 영국에게 있어서 지고의 선은
자국의 이익이었고 자국의 이익이라면 한 나라의 주권을 무시하는 행
태는 아무렇지도 않게 불사했다. 1885년 거문도의 불법 점령이 그 한
예다.

　또 하나의 예를 들어보자. 앞서 돈덕전을 살펴봤는데, 이의 이야기
를 조금 더 해보자. 전술한 바와 같이 해관을 내보내고 그 자리에 돈
덕전을 지었다고 했는데, 해관 자리에 돈덕전이 우연히 들어선 것이
아니다. 영국은 자국의 이익을 극대화하기 위해서 상대국의 해관을
장악하는 방법을 사용하였다. 청나라의 해관을 총세무사 하트(R.
Hart)를 통해 장악했고, 조선의 해관도 하트의 감독하에 두었다. 즉
1883년 처음 설치된 조선 해관은 청일전쟁 이전까지는 청나라 해관의
실질적 간섭하에 있었다.[225]

　224) 한승훈, 「1882~1884년간 조선과 영국의 관계 정립 과정 연구」, 『한국근현대사연구』 제104집, 2023,
　　　p.19
　225) 한국학중앙연구원, 한국문화대백과사전, 총세무사

이런 상황에서 1893년 총세무사로 임명된 영국인 브라운은 조선 해관을 모국인 영국의 정치·전략적 목적에 따라 운영하였고, 이를 두고 미국 공사 알렌(H.N. Allen)은 "브라운이 영국공사관의 실질적인 대표자"라고까지 말하였다. 알렌의 말은 해관이 담장 하나로 영국공사관과 이웃하고 있었던 바를 이해할 수 있게 해준다. 해관은 공식적으로는 대한제국의 주요 기관인데 실질적으로는 영국의 이해관계에 운영되는 관청이었으니, 해관이야 말로 식민지화의 전초 기지라고도 할 수 있겠다.

여기에 영국의 영원한 맞수인 러시아가 총세무사 자리를 노렸다. 1897년 6개월간 영국과 러시아가 총세무사 자리를 놓고 치열하게 쟁탈전을 벌였는데, 이때 영국은 총세무사 자리를 보존하기 위하여 인천으로 군함 8척을 파견하고 무력시위를 하는 데 주저하지 않았다. 그 결과 영국은 러시아에 탁지부의 고문직은 양보하였지만, 브라운의 총세무사 직은 계속 보존할 수 있었다. 1901년 다시 대한제국 정부는 브라운을 해고하였지만, 영국은 고용계약 기간이 끝나지 않았다며 또 다시 군함 4척을 인천으로 보내 무력시위를 하였고, 대한제국 정부는 브라운의 해고를 철회하는 대신 해관을 이전하는 것으로 영국과 타협하였다.[226] 즉 돈덕전을 짓기 위하여 해관이 이전된 것이 아님을 알 수 있다. 브라운을 앞세운 영국의 패권은 1905년 11월 30일까지 대한제국에서도 예외 없이 발휘되었고, 영국은 을사늑약이 체결되자 이후의 일은 일본으로 넘기고 유유히 한반도를 떠났다.

여담이지만 우리는 한때 영국을 '신사의 나라'라고 불렀는데 이전에 우리는 영국을 가까이한 적도 연구한 적도 없었다. 그렇다면 신사의 나라라는 말은 우리가 만든 말이 아닐 것이다. 그렇다. 이 또한 일

---

226) 김현숙, 「대한제국기 정동의 경관 변화와 영역 간의 경쟁」, 서울과 역사 권 84호, 2013, p.130,138

본이 만들어낸 말이다. 메이지 유신 이후 미국과 유럽에 대규모 사절단을 파견한 일본은 특히 영국에 주목하면서 '탈아입구(脫亜入欧)'를 외치는 모델로 삼는다. 영국은 일찍이 산업혁명에 성공하면서 천민자본주의와 식민주의를 앞세워 '해가 지지 않는 나라'가 이미 되어 있었다. 이런 영국의 밝은 면만을 보고 이를 동경한 일본의 지식인들이 영국을 '신사의 나라'라고 한 것이다. 영국은 민주주의의 종주국이기도 하지만, 패권을 잡고 행사하면서 저지른 만악(萬惡)의 근원인 나라이기도 하다. 특히 우리를 포함한 아프리카와 아시아의 여러 나라 사람에게 끼친 해악은 더욱 그렇다. 그런데 우리는 영국을 "교양 있고 점잖고 매너 있는 신사의 나"라고 찬양한다. 일본인에게는 영국이 신사의 나라일지언정 우리에게는 결코 아닌데도 말이다. 물론 영국이 스스로 신사의 나라라고 자처한 바는 없다.

고종의 짝사랑

고종이 러시아공사관에서 일 년 만에 경복궁이 아닌 경운궁으로 돌아온 것은 바로 이웃에 미국공사관과 영국영사관이 있었기 때문이었다. 고종이 러시아공사관에 머물고 있을 때 러시아와 일본은 베베르·고무라 각서와 로마노프·야마가타 의정서[227]를 체결했다. 국제사회의 비정함을 극단적으로 보여주는 사례이지만 고종이 이를 인지한 것은 경운궁으로 돌아오고 난 후였다.

이런 국제정세 속에서 고종은 영국을 주목했다. 영국은 국제적 보

---

227) 주요 내용은 다음과 같다. 일본은 서울-부산 간의 전신선을 보호하기 위하여 200명의 일본 헌병을 주둔시키고, 서울과 개항장의 일본 거류민을 보호하기 위하여 서울에 2개 중대, 부산과 원산에 1개 중대의 일본군을 주둔시킨다. 러시아도 러시아공사관과 영사관의 보호를 위하여 동수의 병력을 주둔시킬 수 있다. 러일은 조선이 외채가 필요하면 두 나라가 원조한다. 이외에 비밀 조항으로 러일이 조선에 군대를 파병할 때 각자를 위한 활동 영역을 설정한다는 조항을 두어 조선의 주권을 침해했다. 현광호, 「영일동맹 이후 주한영국공사의 활동」, 역사문화연구 제28집, 2007, p.225

장하에 조선을 중립화하자고 주도적으로 제의한 적이 있으며 1893년에는 영국이 영사관을 공사관으로 승격시키자 고종은 이에 고무되었다. 하지만 공사관으로의 승격은 일본이 영국과의 의사결정을 신속하게 하고자 일본이 영국을 종용한 결과였다. 이런 사실을 고종이 알 리가 없었다. 그러나 이에 고무된 고종은 1897년부터 거의 매년 전권공사를 영국에 파견하여 대영 외교를 강화하였고, 해관 총세무사 맥리비 브라운을 재정 고문으로 위촉한 것도 영국에 대한 기대감이라고 이해할 수 있다.

　1899년 러시아가 마산포 조차를 요구하자 고종은 이를 거절하였지만, 영국이 마산포에 영사관 설치를 위한 부지를 요청하자 고종은 신속하게 조치하라고 지시했다. 이뿐만 아니라 1902년 4월에는 영국 에드워드 7세의 대관식에 대규모 축하사절단을 파견했고, 금 매장량이 풍부한 은산금광을 영국에게 내주기도 했다. 러시아가 압록강 강변의 용암포를 점령하자 영국 공사 조던(J. N. Jordan)과 상의하여 의주를 개항하여 대응하였다. 고종이 이렇게 영국에 동조하고 영국의 의견을 수용한 것은 영국이 한반도를 탐내는 러시아와 일본의 한국 침략을 제어해주기를 기대한 것이었고, 고종은 영국이 러일 간의 세력 균형자의 역할을 간절히 기대했기 때문이었다. 영국 공사 조던도 고종이 열강을 서로 견제시키려고 하고 있다는 의도를 인지했다.[228] 그렇지만 영국은 고종보다 두 수 세 수 위였고 일본과 군수 동맹을 맺기 전부터 일본으로 기울어져 있었다. 러시아의 적은 영국의 친구였고, 한 발 더 나아가 일본이 러시아에 대항토록 한 것은 영국식 이이제이이기도 했다.

　고종의 중립화 노력은 최선을 다했지만, 그 결과는 애처롭고 초라

228) 현광호, 「대한제국기 고종의 대영 정책」, 『한국사연구』 제140호, 2008, p.231~236

했다. 대한제국은 지방군은 거의 없다시피 하였고 중앙군은 있어도 그 수효가 적고 화력조차 매우 미미했다.[229] 일본·러시아 등 주변국과 열강 등의 군사력과는 비교조차 할 수 없는 지경이었다. 따라서 고종이 국권을 유지할 수 있는 유일한 방편은 중립화뿐이었다. 러일전쟁이 임박해지자 고종은 브라운에게 국외중립 문서를 기초하도록 하고, 러시아와 일본에 주재하는 공사들을 통해 각 정부에 한국의 국외중립 의사를 전달하도록 했다. 예식원 번역과장 현상건[230]을 유럽에 파견하여 중립화의 가능성을 타진하도록 했고, 1904년 1월 21일에는 즈푸 주재 프랑스 부영사의 지원으로 중립 선언문을 각국에 발송까지 했다. 주한 외국 사절들은 중립 선언문을 접수했다고 한국 정부에 통보해오자 고종은 이를 중립에 대한 승인으로 확대해석했다.

그러나 당시 열강들은 한국의 중립선언에 무관심했다. 식민주의와 제국주의가 광풍이 불던 당시에 힘없는 작은 나라의 중립선언에 신경 쓰는 것은 오히려 정상이 아니었을 것이다. 한술 더 떠서 고종이 그렇게 자문을 의뢰했던 영국 공사 조던은 한국은 서울을 먼저 점령하는 측의 지배로 들어갈 것이고, 따라서 한국의 중립선언은 아무런 의미

---

[229] 러시아 군사 교관들은 1896~1898년간 한국 군대를 다음과 같이 묘사했다. 서울에는 5개 대대 보병의 3,325명과 기병 85명이 있다. 하사의 임기는 일정하지 않은 채 고용되고 서약서조차 없다. 봉급은 높고 할 일이 별로 없었기 때문에 군대에 들어오고 싶은 사람들은 많다. 훈련은 다만 오전 4시간 하고, 남은 시간에 하사들은 집에서 지낸다. 장교들은 훈련에 무관심하고, 훈련조차 일본 구령을 아는 장교와 하사들만 훈련한다. 나머지 장교와 하사들은 구경꾼으로 오거나 훈련에 전혀 참여하지 않는다. 장교는 육군대신의 주청으로 진급하게 되는데, 장교가 되려면 육군대신이나 고위직을 알아야 하며, 그렇지 않으면 육군대신에게 뇌물을 줘야 한다. 육군대신은 승진 장사로 자기의 재정 문제를 해결한다. 대대장 또는 중대장에 취임하고자 하면 10~12$를 주어야 하고 수입이 많은 자리는 더 많이 바쳐야 한다. 뇌물을 줄 수 없는 젊은이들은 부족하고, 늙어서 농업에 종사할 수 없는 사람들이 취직해 있다. 박 벨라 보리 소브나, 「러시아공사관에서의 375일」, 『한국정치외교사논총』 제18집, 1998, p.167

[230] 예식원은 대외 교섭과 예식, 황제의 친서와 국서를 담당하는 궁내부 산하 부서이고, 현상건은 프랑스어를 전공하였으며 일제강점기 의병운동과 대한민국 임시정부에서 활동한 독립운동가이다. 한국학중앙연구원, 한국민족문화대백과사전, 대한제국, 또 현상건은 러일전쟁 발발 직후 고종의 프랑스공사관 파천 시도에 주도적인 역할을 했다. 그럿트 빠스깔, 「고종과 프랑스(1866~1906)」, 『한국문화연구』 12, 2007, p.264

가 없다고 본국에 보고까지 했다.[231] 아쉬울 일이 없는 세계 최고의 패권국 영국이 고종의 의도를 순순히 따를 리는 만무했다. 오히려 영국은 한국의 국외중립을 거부하고 일본의 한국 침략을 방조하고 지지했다.

영국은 일본이 러시아와 단독으로 싸워서 패배하면 러시아가 한반도와 북중국 일대의 패권을 장악하는 것을 두고 볼 수만은 없었다. 그렇다고 동맹국으로서 이 전쟁에 영국이 개입하면 러시아의 동맹인 프랑스도 참전할 수도 있었다. 영국은 자신의 전쟁 참여는 백해무익하기에 프랑스와의 관계 개선을 도모했고, 그것은 자연적으로 러시아로부터 프랑스를 떼어놓는 결과를 가져오는 것이기도 했다.[232] 이제 영국은 뒤에서 일본을 지원할 수 있게 되었다.

담장 너머에서 전하는 말

외교에서 영원한 적도 영원한 친구도 없다는 말은 예나 지금이나 참된 말이다. 러시아는 러일전쟁에서 패한 후 포츠머스에서 을사늑약의 부당성과 불법성 등을 제기하면서 한국 문제를 공론화하려 했다, 이의 한 방편으로 러시아는 헤이그 만국평화회의에 한국을 초청까지 했다. 하지만 1906년 4월에 영국·프랑스·러시아가 협력하여 독일을 고립시킴으로써 러시아와 영국과의 관계가 개선되었다. 이어서 러시아는 일본과의 관계도 개선하게 되자 러시아는 한국의 헤이그 평화회의 참가 여부를 일본 정부에 물었고, 그리고 자연스럽게 러시아는 한국 초청을 철회하였다. 이런 국제정세에 힘입어 이후 일본은 자신의 포부를 일사천리로 펼칠 수 있었다. 1907년 7월 10일에 일본 정부는 '한국 처리방침'을 전격적으로 결정하고 이토 히로부미에게 이를

231) 현광호, 「대한제국기 고종의 대영 정책」, 『한국사연구』 140, 2008, p.240~242
232) 김원수, 「러일전쟁과 영국의 앙탕트 외교, 1902~1905」, 『세계역사와 문화연구』 제32집, 2014, p.53

일임했다. 7월 19일에는 고종의 퇴위가 발표되었고 같은 달 24일에는 정미칠조약이 체결되었으며 8월 1일에는 군대가 해산되었다. 그리고 주한 총영사 헨리 코번(Henry Cockbun)은 8월 27일 순종 즉위식에 참석함으로써 일본의 동맹국으로서 의무를 충실히 수행했다.

영국은 1902년 제1차 영일동맹을 통해서 일본이 러시아와 전쟁을 할 수 있도록 실마리를 제공하거나 지원했고, 1905년 제2차 영일동맹에서는 일본의 한국 보호국화를 명문화하였으며, 1911년 제3차 영일동맹에서는 한국 관련 조항을 삭제하여 한일병합을 공식적으로 승인하였다.[233]

담 하나 사이의 영국대사관이 과거에 한 일들이다. 그리고 140년이 지나도록 덕수궁 옆자리를 굳건하게 지키고 있다. 여전히 내 탓보다는 남 탓을 많이 하는 우리에게 경고하고 있는 것처럼 보인다. 과거의 일로 영국을 비난하고자 함이 아니다. 역사는 반복되는 만큼 반면교사로 삼자는 것이다. 한국의 독립을 반대했던 윈스턴 처칠은 반성하지 않으면 암울한 역사는 되풀이될 수밖에 없다고 경고한 바 있다. 우리나라는 국어와 영어·수학이 수능시험의 주요 과목이지만, 영국은 자국의 역사와 지리라고 한다. 영국의 역사가 세계사이고 영국의 지리가 세계 지리였으니 충분히 이해할 수 있는 대목이다.

신헌(申櫶) · 신정희(申正熙)의 집

영국이 영사관을 개설하기 위하여 부지를 조사한 것은 조영수호통상조약이 체결되기 이전부터였다. 주일 영국 공사 파크스(Harry Parkes)는 1882년 8월에 애스턴(William George Aston)을 조선으로 보내 부지 선정을 맡겼다. 애스턴은 조선어를 구사할 수 있었고 조선

---

233) 김원수, 「일본의 대한제국 보호국화와 영국의 대한 정책」, 『한국독립운동사연구』 통권 51호, 2015, p. 204~205

역사에도 밝았기 때문이었다. 이어서 애스턴을 초대 총영사로 임명했는데, 미국이나 독일과 달리 영국은 조선 전문가를 초대 총영사로 임명했다. 당시 패권국가답게 사전에 철저하게 준비했음을 여기서도 알 수 있다.

1883년 4월 애스턴이 영사관을 마련할 부지로 지금의 영국대사관 자리를 선정한 것은 1883년 4월이지만 정작 매매가 이루어진 시기는 1884년 5월이다. 이곳은 1876년 강화도조약을 체결했던 신헌의 아들 어영대장 신정희의 집이었다. 신정희는 임오군란에 대한 책임을 지고 임자도로 귀향 가 있었고, 죄인의 아버지 신헌 또한 관행적으로 서울에서 300리 떨어진 곳으로부터 칩거하고 있었기 때문에 매매가 지연되었던 까닭이다.[234]

그런데 신헌의 신분은 무관이다. 18세에 무과에 합격해서 무인의 길을 줄곧 걸었다. 병인양요에 참전했던 신헌은 승리에 들뜬 다른 이들과는 달리 프랑스와의 현격한 전력 차이를 인정하고 종합적인 방어 대책을 고종에게 건의했다. 즉 군비 확충을 공론화하고, 훈련대장과 지금의 서울시청 자리에 있었던 군기시 제조를 겸하면서 새로운 무기와 화약 무기류 등을 개발하기도 했다.[235] 이렇게 전형적인 무관인 그가 강화도조약과 1882년 조미수호통상조약에 외교관으로 등장한 것은 어떻게 이해해야 할까? 이는 시대의 흐름을 읽는 식견과 전문지식 그리고 협상력과 강단 등을 두루 갖춘 문관이 없었던 것은 아닐까?

고종은 영국을 짝사랑했다. 그래서 신헌·신정희의 집을 영국에게 집을 팔도록 했는지도 모른다. 어쨌든 결과적으로 일본이 한국 침략을 하는데 배후에서 지원한 영국에게, 일본의 군수 동맹국인 영국에

---

234) 한승훈, 「1882~1884년 영국의 공사관 부지 선정과 매입을 둘러싼 외교교섭」, 『서울과 역사』 권 98호, 2018, p.105
235) 최진욱, 「申櫶(1811~1884)의 생애와 활동」, 역사와 담론 제57집, 2010, p.86

게 신헌은 집과 땅을 팔았다. 이에 대한 원통함 때문인지 송구함 때문인지 한국군 정위 신팔균은 한일병합 후 만주로 망명하여 항일투쟁을 하다가 전사했다. 신팔균은 신헌의 손자다.

덕수궁 돌담길

덕수궁과 영국대사관은 담장 하나로 경계하고 있지만 큰 나무들로 경계를 짓고 있기도 하다. 일제강점기인 1933년 12월에 영국영사관은 석조전 지붕 위에서 영사관 내부가 다 보인다고 항의하자 이에 이왕직은 석조전 주위에 나무를 심어 보이지 않도록 하겠다고 약속한다.[236] 그래서 그런지 지금은 회화나무를 비롯하여 느티나무 은행나무 등 큰키나무들이 덕수궁과 영국대사관을 가르고 있다. 큰키나무들로부터 과거 영국의 패권을 연상한다고 하면 지나친 감상일까?

지금은 덕수궁 돌담길을 따라 한 바퀴를 돌며 고궁의 정취를 느낄수 있지만, 이렇게 된 것은 불과 5년 전인 2018년 12월부터다. 영국대사관은 후문 쪽의 100m를 1959년부터 무단으로 점유하고 있었는데[237], 서울시는 2014년부터 4년간에 걸쳐 영국대사관 측과 협의하여

그림26 유니언 잭의 영국대사관, 큰키나무들이 담장을 따라 숲을 이룬다.

2017년 8월 31일에 개방할 수 있었다. 그리고 나머지 70m 구간은 덕수궁 내부로 보행길을 만들고 나서야 돌담길을 완성할 수 있었다.

21. 궁궐에 녹아 있는 도교 문화

그리스 기둥 양식

정관헌(靜觀軒)은 '고요히 바라보다.'라는 뜻을 가진 고종의 휴식 공간이다. 우크라이나 출신의 러시아인 사바친(Seredin-Sabatin)[238]이 설계한 것으로 동·서양의 건축양식이 혼합된 특징을 지니고 있다. 베란다가 전면과 좌우에 있고 기둥의 양식은 서양 건축 기법을 사용했으며 기둥과 기둥 사이의 낙양각과 그 안의 문양은 전통적인 우리의 방식을 따랐기 때문이다. 종종 동·서양의 건축양식을 혼합한 건축물을 식민지 건축양식(Colonial Style)이라 하는데, 햇빛을 피하면서 바람은 통하게 한 베란다가 대표적이다. 그런데 건축학자 임석재는 안쪽 돌기둥과 바깥쪽 나무 기둥 사이의 베란다는 툇마루와 같은 전통 분위기를 자아내고, 서양 신전의 돌 장식에 한국 사찰의 단청을 합해 놓은 모습이라고 하면서 고종이 독립적으로 서양 근대화를 보여주는 역사적인 증거물이라고 서양식 건물 중에서도 정관헌을 예시했다.[239]

한편 덕수궁에 현존하는 서양식 건물에서는 다양한 그리스·로마 건축양식의 기둥을 볼 수 있다. 먼저 정관헌에서는 콘크리트로 만든

---

236) 이순우, 『정동과 각국 공사관』, 하늘재, 2012, p.150,

237) 한승훈, 「1882~1884년 영국의 공사관 부지 선정과 매입을 둘러싼 외교교섭」, 서울과 역사 제98호, 2018, p.111

238) 사바친은 묄렌도르프의 추천으로 1883년에 입국하여 조계지 측량과 각종 건축에 참여했다. 미국인 퇴역 장군 다이와 함께 명성황후의 시해 현장을 목격했고, 독립문을 비롯하여 구성헌, 돈덕전, 손탁호텔, 러시아공사관, 중명전 등을 설계했다.

239) 임석재, 『서울 건축, 개화기~일제강점기』, 이화여자대학교출판부, 2011, p.142

안쪽 기둥은 도리아식의 기둥이고 바깥쪽의 목조 기둥은 컴포지트식이다. 석조전의 전면 기둥은 주두(柱頭)에 소용돌이 모양을 얹은 이오니아식 기둥이고, 곱든 밉든 최초의 전용 미술관인 서관의 기둥은 꽃문양이 있는 코린트식이다. 그리고 석조전 내부로 들어가면 황제의 폐현실의 기둥은 이오니아식과 코린트식이 혼합된 컴포지트식이다. 온갖 기둥 양식을 덕수궁에서 볼 수 있다는 것이 이채롭다.

경운궁 선원전의 화재로 태조의 어진을 정관헌에 임시로 보관한 것이 1901년 2월이니 정관헌은 그 이전에 건립되었음을 알 수 있다.

그림27 좌측부터 정관헌 도리아식, 미술관 코린트식, 석조전 이오니아식, 석조전 내부와 정관헌의 컴포지트식 주두(柱頭)

궁궐 속 도교문화

전통적인 장식인 낙양각(落陽刻)에서는 무엇을 찾아볼 수 있을까? 낙양각은 다양한 문양들로 장식되어 있는데, 남쪽 계단의 중앙에 있는 낙양각에는 황룡과 청룡이 장식되어 있어서 황제의 출입구임을 쉽게 알 수 있게 해준다. 그 양옆의 낙양각에는 대칭으로 모란꽃과 구름과 박쥐로 장식하였고, 그리고 흥미롭게도 호리병 모양의 꼭지도 달려 있다. 나무 기둥의 주두에는 오얏꽃 문양도 보인다. 베란다의 전면 난간의 문양들은 네 귀퉁이의 박쥐와 소나무 그리고 영지버섯을 물고 있는 사슴이 보인다. 여기서 소나무와 사슴과 구름은 십장생들이다.

그림28 십장생, 정관헌   그림29 일월오봉도의 십장생, 중화전, 국가문화유산포털

중화전의 일월오봉도에서 보이는 해와 물, 산과 소나무도 십장생들이고 영지로 대표되는 궁궐의 막새기와를 대부분 장식한 불로초도 십장생이다. 이외에도 장수를 기원하는 문양들은 덕수궁 곳곳에서 볼 수 있는데, 석어당과 정관헌을 가르는 담장에는 시작과 끝이 없는 이른바 무시무종(無始無終)을 상징하는 만(卍)자를 수놓았다. 만(卍)은 만(萬)이기도 한데, 석어당의 툇마루 띠 철에서도 볼 수 있다. 십장생은 대표적인 도교 문화의 유산이다. 도교는 선교(仙敎)라고도 한 데서도 알 수 있듯이 무병장수를 기원하고 살아서도 죽어서도 신선이 되고자 한 종교이다.

또 낙양각 문양에는 박쥐와 호리병도 있다. 박쥐는 한자어로 편복(蝙蝠)이라고 하는데 편복의 복이 '복 많이 받으세요.' 하는 복(福)과

음성적으로 같다는 것에서 박쥐가 복을 상징하게 된 것이다. 박쥐가 아래를 향해 있으면 '복이 내려온다.' 라는 것을 의미하고, 위를 향하고 있으면 박쥐는 야행성 동물이므로 밤에 내려오는 나쁜 기운을 막는 벽사의 의미이다. 또 민속신앙에서 두창신(천연두)은 표주박을 보면 달아나거나 호리병 속에 잡아넣으면 천연두에 걸리지 않는다고 믿었다. 또한 호리병박의 많은 씨는 자손의 번창을 기원하는 것이며, 도교의 신선들은 선약(仙藥)을 호리병에 넣고 다니면서 사람들을 치료해주었다. 따라서 호리병은 선약의 상징이기도 했다.[240]

그림30 박쥐와 호리병, 정관헌

그런데 조선은 성리학의 나라임에도 불구하고 궁궐에는 도교 문화의 흔적들이 곳곳에 널려있는 이유는 무엇일까? 그것은 의외로 쉽게 답을 구할 수 있다. 유교는 국가를 경영하고 현실을 중시하는 실질적인 학문이기 때문에 사후 세계가 없다. 조상에 대한 제사가 있지 않느냐고 반문할 수도 있지만, 이 또한 효와 충으로서 예와 질서를 강조하고

240) 임영주, 『한국 전통 문양 2_장 · 오복 · 사랑의 상징 문양』, 도서출판 예원, 1998, p.351

자 했을 뿐이고 이를 실현하는 수단에 불과하다고 할 수 있겠다. 그래서 유교는 유학이라 표현하는 것이 더 적절할지도 모른다. 이러하니 일식·월식 같은 경외한 자연현상과 시도 때도 없이 나타나는 전염병, 가뭄 등의 기상이변 등에 대해서는 유교로서는 속수무책이었고, 결국 전통사상에 의존할 수밖에 없었을 것이다. 여기에는 왕도 사대부도 예외일 수는 없었다.

그리고 또 하나의 다른 이유는 정치적으로도 왕은 오래 사는 것이 매우 유리했기 때문이다. 신권이 유난히 강했던 조선에서는 왕권 강화의 확실한 방법 가운데 하나는 영조처럼 장수하는 것이었다. 현실적인 학문이기도 했지만, 관념적이기도 한 유학을 공부하는 것은 왕이나 신하인 사대부들이나 다를 것이 없었겠지만, 수적으로는 당연히 왕이 불리했다. 한 사람이 여러 사람을 상대로 하는 싸움은 애초부터 승패가 분명하였으므로 왕은 영조처럼 오래 사는 것이 왕의 권력을 행사하는 데 절대적으로 유리했다.

그래서 궁궐 곳곳에는 왕의 장수를 기원하는 문양으로 가득 차 있다고 볼 수 있다. 도교에서 소원을 빌며 신들에게 올리는 제사를 초제(醮祭)라 하였는데, 이 초제를 지낸 곳이 태조 때는 소격전이라 하였고 세조 때는 축소하여 소격서라 하였다. 그러다가 조광조의 주장으로 중종 때 폐지되었다가 기묘사화 이후 잠시 부활하였고 임진왜란 이후가 되어서야 완전히 폐지되었다. 도교가 유입된 것은 고구려 때였으니 그 역사가 깊다. 인위적으로 도교의 관청과 제도는 폐지할 수 있을지언정 문화의 원형을, 더군다나 믿음의 원형을 의도적이든 강제적이든 제거한다고 해서 없어지는 일은 아님을 알 수 있다.

이런 측면에서 보면 궁궐에 유입된 도교 문화는 십장생만이 아님을 쉽게 유추할 수 있다. 중화전의 서쪽 드므에 '희성수만세(喜聖壽萬

歲)'라고 새겨져 있음을 기억해보자. 여기서 성수(聖壽)는 임금의 나이나 수명을 높여 이르는 말이다. 중국에서는 신령과 신선, 부처의 탄생일에 제사를 지내는데, 이들에게도 물론 높고 낮음이 있었다. 따라서 신들의 탄생일을 순서대로 보면 만수(萬壽), 성탄(聖誕), 천추(千秋)이고, 부처의 경우에는 수탄(壽誕), 불탄(佛誕) 순이었다.[241] 대한제국 고종황제의 탄생일을 만수성절(萬壽聖節)이라 하고, 황태자의 탄생일을 천추경절(千秋慶節)이라 한 것도 여기에서 비롯된 것이다.

또 집을 짓고 상량을 할 때도 대들보에 상량대길(上樑大吉)이라 쓰는 것도, 앞서 살펴본 잡상을 추녀마루에 올리는 것도 궁궐로 유입된 도교 문화들이다. 또 있다. 성과 속의 경계를 가르는 중화전 월대로 올라가는 답도에는 용 문양이 있는데 그 여백을 구름으로 장식하고 있다. 물론 구름도 십장생 가운데 하나이기도 하지만 구름은 무엇에도 구애받지 않고 유유자적하는 모습에서 신선을 연상케 하기에 충분하다. 손오공도 구름을 타고 이동하는 데 신선의 필수 이동 수단을 빌린 것이다. 어쨌든 구름은 도교의 이상적인 세계에 잘 맞아떨어진다.[242]

고려 시대를 배경으로 한 사극을 보면 신하들이 조정에 모여 임금을 향해 '만세(萬歲)'를 외치지만, 조선 시대의 사극에서는 비슷한 장면에서 '천세(千歲)'를 외친다. 고려는 겉으로는 중국에 대하여 사대를 했지만, 안으로는 황제국임을 자처했다. 이른바 '외왕내제(外王內帝)'인데, 왕은 자신을 '짐(朕)'이라 칭하였고 개경을 황제의 수도인 '황도'라고도 하였으며 태조와 광종 연간에는 독자적인 연호를 사용하기조차 했다. 그러나 조선 시대에 들어오면 처음부터 끝까지 중국에 대하여 사대하였고, 따라서 조선의 왕들은 '덕이 부족한 왕 즉 '과

241) 구보 노리타다 저, 이정환 역, 『도교의 신과 신선 이야기』, 뿌리와 이파리, 2004, p.108
242) 황인혁, 『경복궁의 상징과 문양』, 시간의 물레, 2018, p.86

인(寡人)'이라고 하여야만 했다.

그러나 고종은 대한제국을 세우고 황제에 오름으로써 최초로 한반도에 황제국을 세우고 최초의 황제가 되었는데, 이런 공덕은 고종 본인에게도, 모든 백성에게도 베풀어졌다. 고종의 장례일을 기점으로 일어난 '3·1 만세운동'이 바로 좋은 예이다. 만약에 고종이 조선의 왕으로 죽고 나라를 빼앗겼으면 '3·1 만세운동'이 아니라 '3·1 천세 운동'이 되고 말았을 것이기 때문이다.

여기서 천세와 만세는 모두 사람의 얼굴에 새의 몸을 빌린 인면조(人面鳥)이다. 이들은 『산해경』에서 보이는 괴수들로 가뭄과 전쟁을 유발하는 흉조였는데, 도교가 이를 빌려와 불로장생을 상징하는 길조로 변신토록 한 것이다.[243]

준명당 괴석

끝으로 궁궐에 유입된 도교 문화 가운데에는 괴석도 있다. 준명당과 즉조당 전정에는 괴석들이 있는데, 괴석은 중국의 석가산(石假山)에서 유래했다. 정원에 돌을 쌓아 만든 조그마한 산을 석가산이라고 하였는데, 이를 더욱 함축한 것이 괴석이다. 고려 시대의 기록에도 괴석이 보인다. 사대부들이 정원을 호사스럽게 꾸미는 것은 군자의 도리를 위배하는 것으로 여겨지기도 하고 뇌물 공여의 수단으로 괴석이 사용되기도 하였지만, 도가적인 자연적인 삶에 가까이하는 방법으로 괴석만 한 것이 없었다. 굳이 산을 찾아 밖으로 나갈 것 없이 방안에 누워서 있는 그대로의 자연을 느껴보고자 함이었다. 또 이런 괴석을 돌절구나 석지(石池)에 물과 함께 담금으로써 이끼가 자라도록 했다. 고색창연하게 보이도록 함으로써 괴석을 감상하는 자도 경륜이 오래

---

243) 정재서, 『한국 도교의 기원과 역사』, 이화여자대학교출판부, 2006, p.189

되었음을 부풀리기 위함이었다.[244)]

조선 후기의 실학자 서유구가 저술한 『임원경제지』에도 괴석에 관한 내용이 꽤 많이 서술되어 있다. 예를 들면 못 주변에 석가산을 만드는 방법에는 돌을 쪼아서 괴석을 만들고 이 괴석을 여러 겹으로 쌓으라는 것이다. 그리고 괴석의 등급을 살펴보는 법과 진흙과 말똥을 섞어서 이끼를 자라게 하는 방법, 겨울에 괴석을 관리하는 방법과 괴석을 기르고 운반하는 방법 등을 소개하고, 우리나라에서 나는 괴석의 종류뿐만 아니라 중국에서 나는 괴석의 종류도 소개하고 있다.[245)]

돌은 항구 불변이기에 십장생 중의 하나이니 괴석을 가까이에 놓고 감상하는 것 또한 이해할 수 있다. 여기에 자연의 사물이나 동식물을 닮은 괴석이라면 더욱 자연스럽게 도교적 관심 대상이 되었을 것이다. 지금처럼 '빨리빨리' 흘러가는 시간도 아니었을 텐데 그 옛날에도 살아가는 삶에는 고단함(스트레스)이 묻어 있었던 모양이다.

그림31 준명당 앞 괴석들

244) 전영옥, 「조선 시대 괴석의 특성과 산수화와의 관련성에 관한 연구」, 『한국전통조경학회지』 22권 2호, 2004, p.2~7
245) 임원경제연구소 옮김, 서유구 지음, 『이운지 1』, 풍석문화재단, 2019, p.514~517

호머 헐버트

별과 산천을 섬기고 무병장수를 기원하는 도교는 원시 종교인 토테미즘이나 샤머니즘과 습합하는 데는 아무런 장애가 없었다. 지금도 유불선이라고 합처서 칭하지만, 그 안에는 원시 종교도 함축되어 있음이 분명하다. 고려 태조의 훈요 6조는 '연등(燃燈)은 부처를 제사하고, 팔관(八關)은 하늘과 오악·명산·대천 등에 봉사하는 것'이라고 한 데서도 알 수 있다. 그런데 이를 꿰뚫어 본 외국인이 있는데, 바로 호머 헐버트(Homer Bezaleel Hulbert)[246]다. '조선인들은 여러 가지를 믿고 그래서 이것들이 서로 상충하기도 하지만 이를 불편해하거나 혼란스러워하지 않는다. 조선인들은 때로는 불교에 의존하고 때로는 조상에 의존하고 때로는 물신(物神)에게 의존한다. 조선인들은 사회적으로는 유교도이고 철학적으로는 불교도이며 고난에 빠졌을 때는 혼령 숭배자가 된다. 따라서 그 사람의 종교가 무엇인가를 알려면 그가 고난에 빠졌을 때 어느 쪽으로 기우는가를 살펴야 한다.'[247] 헐버트의 뛰어난 통찰력이 아닐 수 없다.

246) 안중근 의사가 말하기를 '한국인이라면 단 하루라도 헐버트를 잊어서는 안 된다.'라고 한 바로 그 사람이다. 헐버트는 육영공원 교사로 조선에 와서 한국의 독립을 위해 한국인보다 더 한국인답게 일제에 싸운 독립운동가이다. 한글의 우수성을 일찍 간파하였고 한글을 배운지 4일 만에 읽고 썼다. 영국인들이 라틴어를 버린 것처럼 한국인들도 결국 한문을 버릴 것이라고 하면서 이미 100년 전에 한글 전용시대를 예견했다. 서재필과 함께 독립신문을 창간했고, 네 번째 헤이그 만국평화회의의 특사였으며, "조선을 일본이 먹는 것을 빨리 보고 싶다."라고 한 을사늑약 당시 대통령인 시어도어 루스벨트와 언론을 통해 공개적으로 일전을 벌인 것은 유명하다. 어느 한국인도 하지 못한 일을 자국의 전직 대통령을 상대로 헐버트는 싸운 것이다. 웨스트민스터 사원보다 한국 땅에 묻히기를 원한 헐버트는 양화진 외국인 묘지에 잠들어 있다. 대한민국 정부는 그에게 1950년 건국훈장과 2014년 금관문화훈장을 추서하였고, 1999년 민간단체인 헐버트박사기념사업회가 발족하여 추모식과 학술회의를 열고 있다.

247) 조현범, 『문명과 야만』, 책세상, 2020, p.173

22. 궁궐에 녹아 있는 불교문화

남성의 유교, 여성의 불교

궁궐에 남아있는 도교 문화의 흔적들에서도 알 수 있었듯이 인위적으로 제도를 폐기하고 강제적으로 믿을 수 없게 한다고 해서 그 믿음이 일순간에 사라지지는 않는다. 문화는 물과 같아서 높은 데서 낮은 데로 흐르고 믿음을 강제하면 용수철처럼 더 강하게 튀어 오른다. 구멍을 뚫어놓고 들여다보지 말라면 더 들여다보고 싶은 심리와 같다고 하겠다. 불교는 도교보다 생명력이 더 질겼는데 불교는 조선 시대 내내 탄압을 받았지만, 뿌리가 뽑히지는 않았다.

어쩌면 내세가 없는 유교가 갖는 한계를 드러낸 것이라고 볼 수도 있고, 불교는 여성의 믿음이었기 때문일 수도 있다. 조선의 남성들에게 유학은 공부하여 벼슬길에 나아가는 방편이었고 유학이 종교였다면, 이런 유학은 조선의 여성에게는 전혀 쓸모가 없는 셈이었다. 여성이 과거를 보고 벼슬길에 나갈 일이 없었을뿐더러 유교는 마음의 위안을 주는 수단도 되지 못했기 때문이었다. 유학을 종교라고 인정하더라도 반쪽짜리에 지나지 않는다. 천국에 가거나 환생하거나 설사 지옥에 가더라도 내세는 죽음이 존재의 끝이라는 것보다는 확실히 더 위안을 준다. 종교에서 내세는 아주 매력적이고 필수적임에도 공자는 왜 이를 누락시켰는지 알 수가 없다.

그러니 조선왕조에서 불교를 아무리 강하게 탄압하더라도 불교는 살아남을 수 있는 충분한 크기의 탈출구가 있었다. 바로 내세와 여성들이었다. 특히 여성에게 있어서 불교는 삼국시대부터 고려를 거쳐 천년을 넘게 뿌리내린 종교였다. 이런 종교를 하루아침에 내치는 일은 불가능했다. 더군다나 불교를 내치려면 그에 상응하는 대안이 있어야 했는데, 내세가 없는 유교로서는 대안이 될 수가 없었다. 조선의 불교는 500년이 넘도록 온갖 핍박과 굴욕을 당하면서도 살아남을 수 있었던 것은 역설적이지만 빈틈이 큰 유교 덕분이기도 했다.

이런 일은 궁궐에서도 일어났다. 궁궐에는 왕과 같은 남성보다는 왕비와 같은 여성이 더 많은 여초(女超) 사회였다. 궁궐은 여성의 세계였기에 궁궐 곳곳에 불교의 문화가 남아있음은 어쩌면 당연한 일이라 하겠다. 또 이와 더불어서 원초적인 사유로 볼 수 있는 것은 왕즉불(王卽佛) 사상이다. 왕즉불 사상은 곧 고대의 샤먼에서 사제로 사제에서 다시 왕으로 발전해온 결과이다. 왕과 부처의 공통점은 신하와 백성, 신도와 중생이 자신을 따라야만 한다는 점이다. 현실 세계의 왕은 무력을 이용하여 자신을 따르게 할 수는 있겠지만, 비용이 많이 들기도 하고 오래 지속되지도 않는다. 위엄이 있어야 하는 이유이다.

또한 중생(신도)이 따르지 않는 부처는 상상할 수조차 없다. 그렇다면 백성과 중생이 자신들을 따르도록 하려면 이른바 부처에게는 신성(hierophany, 성현)이 있어야 하고 왕에게는 절대적인 권위(kratophany, 역현)가 있어야 함을 이미 앞에서 살펴봤다. 이런 신성과 절대적인 권위를 어리석은 백성과 중생이 인식하도록 하려면 확실하게 차별할 수 있는 장치가 필요하다. 이를 눈에 보이도록 한 장치를 '장엄'이라 하는데 산스크리트어 '뷰하'를 뜻으로 번역한 말이다. 장엄은 불교사상을 드러낸 상징으로써 중생이 그 아름다움에 감화되어 부처의 길을 따르도록 하는 포교의 장치이다.[248] 물론 이런 장엄은 용어와 방식만 다를 뿐 다른 종교에서도 똑같이 필요로 하는 장치이기도 했다.

---

248) 심대섭 · 신대현, 『닫집』, 대한불교진흥원, 2010, p.10

닫집과 당가(唐家)

이런 '장엄'을 궁궐에서도 찾아볼 수 있다. 먼저 사찰 대웅전에는 불상이 안치되어 있고 불상 위에는 닫집이 있는데, 장엄의 한 장치이다. 닫집은 인도의 더운 날씨에서 유래했다. 인도에서는 더운 날씨 때문에 일찍이 일산(日傘) 문화가 발달했는데, 왕이나 귀족들은 뜨거운 햇볕을 차단하기 위하여 시종들에게 일산을 받쳐 들고 따라다니게 했다. 이런 관습이 불교의 탑과 불상에 수용된 것이고, 기후가 다른 동아시아로 와서는 닫집이란 형태로 변모한 것이다. 존귀한 자들이 쓰고 다닌 일산이었으니 불상에도 일산을 장엄으로 장식한 것이다. 우산에 해당하는 영어 단어는 'umbrella'이다. 여기서 어원은 'umbra'인데 라틴어로 '그늘, 그림자'의 뜻이다. 요즈음의 양산이 비를 막기보다는 햇빛 차단이 우선이었음을 알 수 있다.

유교 건축물에서는 이를 당가라고 하였는데, 덕수궁 중화전에 어탑 위에도 당가가 설치되어 있다. 당가를 불도장(佛道帳)이라고 한 대서도 알 수 있듯이 당가는 닫집의 또 다른 표현이다. 그런데 중화전 천장에는 또 하나의 당가가 있는데 이를 보개(寶蓋) 또는 천개(天蓋)라고 하여 구별한다.[249] 닫집이 불교에서 전래한 것이지만 유교로 전래하면서는 어탑과 천장 중앙 두 곳으로 발전했다. 중화전의 당가와 천개 안에는 각각 황룡 두 마리가 장식되어 있지만, 사찰에 가면 훨씬 많은 용을 만날 수 있다. 용들도 당연히 장엄의 한 방편들이다.

지금도 인도에서는 외국 정상을 맞이할 때 일산을 씌워 맞이하는 것을 볼 수 있으며, 티베트 불교의 정신적 지도자인 달라이 라마가 일산 접대를 받는 장면은 포털사이트에서 쉽게 찾아볼 수 있다.

---

249) 심대섭 · 신대현, 『닫집』, 대한불교진흥원, 2010, p.15,19

그림32 중화전 당가, 국가문화유산포털 　　　　그림33 일산 쓴 부처, 용궁사

금천과 회랑

또 다른 장엄으로 궁궐의 금천에 해당하는 물길을 사찰에 가도 접할 수 있다. 물이 있다는 것은 손발을 씻고 마음의 때도 정화하고 들어오라는 것인데, 이는 모든 종교의 공통점이기도 하다. 지금도 동남아시아 승려들이 탁발하는 사진을 보면 대부분 승려가 맨발임을 알수 있다. 곧 맨발 문화인 것인데 이곳보다 고대 인도는 더 더웠다. 이물질이 묻은 발로 기도하는 도량에 들어갈 수는 없었다. 궁궐의 금천기능과 다를 것이 없다.

사찰을 사원(寺院) 또는 승원(僧院)이라고도 한다. 승원은 2018년 유네스코 세계유산에 등재된 '산사, 한국의 산지 승원'의 그 승원이다. 여기서 원(院)은 '담, 담장, 절, 사원, 뜰' 등의 뜻을 지닌 한자인데, 즉 '담장이 있는 잘 지어진 큰 집'이란 의미이다. 우기에 비가 내리면 인도에서는 하늘뿐만 아니라 전후좌우에서 비가 들이치기에 우산만으로는 비를 막을 수가 없다. 그래서 회랑이라는 건축물이 생겨났는데 자연스럽게 성과 속을 경계 짓기도 했다.[250] 우리나라의 불국사를 연상하면 되는데, 넓게는 궁궐 전체를, 좁게는 궁궐의 정전도 이처럼 회랑으로 둘러쳐져 있다. 회랑으로 인해 건물의 격이 한층 격상되니 또 하나의 장엄이다.

불교문화의 흔적들

장엄을 위한 장식 외에도 불교에서 유입된 문화의 흔적들이 궁궐 여기저기에서 찾아볼 수 있다. 정문인 대한문을 들어서면 바로 금천교를 건너게 된다. 금천교에서 난간석과 연결된 기둥을 법수(法首)라고 하는데 연꽃 봉오리 모양을 하고 있고, 난간석을 받치는 동자기둥은 연꽃잎 모양의 하엽동자(荷葉童子)이다. 이 하엽동자는 석어당과 즉조당 툇마루의 난간 받침에서도 하엽동자를 볼 수 있다.

만(卍)자는 앞서도 살펴봤지만, 함녕전 지붕의 합각에서도 만자를 볼 수 있고, 석어당과 즉조당의 툇마루에서 부재를 연결하여 고정하고 보강하는데 사용된 띠 철에서도 만자를 볼 수 있다. 또 정관헌과 석어당을 가르는 담장에서도 만자를 찾을 수 있다. 만(卍)은 불교를 대표하는 상징으로서 '만덕(萬德)' 또는 '길상(吉祥)'을 의미하며 태양의 빛이 사방으로 뻗치는 모양을 도형으로 만든 것이다. 원래는 태양을 숭배하는 아리안족의 상징인데 이들이 인도를 정복하면서 널리 퍼졌다.[251] 우리는 만(卍)자가 히틀러의 '하켄크로이츠'와도 상당히 유사함을 알고 있는데, 유럽으로 이주한 아리안족의 후손임을 자처한 히틀러로서는 어쩌면 당연한 선택이었을지도 모른다.

한국 불교에 가장 폭넓게 영향을 미친 사상은 화엄 사상으로, 여기서 화엄 세계란 '잡화엄식(雜花嚴飾)' 즉 모든 꽃으로 장엄하게 한 세계란 의미이다. 그래서 사찰에서는 많은 꽃장식을 볼 수 있다. 꽃 창

---

250) 자현, 『사찰의 상징 세계』, 불광출판사, 2012, p.158
251) 자현, 『사찰의 상징 세계』, 불광출판사, 2012, p.280

살은 궁궐과 사찰에만 허용되었고, 연꽃 문양은 전돌과 기와 막새에서도 볼 수 있다. 또한 판벽에는 화병에 담긴 형태로 꽃이 조각된 사례도 있는데[252], 이를 정관헌의 기둥에서도 볼 수 있고 각각의 화병에는 모두 다른 다채로운 꽃들이 담겨있다.

그림34 좌측부터 석어당 하엽동자, 즉조당 하엽동자, 금천교의 하엽동자와 연꽃 봉우리 법수

이외에도 불교의 연꽃은 궁궐은 물론 유교의 상징인 서원에서조차 사랑받았다. 연꽃은 사치스럽지 않고 은은하며 더러운 진흙 속에서 피어나는 것이 겸양이 미덕인 군자를 나타내기에 적합했기 때문이었으리라. 주돈이의 「애련설(愛蓮說)」로 인하여 유교에서도 연꽃은 사랑받는 꽃이 되었고, 불교 배척론자인 퇴계조차도 도산서원 연못에 연꽃을 심었다.[253] 땅을 파서 물을 가두어 놓은 못을 어느새 모두 '연못' 이라 부르고 있다. 덕수궁에도 일제강점기에 연못이 만들어졌는데 1933년 일제는 영복당과 수인당을 해체한 곳[254]에 연못을 조성하였고 지금도 잔존하고 있다.

어쩌면 유교의 나라 조선이 불교에 가장 크게 신세를 진 일은 새로운 도성으로 한성을 선정한 그 자체인지도 모른다. 태조 이성계의 한

252) 자현, 『사찰의 비밀』, 담앤북스, 2014, p.132
253) 자현, 『사찰의 상징 세계』, 불광출판사, 2012, p.256
254) 한소영·조경진, 「덕수궁(경운궁)의 혼재된 장소성에 관한 연구-대한제국 시기 이후를 중심으로」, 한국
    전통조경학회지 제28권 2호, 2010, p.50~51

양 천도는 그의 의지와 14세기에 불교계의 화두인 삼산양수(三山兩水)가 결합해서 만들어낸 입지를 정도전 등이 수용했을 뿐이기 때문이다. 삼산양수란 나옹선사가 스승인 인도 승려 지공 화상에게 어디에 머물며 살면 좋은지를 묻자, 지공 화상은 삼산양수 사이의 땅이면 불법이 저절로 일어날 것이라 답하였다. 이에 나옹선사는 삼산은 삼각산(북한산)이고 양수는 한강과 임진강으로 보았다. 나옹선사는 공민왕의 왕사가 되어 송광사에서 올라와서는 지금은 절터로만 남아있는 회암사에 머무르면서 지공 화상의 부도를 안치하고 회암사를 대대적으로 중창하기도 했다.[255] 나옹선사의 제자이며 태조 이성계의 왕사이기도 했던 무학대사도 회암사에서 입적하였고, 왕위를 물려준 태조도 이곳에서 오래도록 머물렀다. 지금도 북한산 일대에 사찰이 많은 것도 삼산양수의 영향일 터이다.

인류 문명의 태동부터 사람들은 만물에 영혼이 깃들여 있다고 생각했고, 이것이 샤머니즘의 시작이었다. 자연은 수많은 자연신으로 모셔졌다. 그중에 도드라진 자연은 무엇보다도 하늘이었다. 해는 해신을 낳았고 달은 달신을 낳았으며 별은 수많은 별신을 생산해냈다. 이제 문명화 사회로 진화하면서 중국에서는 천신이 의인화되어 천제가 되고 옥황상제가 되었다. 이런 신들로부터 천명사상과 천자 의식으로 이어졌고 유교적 세계관을 형성하게 되었다.[256] 즉 유교의 천자 사상도 북극성으로부터 비롯된 것인데, 이는 샤머니즘에서 북극성 개념을 빌려 온 것이다.

조선의 궁궐은 곧 유교 문화임을 전제로 하여 궁궐에 유입된 도교와 불교문화를 살펴봤다. 하지만 통상적으로 유불선으로 통칭하듯이

255) 최종현 · 김창희, 『오래된 서울』, 동하, 2018, p.36~40,46
256) 샤머니즘사상연구회(박환영), 『샤머니즘과 타 종교의 융합과 갈등』, 민속원, 2017, p.47

서로의 명확한 경계 없이 상호 보완적으로 문화를 형성해왔다고 봐야 합당할 것이다. 즉 편의상 도교 문화와 불교문화로 나누고 유교 문화와 애써 구분하려고 했지만, 그 근원을 조금만 찾아가면 하나로 귀결됨을 알 수 있다. 다시 한번 확인하면 북극성을 몽골이나 시베리아의 샤머니즘에서도 세계의 축 또는 기둥으로 인식하였고, 터키의 알타인도 똑같은 생각을 가졌다. 고대 이집트의 왕은 북극성을 사후에 돌아가야 할 고향으로 여겼고, 아메리카 인디언들도 중앙아시아의 유목민들도 별들을 신성한 대상으로 여겼다.[257]

23. 정관헌에서 커피 한잔

고종과 커피

그림35 정관헌

 덕수궁에서 커피 한잔하기에 좋은 장소는 아마도 앞이 탁 트인 정관헌이 제일일 것이다. 커피를 좋아했던 고종도 정관헌에서 커피를 마시며 잠시 시름을 잊었을 것이다. 우리나라에 최초로 커피가 유입된 것은 1861년 프랑스 신부들에 의해서이고, 국내에서 커피를 마셨다고 처음으로 기록을 남긴 이는 1883년 보빙사가 미국을 방문했을 때 안내를 맡았던 퍼시벌 로웰(Percival Lowell)이다. 로웰의 기록으로 보아 1884년을 전후로 해서 상류층에서는 커피를 마시기 시작한 것은 틀림없어 보인다. 왜냐하면 이즈음 의사 선교사인 알렌(H.N. Allen)과 영국 영사 칼스(W. R. Carles), 언더우드 부인(L.H. Underwood) 등도 커피를 마셨다는 기록을 동시에 남겼기 때문이다.[258]

고종은 러시아공사관에 머물면서 커피에 익숙해졌다. 그리고 이를 이용한 '독다 사건'이 고종에게 일어났다. 1898년 고종은 생일 다음 날에 청목재(淸穆齋)에서 대신들과 함께 커피를 마셨는데 그 안에는 다량의 아편이 들어있었다. 이를 독립신문에서는 '김홍륙의 독다 사건'이라고 보도했다.[259] 평상시의 커피 맛과 다름을 느낀 고종은 곧 뱉었으나 황태자(추후 순종)는 거의 다 비운 상태였다. 그는 눈동자가 뒤집히는 등 사경을 헤매다가 겨우 살아났지만, 사는 동안에는 후유증에 시달려야만 했다.[260]

당시 독립신문은 커피를 '다(茶)'의 일종으로 봤다. 그런데 '다'는 '차'이기도 하다. 우리말에는 차례도 있고 다례도 있다. 이것은 땅이 넓은 중국으로부터 유래했는데, 중국은 땅이 넓은 만큼 언어도 다양했기 때문이다. 차를 홍콩을 둘러싸고 있는 광둥 지역에서는 차(Cha)라 했고, 대만을 마주하고 있는 푸젠 지방에서는 타이(Tay)라고 했다. 일본, 러시아, 인도, 터키 등에서는 Cha, Chai, Chay 등으로 부르고, 독일, 영국, 프랑스 등에서는 Thee, Tee, Tea, The 등으로 부르는데, 이

258) 이완범, 「커피의 한국 유입과 한국인의 향유 시작」, 한국민족운동사연구 105권, 2020, p.289~296
259) 이완범, 「커피의 한국 유입과 한국인의 향유 시작」, 한국민족운동사연구 105권, 2020, p.309
260) 함규진, 『한국인이 알아야 할 조선의 마지막 왕 고종』, 자음과 모음, 2010, p.258

는 유입된 경로가 서로 달랐기 때문이었다.

이런 차와 관련된 흥미로운 이야기도 전한다. 찻잔은 찻잔을 받치는 접시와 한 쌍을 이루는데 이것은 어떤 연유였을까? 영국과 네덜란드 등에서는 차 대접을 받으면 차를 찻잔 받침 접시에 조금씩 따르고 이를 후후 불며 마셨다고 한다. 차를 식혀 마시기 위함이었는데 찻잔에는 손잡이가 없었기 때문이었다. 중국에서는 뜨거운 차를 식혀서 70도 정도에서 마셨지만, 영국에서는 끓는 물에 홍차를 넣어서 마셨기 때문에 손잡이가 없는 찻잔은 뜨거울 수밖에 없었다.[261] 식혀서 마시는 문화까지는 미처 수입을 못 했나 보다. 우리의 경우 '차례' 는 광둥의 영향을 '다례' 는 푸젠의 영향을 받은 것으로 보인다.

익힌 찬물

어느새 숭늉 문화는 가버리고 식후에는 거의 커피를 마신다. 차나 와인 또는 맥주가 발달한 곳은 대개 물을 그대로 마실 수가 없는 곳이었다. 그러나 우리는 얼마 전까지만 해도 산속 계곡물은 물론이었고 마을 가까이에서 흐르는 물로도 목을 축이곤 했다. 하지만 이제 산업 국가의 반열에 들어서고 그 혜택을 보면서 가마솥 대신 전기밥솥으로 밥한 지가 오래됐다. 이에 따라 부산물인 누룽지가 사라졌고 더불어서 숭늉도 사라졌다. 그 틈을 타서 커피가 대신하고 나섰다. 숭늉만큼의 구수한 맛은 아니지만, 색깔도 향도 유사하고 우리의 맵고 짠 자극적인 음식에는 다른 차보다는 커피가 적합했기 때문이었으리라.

우리의 커피 소비량은 엄청나다. 그래서 그런지 우리나라에 커피가 들어온 지 거의 100년이 되는 1961년에 박정희 소장은 군사 쿠데타를 일으켜 정권을 잡자마자 커피 수입을 금지했다. 커피를 외화 낭비의

---

261) 정기문, 『역사학자 정기문의 식사』, 책과함께, 2017, p.212~216

원인으로 본 것이다. 그리고 26년이 지난 1987년이 되어서야 커피 수입 자유화 조치가 이루어졌다.[262] 그리고 다시 30년이 지난 2018년, 성인 1인당 연간 353잔을 마셔서 세계 성인 평균의 2.7배[263]에 달하는 커피 소비 강국이 되었다. 그리고 숭늉은 '숙냉수(熟冷水)'에서 비롯되었는데 '익힌 찬물'이란 재미있는 말이다.

---

262) 이윤섭, 『커피 설탕 차의 세계사』, 필맥, 2013, p.250
263) https://www.joongang.co.kr/1인당 연간 커피 353잔 마셔, 중앙일보, 2021.11.08

6장

고종이 남긴
유산

6장 고종이 남긴 유산

24. 와신상담(臥薪嘗膽) 결기의 현장

좌 선원전 우 빈전

덕홍전은 1912년 덕혜옹주가 태어나자 조선 총독 데라우치가 고종에게 선물한 것이다. 일제가 방화한 1904년의 대화재로 경운궁이 전소하면서 빈터로 남아있었던 이곳에 덕홍전을 지은 것이다. 그리고 대화재 이전에는 명성황후의 빈전인 경소전(景昭殿)과 혼전인 경효전(景孝殿)이 있었다. 여기서 주목할 점은 고종의 침전(함녕전) 바로 옆에 빈전이 있었다는 점이다. 그것도 아관파천으로 러시아공사관에 머무르고 있을 때 명성황후의 빈전을 먼저 짓고 이어서 빈전 옆에 침전을 지은 것이다. 이것은 고종의 숨은 의도가 있음을 나타낸다.

이를 잘 설명해줄 수 있는 말은 공자의 '춘추의리(春秋義理)'이다.

이를 근대에서 실천한 사례가 백범 김구의 국모의 원수를 갚기 위해 일인을 때려서 살해한 사건이다. 백범은 재판 과정에서 '만국공법에 한 나라의 국모를 살해해도 좋다는 조문이 있더냐? 내가 죽으면 귀신으로, 살면 몸으로 네 일본 임금 놈을 죽여서 이 치욕을 씻겠노라고 하면서, 조선인 재판관에게는 왜황(倭皇)을 죽여 복수하였단 말을 듣지 못했는데 너는 어찌 상복을 입었고 더러운 마음으로 임금을 섬기느냐?'라고 일갈하는 내용이 나온다. 여기서 복수를 하지 못하면 상복도 입을 수 없다는 사실을 알 수 있는데, 이것이 공자의 『춘추』에 나오는 춘추대의(春秋大義)이다.

공자는 군부(君父)가 시해당하면 신하와 자식은 복수하지 않으면 장례 치를 자격도 없는 것이니 이들에게 복수가 우선이라고 가르쳤는데, '군사부일체(君師父一體)'였으니 백범은 당연하게 춘추대의를 실행한 것이었다.

1895년 8월 20일(음력) 새벽에 명성왕후가 살해되고 이를 숨긴 채 고종은 22일 왕후를 폐해야만 했다. 그러나 서구 열강의 공사관에서 명성왕후의 시해가 폭로되면서 고종은 10월 10일이 되어서야 명성왕후를 복위시키고 국상을 선포할 수 있었다. 이로부터 고종은 빈전을 수시로 찾아 명성왕후의 복수와 독립의 결심을 했고 이를 위해 1896년 2월 11일 아관파천을 단행했다. 아관파천 당일에 고종은 을미개혁을 추진한 김홍집 등을 역적이라 적시하고 이에 분개하여 일어난 을미의병은 단발령 때문이 아니라 국모 복수를 위한 충절이라고 추인했다. 이런 일련의 과정은 모두 유교적 가치의 실천이었다.

조선 시대의 빈전과 진전은 왕이 거처하는 궁궐에 모시는 것이 전례였다. 고종은 1896년 8월 10일 경운궁 수리를 명하고, 9월 4일에는 어진을 즉조당으로, 명성왕후의 위패와 유골은 경소전으로 옮기게 했다. 경운궁과 후계 왕계(王系)의 상징적인 건물인 즉조당과 석어당 바로 좌측에 경소전을 지었고, 그 경소전 좌측에 침전인 함녕전을 짓게 하여 1897년 6월에 완공했다. 즉 즉조당-경소전-함녕전의 구성은 곧 정전-편전-침전의 구성이었고, 경운궁의 편전을 명성왕후의 빈전으로 삼음으로써 명성왕후의 복수라는 사실을 상징적으로 드러낸 것이었다.

그리고 1897년 2월 20일 경운궁으로 돌아온 고종은 함녕전 좌측에 선원전을 짓게 하여 4월에 완공하였다. 침전의 좌우에 선원전과 빈전을 두어 빈전은 고종의 복수를 선원전은 왕권의 정통성을 상징하는 체계를 완성하였다. 그리고 고종은 빈전과 선원전을 자주 찾으면서도 빈전인 경소전에 좀 더 몰두했다. 왕태자와 함께 고종이 하루도 빠짐없이 경소전의 제향에 참여한 것은 국모 복수론의 여론을 환기하고 왕권을 강화하기 수단이기도 했다.

명성왕후의 국장이 치러진 것은 대한제국을 선포하고 40여 일 뒤인 1897년 11월 21일이다. 이렇게 오래도록 장례가 연기된 근거는 물론 국모 복수론이었다. 복수하지 않으면 장례를 치를 수 없다는 춘추대의에서다. 고종은 황제에 즉위한 당일에 먼저 경소전에서 명성왕후를 황후에 추봉(追封)하고 그 이튿날 국호를 대한제국으로 선포했다. 그리고 국장이 거행된 이유도 대한제국의 선포로 국가의 자주권이 확립되었고 명성왕후를 황후로 추봉함으로써 어느 정도 복수를 한 것으로 간주할 수 있었기 때문이었다.[264]

유교는 관념이 아닌 실천 사상으로서 유교의 본질은 '예악'이다. 예악은 곧 질서이고, 질서를 구현하는 방편이 효와 충이며, 효와 충을 구현하는 방편이 제사였다. 따라서 조선왕조는 왕조가 지속되는 500

---

264) 신명호, 「을미사변 후 고종의 국모 복수와 군주전제론」, 동북아문화연구 제19집, 2009, p.7~18

여 년 동안 제사를 매우 중시했다. 『소학』에서 국지대사(國之大事)는 '제사와 전쟁'이라 하였는데, 정도전은 그중에서도 제사가 더 중요하다고 했다. 제사를 통해서 왕은 충을 강제하여 왕권을 수호할 수 있었고, 기득권층인 사대부 또한 충을 강제하여 전통의 질서를 유지할 수 있었다. 질서라는 측면에서 제사를 이해할 수 있으면 전쟁(군대)보다 제사가 더 중요한지도 정도전의 생각을 읽을 수 있다.

비록 조선은 임진왜란과 병자호란으로 엄청난 피해를 받았고 후유증에 시달렸지만, 이 두 개의 전쟁을 제외하면 500여 년 존속하는 동안 전쟁은 없었다고 할 수 있다. 요즘에 와서는 외교의 끝이 전쟁이라고 하는데, 예나 지금이나 나라 간의 질서가 최종적으로 파괴되었을 때 전쟁을 선택하는 것은 마찬가지다. 조선은 전쟁의 회피 수단으로 사대교린 정책을 채택했고 그 결과로 오랫동안 안정된 질서를 유지할 수 있었다. 특히 중국에 대한 사대는 현실을 인정한 합리적인 질서라고도 볼 수 있다. 그러나 그 오랜 질서도 영원하지 않으련만 조선의 기득권층들은 애써 외면했고 이로 인해 망국으로 이어졌다고 이해해도 무방할 것이다.

동아시아의 오랫동안 유지되었던 사대교린 질서는 영국에 의해서 허망하게 깨져버렸다. 1840년 아편전쟁이 바로 그것인데 사대에 매몰되었던 조선이 미몽에서 깨어날 수 있었던 절호의 기회이기도 했지만, 조선은 아편전쟁을 강 건너 불구경하듯 하면서 남의 일로 치부했다. 조선은 사대로 500여 년의 왕조를 유지할 수 있었고 같은 기간 동안 문을 걸어 잠갔다. 결과론적으로 정도전은 틀렸다. 그가 살았던 당시에는 제사가 우선이었을지언정 500여 년이 지난 고종 대에는 군대를 뒷순위로 미룬 대가를 톡톡히 치러야 했기 때문이다.

한편 문화는 쉼 없이 흐른다. 문화는 물처럼 높은 곳으로부터 낮은 곳으로 흐르기도 하지만, 때로는 인식하지도 못한 사이에 조용히 스며들기도 한다. 한때 공자를 핍박했던 중국은 이제 제법 국력이 커지자 국제무대에서 공자의 춘추대의를 실천하기 시작했다.

2008년 티베트의 정신적 지도자 달라이 라마를 프랑스 대통령이 면담하자 중국은 160대의 프랑스 항공기 구매 약속을 연기했고, 중국 내에서는 까르푸 불매운동을 전개했다. 당시 베이징올림픽을 앞두고 두 나라의 공방은 치열했었다. 노르웨이가 2010년 중국의 반체제 인사인 류샤오보(劉曉波)를 노벨평화상 수상자로 선정하자 노르웨이산 연어에 대한 검역 강화조치를 내려 사실상 연어 수입을 금지한 바도 있다.[265] 최근에는 코로나바이러스로 인한 팬데믹 기원과 관련하여 호주와 언쟁을 벌이면서 석탄과 바닷가재의 수입을 금지하는 등 크든 작든 복수를 성실히 수행하고 있는 것이 중국이다. 이외에도 중국은 일본·대만·필리핀·몽골에도 복수하고 있고 고전 중이지만 미국과도 한판 붙고 있다.

중국의 춘추대의의 확실한 복수 대상은 다름 아닌 우리나라다. 2017년 미국의 강제에 의한 사드(THAAD, 고고도미사일 방어 체계)의 한반도 배치는 중국의 춘추대의를 실천하게 하는 좋은 구실을 제공했다. 한류 드라마 등의 열풍을 차단하는 기회로 활용했고 중국에 진출한 롯데를 박살 내고 한한령(限韓令)을 자극했으며, 지금도 중국인의 한국 단체 여행을 금지하고 있다. 반대급부로 우리가 할 수 있었던 것은 돈이 안 되는 중국에 반감을 갖는 반중 의식이 80%까지 치솟은 것뿐이었다. 중국은 춘추대의를 속국이었던 한국에게는 여전히 유감없이 발휘하고 있다.

265) 이민규, 「중국 경제 보복 유럽 사례 비교 연구」, 중국지식네트워크 15권 15호, 2020, p.233~248

덕혜옹주(德惠翁主)

덕홍전의 또 다른 주인공인 덕혜옹주는 나라가 망한 지 2년이 지난 1912년에 태어났다. 고종이 환갑에 얻은 늦둥이였으니 새로운 삶의 즐거움이 생겨났다. 고종은 준명당에 유치원을 마련해주고 10살에 덕혜란 이름을 지어주었다. 하지만 일제는 영친왕을 유학이란 명목을 빌려서 일본으로 끌고 갔듯이 덕혜옹주도 13살이 되던 해에 같은 명목으로 일본으로 끌고 갔다. 일본어도 곧 잘했고 동시도 잘 지었던 덕혜옹주였지만 그의 행복은 여기까지였다. 어머니의 죽음과 세 번에 걸친 결혼상대자의 교체, 이어서 사팔뜨기인 대마도주와 결혼하고 이혼하고 딸은 행방불명되었다. 이렇게 저렇게 해서 옹주는 조현병(調絃病, 정신분열증)을 앓았고, 1962년 귀국해서 1989년 창덕궁 낙선재에서 세상을 떠났다.

덕홍전에는 오얏꽃이 새겨진 작은 샹들리에가 설치되어 있는데 조선에 전기가 도입된 것은 빠른 시기에 이루어졌다. 에디슨이 백열전구를 발명한 것이 1879년이지만 건청궁에 전등불을 밝힌 것은 불과 8년 뒤인 1887년이다. 1882년에 조선과 미국 사이에 통상수호조약이 체결되었고, 이에 미국의 초대 공사 푸트(L.H. Foote)의 제안으로 미국에 보빙사를 파견한 것이 1883년이다. 보빙사가 귀국해서 전기설비의 도입을 건의하자 고종이 이를 받아들였기 때문이다.

1884년에 에디슨전등회사에 전기설비를 발주하고 갑신정변으로 일시 주춤하였지만, 동양 최초로 경복궁의 건청궁에 전등불을 밝힌 것은 차질 없이 이루어졌다. 이때 보빙사 전권대사였던 민영익은 "나는 암흑에서 태어나 광명으로 들어갔다가 이제 다시 암흑세계로 되돌아왔다."라는 소감을 피력하였는데[266], 함께 미국의 문물을 보고 온 전

---

266) 서울역사편찬원, 『개항기 서울에 온 외국인들』, 경인문화사, 2016, p.77~81

권 부대사 홍영식과는 갑신정변에서 서로 반대편에 서서 죽고 죽여야 했다.

덕수궁에 전기가 들어온 것은 1902년 10월이고[267] 발전소는 중화문 남서쪽 담장 부근에 있었다.

25. 고종의 마지막 숨결

마지막 카드

1902년 고종은 즉위 40주년을 맞아 칭경 의식을 구실로 하여 밖으로는 영세중립국을 지향하는 방편을 모색하는 한편, 안으로는 서구 문명을 적극적으로 받아들여서 제도 전반에 대하여 개혁을 추구해 나가고 있었다. 그러나 주변의 패권국과 서구의 열강들은 고종과 대한제국의 뜻에는 아랑곳하지 않고 자기들만의 셈법에 따라 움직였다. 남의 물건을 자기의 것인 양 훔치는 도적들이 하는 짓과 다르지 않았다.

1902년 1월 30일 영국과 일본은 제1차 영일 군수 동맹을 체결하고 두 나라는 한국의 독립을 승인한다고 하였지만, 영국은 일본이 한국에 대한 특수한 이익을 갖는다고 임의로 결정해서 청나라에 통보했다. 이어서 영국이 후원하고 일본이 도발한 러일전쟁에서 일본이 승기를 잡자, 영국은 1905년 8월 12일 일본과 제2차 영일동맹을 맺으면서 한국의 독립이라는 내용을 빼고 그 대신에 일본이 한국을 식민지화하는 데 동의했다.

이에 한 달 앞서 미국은 1905년 7월 27일 육군장관 태프트와 일본의 가쓰라 수상 사이에 이른바 태프트-가쓰라 밀약을 체결했다. 극동에

---

267) 김동현, 『서울의 궁궐 건축』, 시공사, 2002, p.205

서의 평화를 위해 영국과 미국·일본이 협력하고, 일본이 한국의 외교권을 제한할 수 있다는 것에 미국이 동의한 것이다. 이때는 러일전쟁이 막판으로 치닫고 있었고 미국 대통령 시어도어 루스벨트(Theodore Roosevelt)가 포츠머스 강화회담을 중재하고 있었다. 1905년 9월 5일 포츠머스조약이 루스벨트의 주도로 러시아와 일본 간에 체결되었는데, 이때 그의 손에 의해서 한국은 일본의 손아귀로 넘겨졌다. 한국에 관한 내용은 '러시아는 한국에 대한 일본의 지도·보호·감리조치를 승인한다.' 라고 명시함으로써 러시아도 한반도에서 떨어져 나갔다.[268]

이렇게 사전 정지작업을 마친 일본은 1905년 11월 17일 강제로 을사늑약을 체결케 한 후 본격적으로 한국을 식민지배하기 시작했다. 을사늑약 체결 당시 한국주차군사령관 하세가와 요시미치(長谷川好道)는 일본군을 완전 무장시켜서 수옥헌(중명전)을 에워쌌고, 서울 시내 전역을 철통같이 경계하는 한편 시내 곳곳에 야포와 기관총으로 무장한 부대를 배치했다. 그래서 우리는 늑약이라고 표현하지만, 그 당시의 만국공법에서는 일상적으로 통용되는 방식이었다.

그렇다고 고종이 손 놓고 있었던 것은 아니다. 1904년 6월 이임하는 프랑스 공사를 통해 러시아 황제에게 지원을 요청하는 친서를 보냈고, 이에 외교적인 수사 차원이지만 '대한제국의 장래는 귀중하며 대한제국은 우방국가이다.' 라고 러시아 황제 니콜라이 2세는 화답했다. 또 고종은 1904년 말에 미국 컬럼비아대학 총장인 니담(Charles W. Needham)[269]을 통해 밀서를 미 국무장관에게 전달하였고, 이승만을 밀사로 지명하여 미국 국무장관을 면담토록 했다. 그리고 전 주한미국공사 알렌(H. N. Allen)을 통해 고종의 친서를 미국 정부에 전달하

---

268) 강준만, 『한국 근대사 산책』, 인물과 사상사, 2007, p.141
269) 니담은 당시 주미한국공사관 고문이었다.

였지만, 미국 정부는 일련의 과정을 모두 무시하였다. 당시 미국 대통령 시어도어 루스벨트로서는 일본과의 관계가 자국의 이익에 훨씬 유리했기 때문이다.[270]

고종은 마지막 승부수를 띄웠다. 네덜란드 헤이그에서 열리는 만국평화회의에 비밀리에 특사를 파견[271]했는데, 의장국인 러시아가 주러시아 공사 이범진을 통해 한국 정부에도 알려왔기 때문이다. 즉 고종은 초청을 받은 것이다. 그러나 고종은 여전히 약육강식의 세계 질서를 제대로 인지하지 못했던 것 같다. 1907년 4월 고종은 주한 프랑스 영사 벨렝(Belin)에게 헐버트의 파견 계획을 알리면서 협조를 구했지만, 오히려 프랑스 영사는 이를 통감 이토 히로부미(伊藤博文)에게 즉각적으로 알려줬다. 이로 인하여 헐버트의 행적은 일본의 정보망에 고스란히 노출되었다. 고종은 러시아 영사 쁠란손(George de Planson)에게도 협조를 구하였지만, 이때 러시아는 일본과 협약을 논의하던 중이었기에 이 또한 효과가 없었다.[272]

이보다 앞서서 1906년 11월 17일 미국 국무장관 루트(Elihu Root)는 주미 일본 공사에게 주미러시아공사 로젠(Roman R. von Rosen)의 노트를 보여주면서 헤이그 만국평화회의에 한국이 초청 대상임을 흘렸

270) 윤병석, 「만국평화회의와 한국 특사의 역사적 의미」, 한국독립운동사연구 제29집, 2007, p.22
271) 한국이 만국평화회의에 참가하면 그 자체로 독립국으로 공인받는 계기가 되니 을사늑약은 자연적으로 무효가 될 수 있었다. 따라서 이는 일본에 일대 타격을 가하는 중대한 사안이었다. 반대로 한국 대표가 회의 참가를 허가받지 못하면 일본이 한국에 대한 보호권을 국제사회에서 공인받는 계기가 되는 것이었다. 따라서 일본은 불법성이 제기된 을사늑약의 국제 공인을 받기 위한 기회로 삼기 위해서 고종의 헤이그 특사를 방임했다. 물론 특사들의 활동을 제어하고 무력화할 수 있었던 자신감이 있었고, 특사 파견을 빌미로 하여 즉시 고종을 퇴위시킨 것에서 알 수 있다. 서울역사편찬원(한성민), 『쉽게 읽는 서울사』, 서울역사편찬원, 2020, p.144
272) 포츠머스조약 이후 열강들은 이합집산을 시작했다. 러시아는 영국과 프랑스에 접근하여 새로운 진영을 구축하고 독일과 오스트리아·이탈리아의 3국 동맹과 대치하기 시작했다. 일본도 1907년 7월 러시아와 1907년 6월 프랑스와 협상을 맺고 독일을 포위하는 데 가담했다. 일본은 러일전쟁 이후 러시아와 여러 차례 협약을 맺고 그 영향력을 만주와 몽골로 확대해 나갔다. 서승원, 『근현대 일본의 지정학적 상상력』, 고려대학교출판문화원, 2018, p.52

다. 이런 국제정세 속에 마냥 희생되었던 대한제국과 고종, 이를 대표하는 헤이그 특사들이 아무런 성과를 창출할 수 없었던 것은 어쩌면 지극히 당연했다. 헤이그 특사들이 만국평화회의 의장이며 러시아 대표인 넬리도프(A.I. Nelidov)를 만나서 회의 참가를 요청하였으나 거절당했고, 평화회의 주최국인 네덜란드 외무대신 후온데스를 만났으나 역시 거절당했다. 식민지인 인도네시아의 안전을 위해서 일본과 불필요한 마찰을 일으킬 필요가 없었던 것이 네덜란드의 입장이었다.[273]

순수한 청년

헤이그 특사들이 할 수 있는 것은 비공식적이지만 국제사회의 여론에 호소하는 길뿐이었다. 먼저 특사들은 만국평화회의의 대변지인 〈만국평화회보〉에 공고사(控告詞) 전문을 실어서 '왜 한국을 제외하는가?'에 대한 반향을 일으켰다. 이에 〈만국평화회보〉 편집장인 영국 언론인 윌리엄 스테드(William T. Stead)가 작성한 '한국의 주장을 찬성하고 일본의 행위에 반대하는 글'은 구미 각국 신문에 전재 되기도 하였다. 여기에다가 이위종의 '한국의 호소'라는 프랑스어 연설은 참석한 모든 기자를 감동하게 하는데 충분했고, 이에 힘입어 폴란드 기자의 제안으로 한국을 동정한다는 결의안이 거의 만장일치로 채택되기도 하였다. 『헐버트 전기(Hulbert's History of Korea)』를 저술한 크로렌스 위임스(Clarance Weems)는 '고종과 헐버트 · 이상설 · 이준 · 이위종은 멸망하는 나라를 위해 최선의 노력을 다했고 훌륭하게 그들의 임무를 수행했다.'라고 찬사를 보내기도 했다. 공식적으로는 대다수 국가는 자국의 이해를 위해 한국 특사들의 호소를 외면했지만, 일

---

273) 한철호, 「헐버트의 만국 평화회의의 활동과 한미관계」, 『한국독립운동사연구』 제29집, 2007, p.178~179, 203~204

본의 폭력적인 침략을 정확하게 이해하는 데는 크게 도움이 되었다.[274]

이들은 헤이그에서 멈추지 않았다. 헐버트가 미국 대통령에게 보내는 고종의 친서를 휴대하고 있었기 때문에 이상설과 이위종은 헐버트와 함께 미국으로 건너갔다. 이들은 미국에서 강연과 인터뷰 등을 통해 일본의 침략 잔혹성과 을사늑약의 불법성을 폭로하면서 한국의 독립을 호소하였다. '왜 미국에 협조를 구하는가?' 란 질문에 이위종은 '영국은 지나치게 탐욕스러워서 난폭한 일본의 정체를 꿰뚫어 보지 못하고 있고, 미국은 친구이며 이기심이 없다. 미국이 독립할 때 프랑스가 도와주었듯이 미국이 한국을 도와주기를 기대한다.' 라고 대답했다.[275] 약관 20세의 이위종은 순수한 청년이었고, 미국에 관한 생각도 그렇게 마냥 순수했다.

궁호 덕수궁

이제 고종은 44년간 하던 일을 멈추고 내려오는 일만 남았다. '부처님 손바닥 안의 손오공' 처럼 헤이그 특사의 일거수일투족을 들여다보고 있던 일제는 드디어 칼을 뽑아 들어서 고종을 향해 내리쳤다. 아니 일본제국주의자들은 이때도 자기들의 손에 피를 묻히지 않았다. 이완용과 송병준 등 매국노들에게 칼자루를 잡게 하여 고종을 향해 내리치게 했다. 1907년 7월 19일 이들은 고종을 용상에서 끌어 내렸고 순종을 즉위시켰다. 7월 20일 중화전에서 가짜들을 앞세워 고종과 순종의 교대식을 행하게 했다.

이어서 7월 24일 정미칠조약으로 이른바 차관정치가 시작되었다.

---

274) 윤병석, 「만국평화회의와 한국 특사의 역사적 의미」, 『한국독립운동사연구』 제29집, 2007, p.40~47

275) 한철호, 「헐버트의 만국 평화회의의 활동과 한미관계」, 『한국독립운동사연구』 제29집, 2007, p.208~212

8월 1일에는 조선왕조의 국지대사인 '제사와 전쟁'에서 제대로 된 전쟁을 수행한 적이 없었던 군대이지만 그나마도 해산되고 말았다. 제사와 전쟁이라는 두 바퀴로 구르고 있던 조선왕조는 바퀴 하나가 빠짐으로써 이제 문 닫을 일만 남았다. 자전거든 수레든 바퀴 하나로 구를 수는 없는 노릇이었다. 이미 1904년 2월 23일 일제에 의해서 강제된 한일간의 군수 동맹인 한일의정서가 체결되면서 한쪽(전쟁) 바퀴의 바람은 이미 빠지기 시작했었다. 8월 27일에는 고종이 불참한 가운데 돈덕전에서 순종이 마지막 황제로 등극하고는 얼마 후 창덕궁으로 떠났다. 이제 경운궁은 역사 속으로 사라지고 세 번째 궁호 덕수궁이 등장하게 된다.

26. 퇴위 후 고종의 일상은?

나머지 바퀴

일제는 하나 남은 바퀴, 제사마저 빼버려야 안심할 수가 있었다. 일제는 여전히 고종에게 남아있는 정통성을 제거하기 위하여 1908년 대대적으로 향사(享祀)[276] 제도를 정리하였다. 이른바 '향사 이정(享祀釐整)'이다. 고종황제의 정통성은 태조고황제 이성계가 하늘로부터 받은 천명을 계승한 것에서 비롯된 것이었고, 이것을 확인시켜 주던 것이 국가 제사였다. 정도전이 군대보다 더 우선시했던 그 제사다. 일제는 최종적으로 고종을 '식물인간'으로 만들기 위하여 국가 제사로부터 황실 제사를 분리하고, 고종에게는 황실 제사권만 부여하였다. 즉 고종의 국가 제사권을 부정함으로써 국가를 대표하는 고종의 정통

---

276) 향사는 제사의 의미이다. 『세종실록』 「오례의」에 의하면 "천신에게는 '사(祀)'라 하고, 지기(地祇)에게는 '제(祭)'라 하고, '인귀(人鬼)'에는 '향(享)'이라 하며" 식별하였다. 샤머니즘사상연구회(이종숙), 『샤머니즘과 타 종교의 융합과 갈등』, 민속원, 2017, p.160

성도 자연스럽게 부정된 것이었다.[277]

'살았어도 산 것이 아니었다.' 라는 말이 있는데, 고종이 그러했다. 어쩌면 44년 동안 짊어진 큰 짐을 내려놓고 싶기도 했을지도 모른다. 고종은 유폐된 공간에서 조용하게 남은 생을 보냈다. 말년에는 누구나 그러하듯이 고종도 먹고 마시고 자는 것 말고는 딱히 하는 일이 없었다. 1911년 7월 순헌황귀비 엄씨가 즉조당에서 급서했다. 그 후 고종은 다수의 궁녀로부터 아들 둘과 딸 하나를 보았고, 늦둥이 아들·딸과 함께 시간을 보내는 것이 일과의 대부분이었다. 아들 둘은 요절했고 남은 딸 하나가 바로 비운의 덕혜옹주다.

승하

1919년 1월 21일 고종은 함녕전에서 승하했다. 고종의 장례는 일본 제국의 국장이었으므로 주요 의례는 일본 황실의 의식으로 진행되었고 간혹 조선식을 가미하였다. 즉 발인하는 덕수궁에서 장례식장까지는 일본식으로 거행되었고 장례식장부터 홍릉까지는 조선식으로 치러졌다.[278] 고종의 장례식을 총괄하는 제관장(祭官長)은 이토 히로부미의 양아들이었는데, 고종의 마지막 길조차 고종을 황제의 자리에서 끌어내린 이토 히로부미가 안내한 것이다.[279] 고종이 죽자 후궁들도 모두 출궁하여야 했다. 함녕전은 고종의 혼전(효덕전)으로 1년간 운영되다가 창덕궁의 선정전으로 옮겨갔고, 이어서 1921년 3월 31일에 명성황후의 신주와 함께 종묘에 부묘 되면서 고종의 덕수궁은 완전히 빈 궁궐로 남게 되었다.

---

277) 신명호, 「융희 연간 향사 이정과 천신 진상 폐지」, 『동북아문화연구』 1권 27호, 2011, p.151~152
278) 장필구·전봉희, 「고종 장례 기간 신선원전의 조성과 덕수궁·창덕궁 궁역의 변화」, 『대한건축학회논문집』 계획계 통권 302호, 2013, p.199
279) 전우용, 『우리 역사는 깊다 1』, 푸른역사, 2015, p.099

묘호

고종은 1863년 12살에 왕위에 올라 1919년 세상을 떠났다. 흥선대원군 이하응의 차남으로 태어나 아버지의 의지로 조선의 마지막 임금이 되었고, 본인의 의지로 대한제국 초대 황제에 올랐다. 그리고 일제에 의해서 태황제가 되었고 이태왕이 되었다. 호칭의 변화가 말해주듯이 격변의 시대를 살다가 생을 마감했다. 고종의 죽음으로 덕수궁의 모진 역사도 일단락되었다.

이태왕의 묘호(廟號)는 '고종(高宗)'이다. 묘호는 신하들이 바치는 이름인데 왜 '고종'일까? '고'에 대한 공식 설명은 '기초를 확립하고 표준을 세우는 것'이라 했지만, '고종'을 묘호로 추천한 자들은 친일파의 거두였던 백작 이완용, 자작 민병석, 자작 윤덕영, 후작 박영효였다.[280] 이들로 봐서 숨은 뜻이 있을지도 모를 일이다. 즉 대한제국의 창업자였건만 '조(祖)'가 아닌 '종(宗)'이다. 이들은 대한제국의 존재조차 부정했다. 이들은 황제 고종을 모시는 시늉만 했을 뿐, 끝내 자신들의 주군(主君)을 철저하게 부정했다. 시종일관 자신들만의 안위를 위해서다.

종묘에는 공신당(功臣堂)이 있다. 고종과 함께 배향된 공신이 누구인지 궁금했다. 후대의 신하들이 그 왕을 모셨던 신하들을 평가하여 공신당에 위패를 모셨는데[281], 신응조, 박규수, 이돈우, 민영환이 고종의 배향공신이다.[282] 지식이 얕은 탓이겠지만 박규수와 민영환과는 다르게 신응조와 이돈우는 낯선 인물들이다. 순종이 살아있었기에 옛 관례에 따라 천거되었으리라 보이지만, 당시 살아있던 자들은 모두 일왕이 주는 작위를 받았으니 아마도 옛사람 가운데서 고르고 골

280) 함규진, 『한국인이 알아야 할 조선의 마지막 왕 고종』, 자음과 모음, 2010, p.39~40
281) 문화재청 국가문화유산포털〉궁궐·종묘〉종묘이야기〉공신당
282) 한국학중앙연구원, 한국민족문화대백과사전, 배향공신

랐을 것이다.

27. 523년, 마침표를 찍다!

진짜 마지막 카드

고종은 삶을 마감하면서 다시 한번 존재감을 드러냈다. 망국하고도 10년이 지났건만 그냥 가기에는 미련이 남았었나 보다. 44년이나 이 끌었던 나라였으니 그럴 만도 했을 것이다. 천도교를 위주로 한 종교계와 교육계 인사들이 뜻을 모아 고종의 장례일을 기점으로 삼아 3·1 만세운동을 기획하고 실행에 옮겼다. 전국적으로 조문 행렬이 이루어질 것임을 염두에 둔 기획이었다.

3·1 만세운동이 전국적으로 확산하고 성공하자 이에 고무된 독립운동가들은 중지를 모아서 1919년 4월 11일 상해에서 대한민국임시정부를 수립했다. 한성과 상해, 러시아 등에 수립되어 있던 각각의 정부는 한성정부의 법통 아래 하나로 통합되었다. 임시정부는 「대한민국 임시헌장」을 반포하고 정강 하단에는 '대한민국 원년' 이라고 분명하게 명기했다. 그리고 제1조에는 '대한민국은 민주공화제로 함.' 이라고 명시했는데, 지금의 헌법 역시 제1조 ①항은 '대한민국은 민주공화국이다.' 라고 하여 상해 임시정부의 법통을 이어받았음을 명확하게 하고 있다. 상해 임시정부는 이로부터 시행하는 모든 공식문서에는 1919년을 대한민국 원년으로 표기했다.

고종은 3·1독립만세운동을 촉발하고 1919년을 대한민국 원년으로 삼게 하고 떠났다. 그리고 마침내 1945년 일제는 항복하였고 우리는 다시 광명을 찾았다. 그로부터 3년 뒤 1948년 8월 15일 대한민국 정부가 수립되고, 9월 1일에는 대한민국 첫 관보(官報)를 발행했다. 이때 표기한 연호가 '大韓民國三0年九月一日水曜(대한민국 30년 9월 1일 수요일)'이었다. 고종의 대한제국이 대한민국으로 거듭 태어난 것이다.

고종은 누구인가?

고종은 어떤 사람이었을까? 외교 고문이었던 오엔 데니(O. Denny)는 황제는 국가의 지도자다운 강건함과 인내심과 낙천성을 보여주었다고 했고, 런던대학교 교수 마르티나 도이힐러(Martina Deuchler)는 고종은 극심한 정치문제를 수동적으로 대처한 것이 아니라 진지하게 노력을 기울였다고 했다.[283] 주한 미국 공사를 역임한 알렌(H. N. Allen)은 고종은 유약했지만 어리석은 바보는 아니었다고 했고, 고종의 암군설의 시원인 신문기자 나라사키 케이엔(楢崎桂園)은 황제의 못된 장난이 정무의 진척을 방해하고 통감의 방침을 배반한 일이 적지 않았다고 했다. 명성황후의 살해에 가담했던 한성신문 기자 기쿠치 겐조(菊池謙讓)는 총명한 자질을 타고난 고종은 군주로서 신하를 조종하고 인심을 수렴하고 새로운 문물을 살피는 데는 역대 어느 왕들보다 뛰어나다고 했다.[284]

그리고 호머 헐버트는 1942년 워싱턴에서 열린 한인 자유 대회에서 고종의 주권 수호 의지를 명백하게 정의했다. "역사에 꼭 기록되어야 할 가장 중요한 사실을 증언하겠다. 고종황제는 결코 일본에 항복하지 않았다. 굴종하여 신성한 국체를 더럽히지 않았다. 휜 적은 있으나 끝내 굴복하지 않았다. 생명의 위험을 무릅쓰고 헤이그 만국평화회의에 호소했으나 성과가 없었고, 생명의 위험을 무릅쓰고 유럽 열강에 밀서를 보냈으나 강제 퇴위 되어 전달되지 못하였다. 그는 고립무원

283) 이상각, 『이경 고종황제 조선의 마지막 승부사』, 추수밭, 2008, p.347,350
284) 이태진, 『고종 시대의 재조명』, 태학사, 2000, p.97~129

의 군주였다. 한민족에게 호소한다. 황제가 보인 불멸의 충의를 고이 간직하자." [285)

헐버트의 말에서 눈에 띄는 것은 '고립무원'이다. 고종의 친형인 이재면(이희)은 기꺼이 경술국적 중의 한 명이 되고자 하였고, 그렇게 했다. 고종이 임면(任免)한 전·현직 고위 관료들은 대부분 나라를 팔고 백성을 저버리는 데 주저하지 않았다. 물론 고립무원에 대한 전적인 책임은 고종에게 있다. 그렇지만 망국의 책임을 고종에게만 묻는 것은 '내 탓이 아닌 남 탓' 하는 비겁한 짓이다. 청나라 말 량치차오 (梁啓超)는 '천하흥망(天下興亡) 필부유책(匹夫有責)' [286)이라고 했는데, 이를 대만의 한 학자가 현대어로 바꾸어 '국가흥망(國家興亡) 국민유책(國民有責)'이라고 했다. 나라의 흥하고 망함은 국민에게 있다는 말이다. 자기 생각이나 주장이 틀림없다고 호언장담할 때 사용하는 '손에 장을 지진다.'라는 속담이 있다. 지도자를 선택할 때 각자의 손가락을 장에 지진다는 각오로 심사숙고하여야 한다. 현대에 들어와서 지도자를 뽑는 몫은 국민이고 그 지도자가 임명한 자들이 고위 관료가 되어 나라의 운명을 결정하기 때문이다.

'역사를 잊은 민족에겐 미래가 없다.'라고 한국의 독립을 반대했던 영국의 윈스턴 처칠 경과 우리 신채호 선생은 경고했다. 즉 반성하지 않으면 불행한 역사는 반복된다는 것이다. 이와 유사하게 실학자 정약용도 일찍이 간파한 바 있다. "비록 뛰어난 지혜를 소유한 자도 허물이 없을 수는 없다. 성인이 되느냐 광인이 되느냐는 뉘우침에 달려 있다."

오늘날에도 우리에게 많은 것을 생각하게 하는 정약용의 말이고, 고종의 덕수궁이 전하는 이야기이다.

---

285) 김동진, 『헐버트의 꿈, 조선은 피어나리』, 참좋은친구, 2019, p.372
286) https://www.hankookilbo.com/ 천하흥망 필부유책, 2021.01.11

나오며

지금의 눈높이로 보면 우리 조상들의 나라인 조선은 참 이상한 나라였다. 군대보다 제사가 우선이었던 나라였다. 그래서 미증유의 임진왜란을 통해 세종 당시 세계 최고의 과학 기술력을 한꺼번에 잃어버렸고 300여 년의 귀중한 역사도 동시에 잃어버렸다. 그리고 나라가 위기에 빠지면 어김없이 나라를 구하기 위하여 의병이 굴기하였고, 그들의 도움으로 위기를 극복하기도 한 나라였다. 반성 없이 머뭇거리다가 개·돼지라고 얕봤던 오랑캐에게 머리를 아홉 번이나 조아렸던 나라였고, 서세동점의 시대에 와서도 머뭇거림 없이 또 의병은 일어나야만 했던 그런 나라였다.

침략의 역사가 없는 것으로 보면 분명한 점은 무(武)보다는 문(文)을 앞세웠던 나라였고, 2023년 등재 기준으로 세계기록유산 18건을 보유하고 있으니 기록유산으로만 치면 세계 4위에 해당함이 이를 증명한다. 그러나 다르게 표현하면 '수신제가치국평천하(修身齊家治國平天下)'에서 천하를 평정하는 진취적 기상을 상실한 이상한 나라였다.

그런데 지금의 우리도 이상하지 않은 것은 아니다. 중국은 6·25전쟁에 참전하여 상당한 병사를 전사시켜 가며 우리의 통일을 방해했다. 중국 주석 시진핑이 미국 도널드 트럼프 대통령을 만나 한국은 2000년 동안이나 중국의 속국이라고도 했다. 제2차 세계대전 전후 처리에서 소련은 일본의 분할을 원했지만, 미국은 이를 반대하고 한반도를 분할하기도 했다.[287] 그런데 우리는 중국이나 미국이나 그렇게 비난하는 것 같지는 않다. 동전의 양면처럼 중국이나 미국은 우리로

---

287) 김용운, 『풍수화』, 맥스교육, 2015, p.461

부터 빼앗아간 것보다 더 많은 것을 주었기 때문이었을까?

은혜를 원수로 갚고 그것도 모자라서 36년간이나 우리를 노예로 부린 일본을 의당 비난하는 것은 마땅하다. 일본은 아직도 우리보다 국력이 크다는 것을 과시하면서 침략적 양태를 여전히 감추지 않고 있다. 독도를 영유권 분쟁으로 삼고 군대 위안부를 부정하고, 고시치노키리를 여전히 총리를 대표하는 문양으로 사용하는 등 제국주의적인 일본의 행태를 경계하고 비난하는 것은 당연하다.

그렇지만 우리가 조상들처럼 이상하지 않으려면 우리 시대의 우리는 중국과 미국과 일본 등을 합리적으로 비판해봐야 한다. 앞의 세 나라에 비하면 여전히 국력이 약세이지만, 우리의 힘도 제법 커졌다. 그리고 대한제국기와는 달리 최소한 제사가 전쟁보다 우선하는 틀은 벗어나지 않았는가? 이에 더하여 이들 나라를 한번은 이겨보자는 진취적 기상을 가진다면 조상들처럼 최소한 이상한 국가는 되지 않을 것이다. 누리호를 우주로 쏘아 올리듯이 그런 진취적 기상이 필요한 시점이라 하겠다. 시간이 흐른다고 하여 본질은 바뀌지 않음을 우리는 이미 알고 있다. 또한 나로 비롯된 것을 남 탓으로 돌린다고 해서 본질은 바뀌지 않는다는 것도 알았다. 앞으로도 때가 문제이지 약하면 먹힌다. 강 건너 불난 집은 좋은 구경거리이지만, 내 집에 불이 나면 불타 죽는 거다.

덕수궁의 역사와 문화를 찾아 공부하면서 깨달음을 하나 얻었다. 시간의 길고 짧음에 관계없이 사안의 본질은 예나 지금이나 같다는 사실이다. 동서고금을 막론하고 인간이 살아가는 데 있어서 어떤 사안이든 시작이 있으면 결과는 있기 마련인데, 그 결과는 내가 뿌린 대로 거둔다는 것임을 알았다. 이를 보다 발전시키면, 내가 도덕적으로 평화롭게 존재하고자 한다면 타자로부터 존중을 받을 수 있는 당위성과 이웃을 잘 만나야 하는 덕이 있어야 하고, 강제적이라도 평화를 원한다면 강력한 힘과 부가 있어야 한다, 최소한 자신을 지킬 수 있는 정도의 힘은 있어야 한다는 점이다. 이래야 남도 나를 존중까지는 아니더라도 인정해주고 깔보지 않는다.

우리는 상대를 얕보거나 싸움질할 때 욕을 해가며 싸운다. 욕을 하는 나는 우위를 확보한 강자이고 욕을 먹는 상대를 약자로 보고 싸움을 시작한다. 즉 상대가 있으면 순서가 있고, 우열이 있고, 시비가 있고, 선악이 있게 된다. 선과 선이 부딪히면 그중에 약한 자의 선이 악이 된다. 인간이 만든 사회는 이렇게 싸움으로 점철되어왔고 이런 것들이 모여서 문화가 되고 문화를 넘어 문명이라고 고상하게 표현하고 있다. 문화와 문명은 싸움이란 수단을 통해서 이른바 약육강식의 질서가 구현된 결과이고 그것이 현재 21세기의 우리이다. 그리고 우크라이나와 러시아와의 전쟁에서 알 수 있듯이 생존을 위함이든 탐욕을 충족하기 위함이든 전쟁은 현재도 미래에도 계속될 것이다.

또 하나의 다른 역사를 만들기 위하여 서구의 열강들은 천민자본주의와 식민주의와 제국주의를 앞세우고 동진해 왔다. 동진의 끝은 조선이었고 조선의 끝은 고종의 덕수궁이었다. 덕수궁은 작게는 우리의 역사와 동아시아의 역사가, 크게는 서세동점의 제국주의 국가들의 역사와 인류의 역사가 응축된 곳이다. 각자의 생존과 탐욕을 만족시키기 위한 현장으로 덕수궁보다 사실적인 장소는 없어 보인다.

덕수궁의 역사는 의외로 깊었다. 처음에는 이렇게 깊은 줄을 몰랐다. 그래서 눈에 보이는 것과 보이지 않는 것 모두를 담으려고 했다.

그러나 이는 무모한 짓임을 곧 깨달았다. 이 책에 담긴 내용은 빙산의 일각일 뿐이다. 그리고 솔직하게 고백하건대 이 글쓰기를 통해서 나의 부족함이 한없음을 확인했다. 완결성을 위해 더욱 정진할 것이다. 아직 찾지 못한 이야기가 무궁무진하게 남아있는 만큼 이를 찾는 노력을 게을리 하지 않을 것이다. 그리고 다시 한 번 밝히지만, 여기에 담긴 이야기는 나의 창작물이 아니다. 전문학자들이 연구하여 발표한 덕수궁 사실들을 찾아서 나름 주제를 갖고 엮었을 뿐이다. 덕수궁 관련해서 이런 부류의 책 한 권 정도는 있어도 좋겠다는 생각에서 용기를 낸 점을 가상하게 여겨주었으면 한다.

국가의 도움으로 공기업에서 35년간 봉직한 후 퇴직했다. 국가로부터 받은 많은 혜택을 일부이지만 사회에 환원하고자 퇴직 후 자원봉사의 삶을 택했다. 여기에 덧붙여 퇴직 후의 삶은 오롯이 나의 삶으로 하고자 했다. 취미 삼아 역사를 가까이한 지는 삼십 년이 넘었고 덕수궁에서 본격적으로 해설 봉사활동을 한 지 5년이나 됐다. 그런 5년 동안 박물관으로 대학으로 강의가 있으면 어디든 부지런히 찾아다녔고 여기저기 도서관이란 도서관은 다 들쑤시고 다녔다. '1만 시간의 법칙'을 준수했노라고 자부한다. 그리고 한국방송통신대학교에서 체계적으로 역사를 공부했다. 특히 논문을 찾아 읽는 데는 한국방송통신대학교 중앙도서관만 한 데가 없었다. 고마운 일이다. 그리고 나머지 시간은 책상 앞에 앉아서 보냈다. 이기적인 남편을 옆에서 잔소리하지 않고 묵묵히 지켜봐 준 아내 장난숙 여사에게 고마움을 전한다. "여보, 고맙소!"

참고문헌

〈참고도서 및 논문〉

- 21세기 연구회 지음, 김미선 옮김, 『지도로 보는 세계지명의 역사』, 이다
  미디어, 2014
- 강명관, 『사라진 서울』, 푸른역사, 2009
- 강명관, 『조선 시대 책과 지식의 역사』, 천년의 상상, 2014
- 강성원 · 김진균, 「덕수궁 석조전의 원형 추정과 기술사적 의의」, 『대한건
  축학회논문집』 계획계 제 24권 제4호, 2008, pp. 141~148
- 강준만, 『한국 근대사 산책』, 인물과 사상사, 2007
- 계승범, 「세자 광해군 : 용상을 향한 멀고도 험한 길」, 『한국인물사연구』
  제20호, 2013, pp. 211~246
- 계승범, 『정지된 시간: 조선의 대보단과 근대의 문턱』, 서강대학교출판부,
  2011
- 교본매리, 「한국 근대공원의 형성」, 성균관대 국어국문학과 박사논문
- 구보 노리타다 저, 이정환 역, 『도교의 신과 신선 이야기』,
  뿌리와 이파리, 2004
- 국립고궁박물관 김동욱 등 7인, 『왕권을 상징하는 공간 궁궐』,
  예맥, 2017
- 국립고궁박물관, 『창덕궁 깊이 읽기』, 글항아리, 2012
- 국립기상박물관, 『국립기상박물관 도록』, 2020
- 국립중앙박물관, 『한국의 도교 문화』, 태웅씨앤피, 2013
- 국사편찬위원회, 『삶의 공간과 흔적』, 『우리의 건축문화』,
  경인문화사, 2011
- 권석영, 『온돌의 근대사』, 일조각, 2010
- 그럿트 빠스깔, 「고종과 프랑스(1866~1906)」, 『한국문화연구』 12,
  2007, pp. 245~276

- 김경록, 「조선 시대 벽제관의 군사·외교적 의미」, 『군사』 제106호, 2018, pp. 289~327
- 김경옥, 「18세기 한성부에 정소(呈訴)한 하의삼도 사람들의 감성-토지소유권을 둘러싼 왕실 세력과 섬 주민의 갈등」, 『감성연구』 2권, 2011, pp. 123~145
- 김경표, 「실상사 목탑의 복원 연구」, 『한국건축역사학회논문집』 통권 55호, 2007, pp. 7~26
- 김계동, 『한반도 분단, 누구의 책임인가』, 명인문화사, 2012
- 김기, 『음양오행설의 이해』, 도서출판 문사철, 2016
- 김동욱, 『서울의 다섯 궁궐과 그 앞길』, 도서출판 집, 2017
- 김동진, 『조선의 생태 환경사』, 푸른역사, 2017
- 김동진, 『헐버트의 꿈, 조선은 피어나리』, 참좋은친구, 2019
- 김동현, 『서울의 궁궐 건축』, 시공사, 2002
- 김문자 지음, 김승일 옮김, 『명성황후 시해와 일본인』, 태학사, 2011
- 김상혁 함선영 이용삼, 『장영실의 흠경각루, 그리고 과학 산책』, 민속원, 2017
- 김성도, 『경운궁 이야기』, 도서출판 고려, 2018
- 김소연, 「십일요의 기원 문제와 중국 불·도교의 십일요 수용」, 『불교학보』 제85집, 2018, pp. 85~110
- 김수연, 「고려 시대의 보제사(연목사)와 불사 성격 변화」, 『이화사연구』 59권, 2019, pp. 159~194
- 김순일, 『덕수궁(경운궁)』, 대원사, 1991
- 김양동, 『한국 고대문화 원형의 상징과 해석』, 지식산업사, 2015
- 김옥희, 「한국천주교 초기본당 사적지」, 『신학전망』 57호, 1982, pp. 57~81
- 김용만, 『숲에서 만난 한국사』, 홀리데이북스, 2021
- 김용섭, 『농업으로 보는 한국통사』, 지식산업사, 2017
- 김용운, 『역사의 역습』, 맥스교육, 2018
- 김용운, 『풍수화』, 맥스교육, 2015
- 김용운, 『한국 수학사』, 살림, 2012

- 김원수, 「러일전쟁과 영국의 앙탕트 외교, 1902~1905」,
  『세계역사와 문화연구』 제32집, 2014, pp. 49~74
- 김원수, 「일본의 대한제국 보호국화와 영국의 대한 정책-영일동맹과 러일
  전쟁을 중심으로」, 『한국독립운동사연구』 통권 51호, 2015,
  pp. 187~215
- 김윤희, 『이완용 평전』, 한겨레출판, 2011
- 김은주, 『석조전 잊혀 진 대한제국의 황궁』, 민속원, 2014
- 김인숙, 「인조 경운궁 즉위의 정치적 의미」, 『한국인물사연구』
  제15호, 2011, pp. 185~207
- 김정동, 『정동과 덕수궁』, 도서출판 발언, 2004
- 김정진, 『꼬리에 꼬리를 무는 토지제도 이야기』, 태학사, 2023
- 김지영 김문식 박례경 송지원 심승구 이은주, 『즉위식 국왕의 탄생』,
  돌베개, 2013
- 김지영 조영준 조재모, 『한양의 별궁』, 서울역사박물관, 2020
- 김진섭, 『왕비, 궁궐담장을 넘다』, 지성사, 2019
- 김해경 · 오규성, 「덕수궁 석조전 정원의 조성과 변천」,
  『한국전통조경학회지』 33권 3호, 2015, pp. 16~37
- 김현숙, 「대한제국기 정동의 경관 변화와 영역 간의 경쟁」,
  『서울과 역사』 권84호, 2013, pp. 115~157
- 김현숙, 「한말 고문관 J. McLeavy Brown의 연구(1893-1905)」,
  이화여자대학교 석사논문, 1987
- 김형기, 『임진왜란 대비하지 않으면 다시 온다』, 산수야, 2020
- 김희욱, 「우리나라의 사찰과 유럽의 성당 비교:신라 사찰과 프랑스 고딕
  성당을 중심으로」, 『민족미학』 제9집, 2010, pp. 255~321
- 마크 애론슨, 마리나 부드호스, 설배환 옮김, 『설탕, 세계를 바꾸다』,
  우리교육 검둥소, 2013
- 목수현, 「대한제국기의 국가 상징 제정과 경운궁」, 『서울학연구』 제40호,
  2010, pp. 159~185
- 목수현, 『태극기 오얏꽃 무궁화』, 현실문화연구, 2021
- 문동석, 『서울이 품은 우리 역사』, 상상박물관, 2017

- 문화재청, 『궁궐 현판의 이해』, 문화재청, 2007
- 문화재청, 『궁궐의 현판과 주련3』, 문화재청, 2007
- 문화재청, 『한국의 세계유산』, 눌와, 2007
- 미란다 브루스 미트포트, 필립 윌킨스, 주민아 옮김, 『기호와 상징_그 기원과 의미를 찾아서』, 21세기북스, 2010
- 미르치아 엘리아데, 이은봉 옮김, 『신화와 현실』, 한길사, 2011
- 박 벨라 보리 소브나, 「러시아공사관에서의 375일」, 『한국정치외교사논총』 제18집, 1998, pp.155~174
- 박상진, 『궁궐의 우리 나무』, 눌와, 2001
- 박정일, 「한국의 조계 형성 과정과 당시 토지문제에 관한 연구」, 『지적과 국토정보』 49권 1호, 2019, pp. 145~156
- 박정해, 「명당의 의미와 특징 분석」, 『국학연구』 제23집, 2013, pp. 651~683
- 박찬영, 『화정』, 리베르, 2015
- 박현모, 『정조 사후 63년』, ㈜창비, 2011
- 박홍갑, 『양반나라 조선나라』, 가람기획, 2001
- 배진영역, 『중국의 역사』, 혜안, 2011
- 백지성 김민선 조태동, 「경희궁 궁원 구성의 특성」, 『한국환경과학회지』 제25권 제12호, 2016, pp. 1,673~1,688
- 베이징대학 중국전통문화연구센터 지음, 장연 김호림 옮김, 『중국문명대시야 1』, 김영사, 2007
- 샤머니즘사상연구회, 『샤머니즘과 타종교의 융합과 갈등』, 민속원, 2017
- 서경원, 『한국건축의 인문학』, 담디, 2016
- 서승원, 『근현대 일본의 지정학적 상상력』, 고려대학교출판문화원, 2018
- 서영희, 『조선총독부의 조선사 자료수집과 역사편찬』, 사회평론아카데미, 2022
- 서울역사박물관, 『개관 10주년 기념 정동 1900』, (사)장애인기업생산품판매지원협회, 2012
- 서울역사편찬원, 『쉽게 읽는 서울사』, 서울역사편찬원, 2020
- 서울역사편찬원, 『개항기 서울에 온 외국인들』, 경인문화사, 2016

- 서울정동협의체, 『정동 시대』, 한길사, 2021
- 서울정동협의체, 『6가지 주제로 만나는 정동』, 인문산책, 2022
- 손형섭, 「해방 후 하의삼도 농민들의 농지 탈환 운동에 관한 연구」, 『한국도서연구』 제18호, 2006, pp. 75~89
- 송기호, 『농사짓고 장사하고 4』, 서울대학교출판문화원, 2015
- 송기호, 『이 땅에 태어나서』, 서울대학교출판문화원, 2015
- 송우혜, 『왕세자 혼혈결혼의 비밀』, 푸른역사, 2010
- 신명호 원창애 이민주 이왕무, 『국왕과 양반의 소통 구조』, 역사산책, 2018
- 신명호, 「융희 연간 향사 이정과 천신 진상 폐지」, 『동북아문화연구』 1권 27호, 2011, pp. 151~167
- 신명호, 「을미사변 후 고종의 국모 복수와 군주전제론」, 『동북아문화연구』 제19집, 2009, pp. 5~22
- 신명호, 『조선 왕실의 의례와 생활』, 궁중문화, 돌베개, 2002
- 신명호, 『화정 정명공주』, 매경출판, 2015
- 신복룡, 『이방인이 본 조선의 풍경』, 집문당, 2022
- 신태영 · 인쇄정, 『조선과 명의 문명교류사』, 폴리테이아, 2015
- 심대섭 · 신대현, 『닫집』, 대한불교진흥원, 2010
- 안국준, 『한양 풍수와 경복궁의 모든 것』, 태웅출판사, 2012
- 역사건축기술연구소, 『우리 궁궐을 아는 사전』, 돌베개, 2018
- 우노 하르바, 박재양 옮김, 『샤머니즘의 세계』, 보고사, 2014
- 우동선, 「경운궁의 양관들:돈덕전과 석조전을 중심으로」, 『서울학연구』 제40호, 2010, pp. 75~105
- 유본예 지음, 박현욱 옮김, 『역주 한경지략』, 민속원, 2020
- 윤병석, 「만국평화회의와 한국 특사의 역사적 의미」, 『한국독립운동사연구』 제29집, 2007, pp. 1~56
- 윤열수, 『신화 속 상상 동물 열전』, 한국문화재보호재단, 2010
- 윤정, 「선조 후반~광해군 초반 궁궐 경영과 경운궁의 수립」, 『서울학연구』 제42호, 2011, pp. 259~299

- 윤정, 「인조 대 '새문동(塞門洞) 왕기(王氣)' 설 생성의 정치사적 의미」, 『서울학연구』 제48호, 2012, pp. 31~67
- 윤정, 「태조 대 정릉 건설의 정치사적 의미」, 『서울학연구』 제37호, 2009, pp. 155~191
- 윤진영 외 9인 지음, 『군영 밖으로 달아난 한양 수비군』, 한국학중앙연구원출판부, 2019
- 윤홍기, 『땅의 마음』, 사이언스북스, 2011
- 이강근, 「조선 후반기 제1기 불교건축의 형식과 의미」, 강좌미술사 38권, 2012, pp. 179~204
- 이기봉, 『임금의 도시』, 사회평론, 2017
- 이능화 지음, 이종은 옮김, 『조선도교사』, 보성문화사, 2000
- 이도남, 「여관이 아니라 호텔, 벽제관에 깃들어 있는 역사」, 『공공정책』 제190권, 2021, pp. 98~101
- 이미나, 이주원·최재혁 옮김, 「이왕가 미술관의 일본 미술품 전시에 대하여」, 『미학예술학연구』 11권, 2000, pp. 215~238
- 이민규, 「중국 경제 보복 유럽 사례 비교 연구」, 『중국지식네트워크』 15권 15호, 2020, pp. 227~263
- 이상각, 『이경 고종황제 조선의 마지막 승부사』, 추수밭, 2008
- 이상각, 『조선노비열전』, 유리창, 2014
- 이성미, 『조선 왕실의 미술 문화』, 대원사, 2005
- 이순우, 『용산 빼앗기 이방인들의 땅』, 민족문제연구소, 2022
- 이순우, 『정동과 각국 공사관』, 하늘재, 2012
- 이양자, 『감국대신 위안스카이』, 한울아카데미, 2020
- 이완범, 「커피의 한국 유입과 한국인의 향유 시작, 1861~1896-1860년 대 프랑스 신부 전래, 1884년 유행, 1896년 고종 음용 3자의 연결」, 『한국민족운동사연구』 105권, 2020, pp. 279~324
- 이욱, 『조선 시대 국왕의 죽음과 상장례』, 민속원, 2017
- 이윤상, 「황제의 궁궐 경운궁」, 『서울학연구』 제40호, 2010, pp. 1~24
- 이윤섭, 『커피 설탕 차의 세계사』, 필맥, 2013

- 이은희 · 한영호 · 강민정, 「사여(四餘)의 중국 전래와 동서 천문학의 교류」, 『한국과학사학회지』 36권 3호, 2014, pp. 391~422
- 이정모, 『달력과 권력』, 부키, 2015
- 이태진, 『고종 시대의 재조명』, 태학사, 2000
- 이태진, 『동경대생들에게 들려준 한국사』, 태학사, 2011
- 이하상, 『기후에 대한 조선의 도전 측우기』, 소와당, 2012
- 이한우, 『왜 조선은 정도전을 버렸는가』, 21세기북스, 2009
- 임석재, 『서울 건축, 개화기~일제강점기』, 이화여자대학교출판부, 2011
- 임석재, 『우리 건축 서양 건축 함께 읽기』, 컬처그라퍼, 2011
- 임석재, 『지혜롭고 행복한 집 한옥』, 인물과 사상사, 2013
- 임영주, 『한국 전통 문양 2_장 · 오복 · 사랑의 상징 문양』, 도서출판 예원, 1998
- 임원경제연구소 옮김, 서유구 지음, 『이운지 1』, 풍석문화재단, 2019
- 자현, 『사찰의 비밀』, 담앤북스, 2014
- 자현, 『사찰의 상징 세계』, 불광출판사, 2012
- 잔스촹 저, 안동준 · 런샤오리 공역, 『도교 문화 15강』, 알마, 2011
- 장기인, 「서울 600년의 건축적 사건들 : 조선총독부 청사」, 대한건축학회지 『건축』 제35권 제2호, 1991, pp. 44~50
- 장병인, 『조선 여성의 삶』, 휴머니스트, 2018
- 장성준, 「풍수지리의 국면이 갖는 건축적 상상력에 관한 고찰」, 대한건축학회지 『건축』 제22권 제6호, 1978, pp. 15~21
- 장성희, 『세종의 하늘』, 사우, 2020
- 장영훈, 『궁궐을 제대로 보려면 왕이 되어라』, 담디, 2005
- 장영훈, 『왕릉이야말로 조선의 역사다』, 담디, 2005
- 장인성, 『한국 고대 도교』, 서경문화사, 2017
- 장인용, 『주나라와 조선』, 창해, 2016
- 장필구 · 전봉희, 「고종 장례 기간 신선원전의 조성과 덕수궁 · 창덕궁 궁역의 변화」, 대한건축학회논문집 통권 302호, 2013, pp. 197~208
- 전국역사지도사모임, 『표석을 따라 제국에서 민국으로 걷다』, 유씨북스, 2019

- 전봉희, 『나무 돌 그리고 한국건축 문명』, 21세기북스, 2021
- 전상운, 『우리 과학 문화재의 한길에 서서』, 사이언스북스, 2016
- 전상운, 『한국 과학사』, 사이언스북스, 2000
- 전영옥, 「조선 시대 괴석의 특성과 산수화와의 관련성에 관한 연구」, 『한국전통조경학회지』 22권 2호, 2004, pp. 1~12
- 전영우, 『궁궐 건축재 소나무』, 상상미디어, 2014
- 전영우, 『우리 소나무』, 현암사, 2004
- 전영우, 「조선 시대 소나무 정사」, 『산림문화전집』 13, 2020, pp. 203~276
- 전우용 외 6인 공저, 『청계천; 시간, 장소, 사람』, 서울학연구소, 2001
- 전우용, 『서울은 깊다』, 돌베개, 2008
- 전우용, 『우리 역사는 깊다 1』, 푸른역사, 2015
- 전우용, 『우리 역사는 깊다 2』, 푸른역사, 2015
- 정광모, 「친일파 후손 몰염치한 소송 행각에 쐐기」, 『국회보』 통권 471호, 2006
- 정기문, 『역사학자 정기문의 식사』, 책과함께, 2017
- 정병준, 「카이로회담의 한국 문제 논의와 카이로선언 한국조항의 작성 과정」, 『역사비평』 통권 107권, 2014, pp. 307~347
- 정성희, 『세종의 하늘』, 사우, 2020
- 정연식, 『일상으로 본 조선 시대 이야기 1』, 청년사, 2021
- 정은주, 『개화기와 대한제국기 공문서의 이화문 전개 양상』, 장서각 47, 2022
- 정재서, 『이야기 동양 신화』, 김영사, 2017
- 정재서, 『한국 도교의 기원과 역사』, 이화여자대학교출판부, 2006
- 정재정 염인호 장규식, 『서울 근현대 역사 기행』, 혜안, 1998
- 정재훈, 『조선 국왕의 상징』, 현암사, 2018
- 정희선, 「종교 공간의 장소성과 사회적 의미의 관계: 명동성당을 사례로」, 한국도시지리학회지 7권, 2004, pp. 97~110
- 제임스 스콧, 전경훈 옮김, 『농경의 배신』, 책과함께, 2019
- 조재모, 『궁궐 조선을 말하다』, 아트북스, 2012

- 조현범, 『문명과 야만』, 책세상, 2020
- 존 카터 코벨, 김유경 편역, 『부여 기마족과 왜』, 글을읽다, 2006
- 존 카터 코벨, 김유경 편역, 『일본에 남은 한국미술』, 글을읽다, 2011
- 존 카터 코벨, 김유경 편역, 『한국문화의 뿌리를 찾아』, 눈빛, 2021
- 존 펄린, 송명규 옮김, 『숲의 서사시』, 도서출판 다님, 2006
- 주영하, 『한국인은 왜 이렇게 먹을까?』, 휴머니스트, 2018
- 진창선 어윤형, 『음양오행으로 가는 길』, 와이겔리, 2013
- 중구문화원, 『정동 역사의 뒤안길』, 2008
- 최문형, 『러일전쟁과 일본의 한국병합』, 지식산업사, 2004
- 최원석, 「조선 왕릉의 역사 지리적 경관 특징과 풍수 담론」, 『한국지역지리학회지』 제22권 제1호, 2016, pp. 135~150
- 최종고, 「묄렌도르프와 한말 정치 외교」, 한국정치외교사학회
- 최종현 · 김창희, 『오래된 서울』, 동하, 2018
- 최진욱, 「申櫶(1811~1884)의 생애와 활동」, 역사와 담론 제57집, 2010, pp. 73~107
- 친일반민족행위자재산조사위원회, 『친일 재산에서 역사를 배우다』, 리북, 2010
- 플러 토리, 유나영 옮김, 『뇌의 진화 신의 출현』, 갈마바람, 2019
- 피터 홉커크, 정영목 옮김, 『그레이트 게임』, 사계절, 2008
- 한국청소년역사문화홍보단, 『서울 옛길 사용설명서』, 창해, 2020
- 한국학중앙연구원, 『조선의 왕으로 살아가기』, 돌베개, 2011
- 한명기, 『광해군 탁월한 외교정책을 펼친 군주』, 역사비평사, 2000
- 한소영 · 조경진, 「덕수궁(경운궁)의 혼재된 장소성에 관한 연구-대한제국 시기 이후를 중심으로」, 『한국전통조경학회지』 제28권 2호, 2010, pp. 45~56
- 한스 알렌산더 크나이더, 최경인 옮김, 『독일인의 발자취를 따라』, 일조각, 2013
- 한승훈, 「1882~1884년 영국의 공사관 부지 선정과 매입을 둘러싼 외교 교섭」, 『서울과 역사』 권98호, 2018, pp. 83~114

- 한승훈, 「1882~1884년간 조선과 영국의 관계 정립 과정 연구」, 『한국근현대사연구』 제104집, 2023, pp. 7~42
- 한영우, 『과거 · 출세의 사다리』, 지식산업사, 2013
- 한주성 · 오정현, 「백제 미륵사의 목탑 평면 규모와 처마구조에 관한 연구」, 『백제학보』 제42호, 2022, pp. 59~87
- 한철호, 「헐버트의 만국 평화회의의 활동과 한미관계」, 『한국독립운동사연구』 제29집, 2007, pp. 175~228
- 함규진, 『한국인이 알아야 할 조선의 마지막 왕 고종』, 자음과 모음, 2010
- 현광호, 「대한제국기 고종의 대영 정책」, 『한국사연구』 제140호, 2008, pp. 221~248
- 현광호, 「영일동맹 이후 주한영국공사의 활동」, 『역사문화연구』 제28집, 2007, pp. 3~35
- 홍순민, 「광무 연간 전후 경운궁의 조영 경위와 공간구조」, 『서울학연구』 제40호, 2010, pp. 25~74
- 홍순민, 『한양 읽기 궁궐 상』, 눌와, 2017
- 홍순민, 『한양 읽기 궁궐 하』, 눌와, 2017
- 홍이섭, 『세종대왕』, 세종대왕기념사업회, 2011
- 황인혁, 『경복궁의 상징과 문양』, 시간의 물레, 2018
- 황잔웨 지음, 김용성 역, 『중국의 사람을 죽여 바친 제사와 순장』, 학연문화사, 2011

〈인터넷 사이트〉

- http://www.heritage.go.kr/국가문화유산포털
- http://www.koreahiti.com/ "일제 침략 세력, 풍신수길 신으로 숭배"
- https://namu.wiki/ 나무위키
- https://www.hankookilbo.com/ 천하흥망 필부유책
- https://www.joongang.co.kr/1인당 연간 커피 353잔 마셔
- https://www.kma.go.kr/기상청
- http://news.kmib.co.kr/ '류성룡–김성일...400년 영남 유림 서열 갈등 마침내 종지부
- https://www.doopedia.co.kr/두산백과
- http://contents.history.go.kr/front 우리역사넷
- https://encykorea.aks.ac.kr/ 한국민족문화대백과사전
- http://www.grandculture.net/korea 한국향토문화전자대전